辽宁省教育厅基本科研项目（重点项目）（项目编号：2021JYT07）

感兴与灵感

GANXING YU LINGGAN

刘　璇◎著

九 州 出 版 社
JIUZHOUPRESS

图书在版编目（CIP）数据

感兴与灵感／刘璇著 . -- 北京：九州出版社，
2025. 1. -- ISBN 978 - 7 - 5225 - 3570 - 8

Ⅰ. I0-03

中国国家版本馆 CIP 数据核字第 20257LU113 号

感兴与灵感

作　　者	刘　璇　著
责任编辑	蒋运华
出版发行	九州出版社
地　　址	北京市西城区阜外大街甲 35 号 （100037）
发行电话	（010）68992190/3/5/6
网　　址	www. jiuzhoupress. com
印　　刷	唐山才智印刷有限公司
开　　本	710 毫米×1000 毫米　16 开
印　　张	13. 5
字　　数	194 千字
版　　次	2025 年 1 月第 1 版
印　　次	2025 年 1 月第 1 次印刷
书　　号	ISBN 978-7-5225-3570-8
定　　价	68. 00 元

目 录
CONTENTS

绪　论

"古民神思，接天然之閟宫，冥契万有，与之灵会，道其能道，爰为诗歌。"① 在简美淳朴的远古世界，新鲜绮丽的自然万物是初民歌颂的主要对象，人们带着自然流露的情绪呐喊、舞蹈，或者通过祭祀性的歌舞向神灵祈祷，通过上举、升腾的动作沟通神灵，在与神灵的对话中感受人与自然万物的微妙关系。于是草、木、鸟、兽、日月、山河成为歌者用以起兴的原始审美意象，并且以音重意叠的形式出现以展现诗歌的韵律节奏，个人情感与审美意象的融合是感兴产生的主要因素，也是我国古典诗论、画论中重要的创作机制。歌颂朴素的自然万物，并借以抒发个人情感，是我国古典文学的主要特征。然而在西方世界，古希腊人更倾向于把自然解释为存在，偏爱用神秘的幻想塑造出一系列神祇，"他们习惯于将自然力量拟人化，以想象的热烈色彩，渲染关于自然的冷漠的抽象"②。在神话话语传统的强烈感染下，加上自然环境、社会文化价值观念和哲学思想的熏染，他们更加推崇带有神秘色彩的史诗和悲喜剧。对于古希腊诗人们来说，信奉诗神缪斯是最虔诚的信仰，自荷马、赫西俄德、品达罗斯等著名诗人起，在创作伟大作品的开头都要先歌颂女神缪斯。这似乎与我国古典诗歌以它物起兴的传统一样，在开篇歌颂诗神并祈求创作的灵感成为古希腊诗人作诗的传统。诗神信仰与带有浓厚宗教色彩的酒神崇拜构成了影响

---

① 鲁迅：《摩罗诗力说》，天津人民出版社，1982，第11页。
② ［英］J. G. 弗雷泽：《金枝》上册，汪培基、徐育新、张泽石译，商务印书馆，2017，第620页。

柏拉图诗歌创作灵感说的主要因素。

一、研究背景

感兴论与灵感说作为探讨文学创作体验的重要命题，在中西诗学各自的发展历程中都扮演着重要的角色，它们似乎都掌握着关于诗文创作背后深不可测的秘密，成为后人探寻诗文创作内在机制与情感体验的主要线索。在我国古代文论中，感兴的萌发预示着艺术创作过程中情感最为丰富、思维最为活跃的阶段，许多生动的形象、奇特的构思就是在这样的状态下产生的。而在西方文艺创作理论中，这种不可言说的微妙被称为灵感，柏拉图形容诗人这种创作状态为失去平常理智的迷狂，凭附诗神的力量，诗人才能创作出高明的诗歌或代神说话。

关于感兴论这个审美范畴的论述可追溯至"诗六义"中的"兴"。在对"兴"的诸多训释中，就已经含有一种物我冥合的奇妙意蕴，暗含着作诗方法中触景生情、触感而兴的创作体验，这也是感兴这一重要诗学命题的基本内涵。在魏晋南北朝时期，感兴这一诗学创作理论得到了深化和发展，文学评论家刘勰对感兴论做了系统的论述，《文心雕龙》中的《物色》篇甚至可以称为感兴的专论，由此确立了"心物交融""触物起情"的诗歌创作体验作为感兴论的主要理论线索。创作主体与客体经过感物而动、情以物迁、情景交融、物我相融的心理过程之后，产生了诗歌创作的"天机"，而由此形成的审美意象更是达到了出神入化之境。这一心物相契的创作机制便是人们所熟悉的"物感说"，物感说也为诗歌创作的灵感来源与心理动因做了客观理性的说明。感兴论在以物感说为主要理论线索的同时，也重视诗歌创作主体所具有的主观能动性。诗人通过身观、感物的方式凭心构象，用丰富的想象力赋予客观物象以超验性的玄妙意蕴，神思的奇幻精妙是诗人创作过程中想象力最为丰富的阶段。赋予客观物象以审美意味的创作构思过程被刘勰称为"神思"，是感兴论的另一条重要线索。文论家刘勰将创作主体自身所闪现的灵觉与悟性命名为神思，也由此形成了我国古代文论中的一个重要理论范畴，陆机所言之"应感"、严羽所言之"妙悟"皆体现了文学创作中主体自身的体验与觉悟。直至明清时期，感兴论的理论发展取得了更为深入、丰富的成果，尤其是在诗歌创作机制的论述方面，叶燮的"理事情—才识胆力"说将感兴论上升到了更为科学的理论形态，成为感兴论中重要的有机组成部分。叶燮从诗歌创作兴发机制中揭示了诗歌打动人心的根本原因，感兴是诗歌艺术产生的基础，但创作主体的智慧心思、艺术技巧更为重要。精巧的智慧心思和高超的艺术技巧能够发前人所未发，艺术表现的不容重复性正是诗歌进步的动力。叶燮对于诗歌感兴的分析较之前代有更强的逻辑性，对于创作主体自身才能的重要性有较为深入的论述，"才、识、胆、力"说解决了感兴论曾经没有解决的审美主体素养问题，也为感兴论找到了最终理论归宿。

灵感说，作为西方诗学中古老而神秘的命题，对西方文艺创作理论和作品风格有着深远影响。系统地将具有宗教含义的灵感说演化为诗歌创作理论的是客观唯心主义者柏拉图，他的灵感理论是典型的神赐天启论，以迷狂为主要征候，柏拉图把神赐的迷狂当作灵感来临的主要特征。在《伊安篇》和《斐德若篇》中，柏拉图强调正是在这种神赐的迷狂状态中，诗人才能创作出优美的诗篇。柏拉图赞扬来自神灵的迷狂，并将这类诗人列为第一流的诗人，是诗神的顶礼者，然而却在《理想国》中对模仿的诗人做了严厉的批判，并将这类诗人同其他模仿的艺术家一同列为第六等。柏拉图认为这类诗人和艺术家是劣等的，由于同理式世界隔着三层，所以艺术不过是对理式世界的模仿的模仿。柏拉图严厉指责模仿的艺术的虚假性，尤其是以史诗、悲剧、喜剧为代表的模仿的诗，认为这种诗不但没有任何价值，反而迎合了人类灵魂中低劣的部分。亚里士多德则放弃了柏拉图至高无上的"理式"，从具有普遍性的现象世界开始推演，承认了现象世界的真实性，也肯定了模仿的艺术的真实性。实际上，作为并行于古希腊文艺创作理论中的两个概念，灵感与模仿有着极其复杂的历史关系，它们相互交织在一起，盛行于哲学家和艺术家的言说中，并没有被认为是相背离的，模仿说所体现的审美主体与审美客体的关系也决定着西方诗学中主客体的存在模式。在反对古典主义的浪漫主义运动中，"想象"成为人们谈论诗歌创作时热衷于使用的词汇。浪漫主义重要代表雪莱认为诗歌想象与柏拉图的灵感说有着深刻的思想渊源，认为灵感是创作诗歌最重要的条件，诗灵驾着想象的翅膀飘入诗人的头脑中，仿佛是神来之笔作成绝妙好诗，雪莱关于想象的观点也是浪漫主义想象论的主要特点。同时，诗人们作为创作主体所具有的想象性思维也得以独立，并开始受到理论家们的重视，黑格尔认为灵感是艺术家的想象和技巧相结合的产物，灵感与想象密不可分，灵感其实就是一种艺术想象。柏拉图的思想也深刻地体现在浪漫主义天才论中，康德的天才论也带有客观唯心主义的非理性特点，与灵感说有着密切的承接关系。浪漫主义文论家大多将创作天赋视为一种与生俱来的心灵禀赋，并且是不能通过后天努力而习得的，这与神赐的灵感之说如出一辙。天才论的非理性观念在黑格尔的理论中得到了修正，黑格尔对天才之于艺术创作做出了理性的解释，并且对想象与灵感的作用做了科学的总结，将灵感、想象、天才、才能纳入到了一个统一的体系之中，对艺术创作的过程做出了客观、系统的归纳，也为灵感说找到了更科学的理论归宿。

就这样，根植于不同历史文化背景的感兴论与灵感说因为在诗歌创作过程中具有的一定共通点而被赋予了具有跨文化意义的关联性。回顾二者在中西文论史中的发展演变轨迹，与灵感说相比，感兴论没有那么浓重的神秘色彩，它侧重外物对作者创作情怀的触发，除文艺创作之外还涉及文艺作品意境的塑造和审美鉴赏等领域。西方灵感说侧重对文艺创作心理的探究，是一种非理性的创造性思维，而感兴论则代表着中国古代文艺思想中内外相触、感兴自成的审美境界，与诗人或艺术家的创作情怀与伟大胸襟相呼应。在尊重差异的前提下，对两种创作思维进行比较，进而能够更好地探究两种理论的会通以及其背后所蕴含的更深刻的文化基因差异与艺术表现形式。在中国古代文学创作理论中不仅只有感兴，也有类似于灵感的创作思维描述，比如陆机所言之"应感"，以及其来不可遏、去不可止的状态，犹如灵感降临一般，不思而至、飘忽灵动。感兴与灵感两个关键词在艺术创作领域内具有相同的内涵，都注重创作过程中的个体生命的真实体验，都代表着创作者强烈的审美情感与率然自生的审美心境。将感兴论与灵感说的比较研究置于对话模式之中，使东西方两种创作理念的来源与各种因素在两种文化氛围中得到双向的阐发，在以对话为模式的比较之下，感兴论与灵感说所具有的补充性的相对方面使两种思想得到了互证、互鉴、互识，能够真正地实现从中西方文学创作思想的相互关照中深刻地阐明对方，并且对由此形成的中西诗学风格与审美评价标准以及其背后蕴藏的文化基因密码有着更深刻的认识。尝试将人际交往理论中互为主体的平衡理论应用到文艺思想的比较中，也是比较研究方法中具有重要意义的尝试，在互相理解、双向阐释的比较研究下，不同文化所产生的文艺思想可以得到更深刻的理解和更清晰的阐发。

二、文献综述

感兴是中国古代文论中重要的研究范畴，在以此为研究对象的学术著作与文章中，学者们围绕"兴""感兴""体验美学""感应美学"等主题作了深刻的探讨。围绕兴的起源、兴象与宗教的关系、兴的演变过程、兴与艺术的关系等问题展开探讨的著作主要有：赵沛霖的《兴的源起》，从发生学的观点探讨了中国美学史上"兴"这个重要范畴的起源、发展，以及兴产生后给诗歌艺术带来质的飞跃。在具体考察各种原始兴象与宗教观念内容之间关系的基础上，论证了兴起源的实质是宗教观念内容向艺术形式积淀的结果①。袁济喜的《兴：艺术生命的激活》，提出作为审美范畴的"兴"的出现是在有文字记载的先秦时代，追寻历史的足迹考察兴义的演变过程，"兴"中保留着中华远古生民天人感应、观物取象、托物寓意等文化观念痕迹，"兴"是现实人生向艺术人生跃升的津梁，是使艺术生命得到激活的中介②。彭锋的《诗可以兴》，从甲骨文、经学传统、诗学传统、现当代有关兴的研究中对兴义作了缜密的考疏，探讨了兴作为宗教、伦理、哲学等精神活动的基础形式，以及兴在中国古典艺术中的表现和兴

---

① 赵沛霖：《兴的源起》，中国社会科学出版社，1987。
② 袁济喜：《兴：艺术生命的激活》，百花洲文艺出版社，2001。

的研究所触及的美学问题①。文章有：傅道彬的《"兴"的艺术源起与
"诗可以兴"的思想路径》、刘毓庆的《〈诗〉学之"兴"的还原与背离》、
胡建次的《中国古典词兴论的承传》、郭亚雄的《从"兴起"到"感发"：
"兴于〈诗〉"命题阐释的问答逻辑》等。②

　　虽然没有以"感兴"为题的专著，但是学者们围绕"感兴作为中国文
论的传统""不同朝代及作者的感兴观""感兴的要素""感兴与文学艺术
创作"等问题发表了相当数量的文章，如张晶《审美感兴论》、陈伯海
《释"感兴"——中国诗学的生命发动论》、张晶《"感兴"：情感唤起与
审美表现》、祝菊贤《论魏晋南朝诗歌中的感兴意象》、陈允锋《论初盛唐
诗人的感兴观》、张晶和孟丽《叶燮感兴论的审美主体建构》、张晶《触
遇：中国诗学感兴论的核心要素》、李天道《兴会：中国古代审美创作灵
感论》、白振奎和石晓宁《感兴诗歌的创作模式和审美理想》、张晶《日常
生活作为艺术创作审美感兴的触媒》、张晶和张佳音《艺术媒介与审美感
兴——论艺术创作发生的内在物性特征》等。③ 从西方体验美学角度出发，
探讨与"兴"相似的神秘审美体验的著作有：王一川的《意义的瞬间生

---

① 彭锋：《诗可以兴》，安徽教育出版社，2003。

② 傅道彬：《"兴"的艺术源起与"诗可以兴"的思想路径》，《学习与探索》，2006 年
第 5 期；刘毓庆：《〈诗〉学之"兴"的还原与背离》，《文学评论》，2008 年第 4
期；胡建次：《中国古典词兴论的承传》，《中南民族大学学报》（人文社会科学
版），2010 年第 3 期；郭亚雄：《从"兴起"到"感发"："兴于〈诗〉"命题阐释
的问答逻辑》，《河北学刊》2016 年第 4 期。

③ 张晶：《审美感兴论》，《学术月刊》1997 年第 10 期；陈伯海：《释"感兴"——中
国诗学的生命发动论》，《文艺理论研究》2008 年第 2 期；张晶：《"感兴"：情感唤
起与审美表现》，《文艺理论研究》2008 年第 2 期；祝菊贤：《论魏晋南朝诗歌中的
感兴意象》，《上海师范大学学报》（哲学社会科学版）1999 年第 3 期；陈允锋：
《论初盛唐诗人的感兴观》，《北方交通大学学报》（社会科学版）2002 年第 2 期；
张晶、孟丽：《叶燮感兴论的审美主体建构》，《河北学刊》，2015 年第 2 期；张晶：
《触遇：中国诗学感兴论的核心要素》，《复旦学报》（社会科学版）2016 年第 6 期；
李天道《兴会：中国古代审美创作灵感论》，《学术月刊》1992 年第 8 期；白振奎、
石晓宁：《感兴诗歌的创作模式和审美理想》，《社会科学辑刊》1999 年第 3 期；张
晶《日常生活作为艺术创作审美感兴的触媒》，《文艺争鸣》2010 年第 13 期；张
晶、张佳音：《艺术媒介与审美感兴——论艺术创作发生的内在物性特征》，《江海
学刊》2014 年第 3 期。

成》，从西方体验美学的内在要素入手，深入细微地追寻西方体验美学由此在及彼在的超越性结构及其异彩纷呈的理论演化历程，揭示艺术中那令人心神震荡的东西究竟为何。中国美学常常把这种东西解释为"兴"，透过西方人对这个问题的美学沉思，对反身回来研究中国美学的重要范畴"兴"具有参照意义①。王一川的《审美体验论》从人类社会生活的角度，从对于历代西方体验美学的扬弃中，深入地探讨了马克思主义的审美体验理论的内涵，深入地考察了审美体验与审美意识、审美创造的关系，并就审美体验研究领域中中西审美体验的比较等问题进行了阐述②。

　　从中国古典哲学"感应"这一范畴出发，讨论中西方兼有的关于主客体关系、情与景关系问题的著作有：郁沅、倪进的《感应美学》认为中国古典美学中的"感应"问题是实现中国古典美学向现代转换，进而沟通中西美学的一个契机。因为"感应"虽然是中国哲学和中国美学特有的一个范畴，但它的内涵却具有世界性，审美主客体的关系，不但是中国美学家关心的问题，也是西方美学家关心的问题。感应美学是从中国民族文化土壤中生长起来的一种独特的美学理论，根据主客体融合机制的差异，可以分为物本感应、心本感应、平衡感应和形式感应，它与西方美学理论在总体上既有共通之处，又有区别③。郁沅的《心物感应与情景交融》从具体的景与诗、情与景的交融出发，提出心与物之间不同的感应模式、审美观照方式、形象构成方式、情感表达方式。情与景通过各种途径达到交融，它是构成"意象""意境"和"境界"范畴的核心④。

　　"感兴"的研究，是学术界一直关注的重点之一，也受到了海外学者和港台学者的关注。法国汉学家格拉耐的博士论文《中国古代的祭礼与歌谣》，于1919年在巴黎出版，通过对《诗经》的分析研究和比较研究，得出歌谣是季节祭的宗教情感产物。这本著作在20世纪30年代的日本汉学家中有较大的反响，松本雅明的《关于诗经诸篇形成研究》直接受益于格

---

① 王一川：《意义的瞬间生成》，山东文艺出版社，1988。
② 王一川：《审美体验论》，百花文艺出版社，1992。
③ 郁沅、倪进：《感应美学》，文化艺术出版社，2001。
④ 郁沅：《心物感应与情景交融》，百花洲文艺出版社，2006。

拉耐的研究方法与结果，其第二、三章即为格拉耐未从正面论述的关于"兴的研究"，其中有云："兴本来不外乎是在主文之前的气氛象征。它是由即兴、韵律、联想等引出主文的，不是繁杂的道理，而是直观性的、即兴性的、并且不外乎朴素自然的表现法。"① 白川静的《中国古代民俗》一书在第三章"言灵的思想"探讨的就是兴的问题，他认为兴最初是作为一种仪式②，该观点尽管未能有更多证据却大大推动了兴的研究。台湾学者陈世骧《原兴：兼论中国文学的特质》一文，通过对兴字字源的考证，认为兴"乃是初民合群举物旋游时所发出的声音，带着神采飞逸的气氛，共同举起一件物体而旋转；此一'兴'字后来演绎出隐约多面的含义，而对我们理解传统诗艺和研究《诗经》技巧都有极不可忽视的关系"③。香港学者周英雄在《赋比兴的言语结构——兼论早期乐府以鸟起兴之象征意义》《作为组合模式的"兴"的语言结构与神话结构》中，对赋、比、兴进行了明确的分类，进而把兴分为首兴、中兴和尾兴三类，并将兴的源头追溯到了原始时代，把文学表现手法的兴与神话意义上的兴作为一个紧密相关的整体看待④。周策纵《古巫医与六诗考——中国浪漫文学探源》一书认为早期的"兴"与陈实物而歌舞的祭祀仪式关系密切，其间的颂赞祝诔之词自然会从这些实物说起，这正是后来诗歌即物起兴的来源⑤。海外华裔学者孙筑瑾的"Mimesis and 兴 Xing, Two Modes of Viewing Reality：Comparing English and Chinese Poetry"，从西方模仿说和中国兴的比较出发，讨论了中西诗学中两种感知现实的思维模式的异同，从跨文化的角度重新

---

① ［日］松本雅明：《关于诗经诸篇形成研究》，东洋文库，昭和三十三年。
② ［日］白川静：《中国古代民俗》，何乃英译，陕西人民美术出版社，1988。
③ 陈世骧：《陈世骧文存》，台北志文出版社，1972。
④ 周英雄：《赋比兴的言语结构——兼论早期乐府以鸟起兴之象征意义》，《中国文化研究所学报》第十卷下册，1979；周英雄：《作为组合模式的"兴"的语言结构与神话结构》，Chinese-Western Comparative Literature：Theory and Strategy，1980。
⑤ 周策纵：《古巫医与六诗考——中国浪漫文学探源》，台北联经出版公司，1986。

审视了中国古典诗学中的"兴"的含义，为感兴的中西比较研究拉开了帷幕①。

灵感一词大约在 20 世纪初出现于我国文坛，然而这个英译词究竟是什么，恐怕连使用它的人也很茫然。由于都具有不可知的神秘色彩，文人们很自然地将灵感同中国古典文论中的"感应""感兴"联系起来。对于这一灵感式的思维过程，文论家们往往注重其状态的描述，而不能探究其内涵。真正开始对灵感进行科学研究是五四新文化运动以后，众多文学家孜孜不倦地探讨，并取得了丰硕的成果。

1923 年，上海弥洒社出版的《弥洒》杂志，标榜是"无目的、无艺术观、不讨论不批评而只发表顺灵感所创造的文艺作品的月刊"。针对这种观点，鲁迅先生和郭沫若先生都做了较为客观和辩证的认识。朱光潜先生在 20 世纪 30 年代将弗洛伊德心理学中的"潜意识"引进灵感研究，而除此以外，其余的学者大都坚持生活是文学艺术唯一的源泉。黄药眠的《论食利者美学》一文指出，灵感是一种心理现象，好像"灵光一闪"，它是自然而然地涌现出来的，但实际上，这种突然的涌现，乃是经过长期的准备和劳动的结果②。1959 年王汶石在《答〈文学知识〉编辑部问》一文中认为灵感是一种偶然机遇中的启示。樊挺岳的《试论艺术灵感》在分析西方灵感论的基础上，阐述了灵感的本质在于对事物的一种认识理解，是在理解基础上的发明与创造，是一种创作冲动③。但在林彪、"四人帮"横行时期，我国学术界灵感问题成了"不能探索的禁区"，被认为是"唯心主义认识路线的产物"，使得灵感的研究停滞不前。

20 世纪 70 年代初期，灵感研究在中国伴随着思想解放而产生新的发展。朱获所译英国奥斯本的《论灵感》，在文学理论领域引起了巨大的震荡。奥斯本列举了被灵感袭击者共同感受到的三条经验事实，他认为应当

---

① Sun, Cecile Chu‐chin："Mimesis and 兴 Xing, Two Modes of Viewing Reality：Comparing English and Chinese Poetry"，*Comparative Literature Studies*，Volume 43，Number 3，2006。

② 黄药眠：《论食利者美学》，《初学集》，长江文艺出版社，1957。

③ 樊挺岳：《试论艺术灵感》，《厦门大学学报（社会科学版）》，1963 年第 3 期。

找到一个统一的理论来解释创造者这三条共通的心理感受，这种心理感受是不可言传、只能意会的①。此后又相继出现了朱获《灵感概念的历史演变及其他》等文章。直到1980年7月1日，钱学森《关于形象思维问题的一封信》从思维科学的角度论述灵感学，给灵感研究找到了一种新的科学方法，继而涌现了一批很有见地的专论。

20世纪80年代起，国内灵感的研究呈现了多元化的局面，其中以灵感思维学、灵感与文学艺术创作、灵感与其他近似概念的比较、柏拉图灵感说的延展等为主。陶伯华、朱亚燕的《灵感学引论》奥斯本的《论灵感》是系统研究灵感学的一本综合性著作。它从心理学、创造学、思维学的角度，总结了前人研究灵感的积极成果，剖析了100多个较为著名的灵感事例，阐发了灵感激发系统的一般模式、基本过程、主要机制、进而专题探讨了3类特殊的灵感活动，深入研究了人类创造史中自觉运用灵感激发规律、激扬创造智能的成功经验，揭示了灵感作为人类创造性认识活动中一种最奇妙的精神现象的奥秘②。此外还有朱存明的《灵感思维与原始文化》、刘奎林的《灵感——创新的非逻辑思维艺术》等著作。

灵感与文学艺术创作的关系，是灵感问题研究中引起最多讨论的。代表著作有郭久麟的《文学创作灵感论》，他从文学的创作角度出发，运用文艺理论、美学、心理学、哲学和脑科学去审视，采用系统论的方法，借鉴中外古今作家的丰富创作实例，结合他自己创作中的切身体验，系统而多维地阐述文学创作灵感的特点、本质和诱发机制③。代表文章有白德昆的《艺术灵感探幽》、朱凤顺和吕景云的《论艺术灵感发生的条件及神经生理机制》、朱洁琼的《论艺术创作中的灵感》、孙丽君的《作为"显现"

---

① 奥斯本：《论灵感》，朱狄译，《英国美学杂志》，1977年夏季号。
② 陶伯华、朱亚燕：《灵感学引论》，辽宁人民出版社，1987。
③ 郭久麟：《文学创作灵感论》，四川大学出版社，1990。

的灵感——文艺创作灵感的现象学解读》等①。

灵感与其他近似概念的比较也是学者们关注较多的。如王大根的《也谈灵感、直觉之异同——兼与周文彬同志商榷》、陈本益的《艺术直觉与感知、灵感、科学直觉的区别》、朱存明的《内觉与灵感》、杨星映的《灵感与高峰体验》、邓和清的《模仿说与灵感说——谈西方艺术学院派与反学院派之间的矛盾和冲突》等②。

谈及西方灵感说就不得不提到柏拉图，柏拉图灵感说的延续和发展也是国内学者们十分关注的问题。如朱志荣的《柏拉图灵感论述评》、杨方的《论柏拉图的审美理论》、曹山柯的《德里达文论思想中的柏拉图精神》、刁克利的《柏拉图对西方作家理论的奠基》、王大桥的《柏拉图迷狂说中的超越性蕴含及其美学困境》等③。

柏拉图的灵感说对西方 2000 多年的文艺心理学发展有着重要的影响，但在 20 世纪以后，西方文论发生了语言学转向，灵感不再被广泛关注。16—19 世纪，西方学者对"灵感"的探究主要涉及两个方面，一是灵感与圣经文学、宗教的关系，二是对柏拉图灵感说理论的深入发掘。灵感与圣经文学及宗教的关系是当时学者们比较感兴趣的研究议题，如 "A Vindication of the Divine Authority and Inspiration of the Old and New Testament"，

---

① 白德昆：《艺术灵感探幽》，《社会科学辑刊》，1993 年 6 月；朱凤顺、吕景云：《论艺术灵感发生的条件及神经生理机制》，《文艺研究》，1994 年 9 月；朱洁琼：《论艺术创作中的灵感》，《文艺理论与批评》，2006 年 5 月；孙丽君：《作为"显现"的灵感——文艺创作灵感的现象学解读》，《山东社会科学》，2015 年 10 月。

② 王大根：《也谈灵感、直觉之异同——兼与周文彬同志商榷》，《江汉论坛》，1993 年 5 月；陈本益：《艺术直觉与感知、灵感、科学直觉的区别》，《文艺研究》，1993 年 6 月；朱存明：《内觉与灵感》，《文艺理论研究》，1994 年 8 月；杨星映：《灵感与高峰体验》，《苏州大学学报》，1999 年 1 月；邓和清：《模仿说与灵感说——谈西方艺术学院派与反学院派之间的矛盾和冲突》，《文艺争鸣》，2011 年 2 月。

③ 朱志荣：《柏拉图灵感论述评》，《辽宁大学学报》（哲学社会科学版），1994 年 7 月；杨方：《论柏拉图的审美理论》，《湖湘论坛》，1995 年 2 月；曹山柯：《德里达文论思想中的柏拉图精神》，《四川外国语学院学报》，2004 年 3 月；刁克利：《柏拉图对西方作家理论的奠基》，《外语研究》，2005 年 2 月；王大桥：《柏拉图迷狂说中的超越性蕴含及其美学困境》，《艺术百家》，2008 年 1 月。

"Some Evidence of the Divine Inspiration of the Scriptures of the Old Testament" , "An Essay on the Inspiration of the Holy Scriptures of the Old and New Testament", "The Social Character of Inspiration" 等①。

19 世纪之后，柏拉图灵感说的深入探究也是学者们主要关注的方面。1977 年《英国美学杂志》主编奥斯本发表《论灵感》一文，对西方灵感论演变进行了系统梳理。此外还有如 "The Platonic Theory of Inspiration"，这篇文章是对灵感说本论的探讨，作者认为柏拉图没有找到，也不想去找对灵感过程描述得更"科学"的词语②。"Plato and Inspiration"，作者认为，虽然辩证法与非理性的灵感说看起来似乎是对立的，但是实际上辩证法与灵感说却是一种互补关系③。再如 *The Theory of Inspiration：Composition as a Crisis of Subjectivity in Romantic and Post-Romantic Writing*，在本书中，作者为被认为是"过时"的灵感说做了辩护。

除此之外，伴随着心理学和科学技术的飞速发展，19 世纪至今，学者们对灵感问题的研究也加入了科学实验和计算机辅助研究等方法。在这一阶段，"灵感与文学艺术创作""灵感的跨学科研究"成果颇丰。如 Poetic Creation：Inspiration of Craft 借助对于诗人工作习惯的调查、心理学家的分析和计算机辅助实验等方法来研究灵感与文学艺术创作的关系，该书虽然没有为此下定一个明确的结论，但却提供了一个公平而全面的解释，正如作者在结论中指出的，该研究的意义在于揭示了作者与作品之间的辩证关

---

① "A Vindication of the Divine Authority and Inspiration of the Old and New Testament" , London, Printed by William Horton, for John Wilmot Bookseller in Oxford, 1699; "Some Evidence of the Divine Inspiration of the Scriptures of the Old Testament" , Boston, New-England：Printed by D. Fowler for D. Henchman in Cornhill, 1755; John Dick："An Essay on the Inspiration of the Holy Scriptures of the Old and New Testament" , Philadelphia：James C. How, 1818; John L. Mckenzie ： "The Social Character of Inspiration", *The Catholic Biblical Quarterly*, 1962。

② Arthur E Vassilion："The Platonic Theory of Inspiration", The Thomist：A Speculative Quarterly Review, 1951。

③ Robert Edgar Carter： "Plato and Inspiration", *Journal of the History of Philosophy*, 1967。

系，不仅仅是作者创作了作品，也是作品成就了作者①。再如 *Cultivating the Muse*：*Struggles for Power and Inspiration in Classical Literature*，*Inspiration*：*Bacchus and the Cultural History of a Creation Myth*，*The Psychology of Inspiration*：*An Attempt to Distinguish Religious from Scientific Truth and to Harmonize Christianity with Modern Thought*，*Inspiration in Science and Religion*，*The Muse*：*Psychoanalytic Explorations of Creative Inspiration* 等②。

关于感兴论和灵感说，国内外学者都已从不同的角度进行了大量的研究与论证，而将两者真正联系起来进行比较的学术文章并不多见。笔者对近 30 年来以"感兴与灵感的比较"为主要内容的文章进行了分析，其中国内学者对于感兴与灵感关系的研究经历朦胧期、清醒期、自觉期 3 个阶段；而感兴与灵感的海外研究主要集中在有丰富中国古典文学知识背景和外语能力并精通西方文化的华裔学者身上，如叶嘉莹、孙筑瑾等海外华裔比较文学学者，她们的研究主要从中西方文化背景、观照世界的模式的异同等出发，比较中西诗学之间的差异。

所谓朦胧期，即 20 世纪 80 年代至 20 世纪 90 年代，在这一时期，学者们对于"感兴与灵感"问题的研究尚处于初始阶段，对"感兴""灵感"的概念界定还十分模糊，所以多数学者用我国古典文论中的"感兴"来解释西方文论中的"灵感"，将二者都视为文学创作过程中那带有神秘色彩的元素，对二者之间的差异还没有足够的阐发。张少康的《我国古代的艺术构思论》作者从虚静说、神思说、感兴说、物化说四个方面谈我国

---

① Carl Fehrman：*Poetic Creation*：*Inspiration of Craft*，Minneapolis：University of Minnesota Press，1980。

② Efrossini Spentzou and Don Fowler：*Cultivating the Muse*：*Struggles for Power and Inspiration in Classical Literature*，Oxford，New York：Oxford University Press，2002；John F Moffitt：*Inspiration*：*Bacchus and the Cultural History of a Creation Myth*，Leiden：Brill，2005；George Lansing Raymond，Whitefish：*The Psychology of Inspiration*：*An Attempt to Distinguish Religious from Scientific Truth and to Harmonize Christianity with Modern Thought*，Kessinger Publishing，2010；Michael Fuller：*Inspiration in Science and Religion*，Newcastle upon Tyne：Cambridge Scholars Publishing，2012；Adele Tutter：The Muse：*Psychoanalytic Explorations of Creative Inspiration*，Routledge，Taylor & Francis Group，2017。

古代的文艺创作理论，指出感兴是指艺术构思过程中的灵感现象①。陈国屏的《灵感与灵视——试论艺术思维的两个重要阶段》指出我国古代文论中没有用"灵感"这个词，但类似概念如"感兴""妙悟""文机""俄顷"等都有相通的意思②。李天道的《兴会：中国古代审美创作灵感论》认为"兴会"即是我国古代审美创作的灵感，从形态学角度出发其具有两种形式，即直观感悟式与直觉体悟式③。

　　所谓清醒期与自觉期是指20世纪90年代至今，并交互发生的。这一时期，学者们关于"感兴与灵感"的认识逐渐清晰，对两者的异同进行了较为深刻的探索，从而形成了具有自觉性的独特认识。清醒期的代表文章有：程善邦的《试析"顿悟"与"灵感"》，作者认为把科学研究中的"灵感"规定为"顿悟"更恰当，并指出前者具有后者的特点，但它还具有精神的亢奋性、文思的连绵性和直觉创造的不可重复性等特点④。吴熙贵的《〈文心雕龙〉与〈诗学〉几个理论问题之比较》指出若把陆机、刘勰的应感、感兴、神思等同古希腊柏拉图、亚里士多德的灵感论加以比较，就可以发现它们之间的根本分歧⑤。张晶的《审美感兴论》，作者提出不能将感兴与灵感的概念混淆，前者是将审美主客体联系起来，后者则是创作主体的心理描述，并指出感兴论解释了灵感的来源，对二者的比较研究具有里程碑式的意义⑥。

　　自觉期的代表文章有：饶芃子的《中西灵感说与文化差异》，通过比较研究中西方的灵感理论与文化差异，从而探索把握中国传统灵感论的语义⑦。李满的《感兴说与道禅文化思想的渊源》中，作者认为，中国古典

---

① 张少康：《我国古代的艺术构思论》，《古代文学理论研究（第七辑）》，1982年。

② 陈国屏：《灵感与灵视——试论艺术思维的两个重要阶段》，《求是学刊》，1987年第5期。

③ 李天道：《兴会：中国古代审美创作灵感论》，《学术月刊》，1992年第8期。

④ 程善邦：《试析"顿悟"与"灵感"》，《文艺理论研究》，1990年第2期。

⑤ 吴熙贵：《〈文心雕龙〉与〈诗学〉几个理论问题之比较》，《四川师范学院学报》1990年第5期。

⑥ 张晶：《审美感兴论》，《学术月刊》，1997年第10期。

⑦ 饶芃子：《中西灵感说与文化差异》，《学术研究》，1992年第1期。

美学中的感兴与西方文艺理论中的灵感说大不相同，对感兴五个特征的论述皆基于道家和禅宗哲学思想①。李永毅的《解构主义创作论与中国古典诗学的契合》认为德里达对西方的灵感观念和模仿观念进行了反思，将孕育着无穷变化的"无"视为创作的源头，这与中国古典诗学中道家的美学观念相契合②。汤凌云的《感兴与灵感》指出感兴与灵感之间的文化背景、理论内涵及作用范围的不同，却又彼此联系，存在会通③。这一阶段，"感兴与灵感"由平面的求同或求异的研究走向了立体的多元的互动比较，二者的比较研究取得了突破式的进展。

将我国古典文论中的"兴""感兴"同西方文论中的类似命题进行比较研究的代表有海外华裔学者叶嘉莹和孙筑瑾等。叶嘉莹认为，赋、比、兴是诗歌中借物象与事象传达感动并引起读者感动的三种表达方式，是心物之间互动关系的反映。它与西方在"形象与情志关系"上的最大不同在于，西方的诗歌创作多出于理性的安排，从而降低了"兴"的地位，成为不重要的一环。其"情志与形象之间的关系"仅类似于中国的"比"④。孙筑瑾认为，中英诗歌最根本、最重要的区别是中英诗学传统具有截然不同的关照世界的模式，即主导西方诗学的"模仿"和开启中国诗学的"兴"。文章通过细致地比较分析英诗之中的"模仿"和中诗之中的"兴"，以探求它们给中西诗歌抒情方式带来的根本区别。⑤

通过对"感兴"与"灵感"研究的历史回顾，我们可以看到对于这两个命题前人们都已经从不同角度做了详尽的论述，对于二者的关系，也已经从粗略的等同转向了较为细致的比较。感兴论与灵感说，二者皆是指文学艺术创造过程中出现的思绪如泉涌的高度兴奋状态，但是各有侧重，感

---

① 李满：《感兴说与道禅文化思想的渊源》，《江西教育学院学报》（社会科学版），2004 年第 2 期。

② 李永毅：《解构主义创作论与中国古典诗学的契合》，《中国文学研究》，2006 年第 3 期。

③ 汤凌云：《感兴与灵感》，《江海学刊》，2018 年第 1 期。

④ 叶嘉莹：《中西文论视域中的"赋、比、兴"》，《河北学刊》，2004 年第 3 期。

⑤ 孙筑瑾：《"模仿"与"兴"——中英诗歌关照世界的两种模式之比较》，张婷译，《国外英语语言文学研究前沿》，北京大学出版社，2013。

兴主要指审美客体对审美主体创作情怀的兴发，而灵感则主要涉及审美主体自身方面。然而对于这一差异，在以往的研究中没有得到足够的重视与理解。我国古典诗歌创作感兴论是建立在"兴"的诗学传统下的，体现的是物我合一的境界，西方诗歌创作灵感论是建立在神话传统下的，并且深受宗教思想的影响。这种差异的产生不但与中西诗学传统的不同有关，也深受思维方式的影响，所以根植于两种不同文化之中的诗学创作论各有各的特点和产生原因，不能简单地以客观或者不客观来做优劣的评判，而是应该以互相理解的态度看待这两种诗学思想所代表的文化差异。感兴与灵感代表着两种不同文化与文学传统，在对待审美主客体关系上也存在明显的差异，但是在诗歌艺术产生之初，两者都具有一种与宗教艺术相关的共同神秘经验，却又沿着相反的路径发展。此后在历代文论家的多元阐释中这两种文学创作理论显现出了具有相似性的共同点，比如对艺术创作想象力和创作主体自身才华的重视，特别是在心理学与思维科学等学科的帮助下，文学创作感兴论与灵感说得到了更科学的解释也获得了更多的阐释空间。

三、研究思路

灵感一词大约在 20 世纪初出现在我国文坛，最初对于这个英译词的确切含义连使用它的人也很茫然，由于都具有不可知的神秘色彩，人们很自然地将其与中国古典文论中的"感应""感兴"等词语联系起来。对于这一灵感式的文学创作思维过程，文论家们往往注重对其状态的描述，而不能探究其内涵。同样在 20 世纪初期，西方文化在"民主"与"科学"的旗帜下大量输入到中国，梁漱溟先生在《东西文化及其哲学》中将当时东西文化问题的现状描述为："并非东方化与西方化对垒的战争，完全是西方化对于东方化绝对的胜利，绝对的压服！"① 一方面，当时中国所有之文化都是古人之遗，后人所做也都是古人之余，复古化必然不能大行于未来

---

① 梁漱溟：《东西文化及其哲学》，上海人民出版社，2018，第 14 页。

之世界；另一方面，西洋的轮船、火车、电灯比起我们的民船、骡车、蜡烛等一切旧物实在是惹人注目，一时间使我们眼光缭乱。而如今的世界已经从一方的独白走向了双方的对话，人类进入了所谓"相互理解"的时代，文化与文化之间需要理解、国家与国家之间需要理解、人与人之间也需要理解，这种转变就是强调由"主体性"到"互主体性"的转化，即由人与自然的关系转移到人与人之间的相互交往和互相理解。哈贝马斯在《道德意识和交往行动》中指出了道德行为是人与人之间、主体与主体之间的相互交往，只有通过他们之间的交往、交谈、对话，才能达成共识，达成具有普遍性的道德律。这也适用于不同文化间的沟通与理解，一个民族的文化不是孤立绝缘的，而是处于一个总关系中，从以往到未来任何一种文化都是这个总关系中的一个部分，两种文化间的互相阐释与沟通，也有助于我们深入研究本民族的传统文化，使其得到更好的继承和发扬。

"对话"作为一种哲学思维维度最早可追溯至柏拉图所著的对话集，在对话中苏格拉底所采用的反驳法或者说辩证法是哲学对话思维的原始形式，它既是一种交谈技巧也是一种通过问答形式来阐述科学知识的艺术，通过这种对辩的方式，真理才能逐渐得到显现。这种哲学对话思维也受到了后世哲学家的推崇，维特根斯坦、阿伦特等人对哲学对话思想多有见解，伽达默尔、哈贝马斯更是将对话的哲学思想推向了新的高度。伽达默尔的阐释学核心议题就是将主体之间的交往、对话、理解区别于主体与客体之间的认知，理解不是对文本原意的追寻，而是读者与文本的沟通和对话。哈贝马斯从社会批判理论的角度对伽达默尔的对话思想做了批判性的吸收，"伽达默尔的视野主要集中于解释者对文本的理解，而哈贝马斯的视野则扩展到人与人之间的理解"[1]。"任何正确的解释，甚至精神科学的解释，只有在解释者及其对象共有的语言中才是可能

---

[1] 罗贻荣：《走向对话：文学·自我·传播》，中国社会科学出版社，2006，第112页。

的"①，哈贝马斯将解释学发展成为批判的科学，以交往、对话为基础的交往理论超越了伽达默尔的纯粹解释学，并将其应用到了道德领域和政治领域。

文学对话的理论原型正是基于哲学对话思维而产生，即主体间相互平等的交流模式，特别是在对异质文化的比较研究中，"比较文学研究的最终目的，不仅是要清楚而准确地揭示国别文学之间的历史联系，不仅是要认识到不同文化背景之间文学现象的共同特性，而且，要在文化系统之间、文学传统之间建立一种真正平等与有效的对话关系，为人类的交流与合作，也为文化间的互补、互识、互鉴做出应有的努力与贡献"②。文学对话有超越文学本身更重要的意义，它不是对不同文化间异同的罗列，而是达成不同文化间的相互了解、相互补充，从文化背景出发应对人类社会所面临的共同问题。张江、哈贝马斯在《关于公共阐释的对话》中对阐释的公共性达成了共识，他们指出构建中国当代阐释学理论要在中国古代文化资源中汲取智慧，要批判借鉴西方阐释学理论，实现公共阐释需要互相倾听、彼此协商、平等交流，以达成共识③。平等交流、对话是异质文化间沟通的手段，也是构建公共阐释的有效方法，从东西方文化的互相关照中深刻地阐明对方，具有超越文学研究的更深远的意义。

那么异质文化如何实现有效的对话呢，巴赫金在《弗洛伊德主义：一种马克思主义的批评》中指出了有效对话的三个重要因素，即对话者共同的空间、对话者的共识和两者对情景的共同评价。可见，要实现有效的文学意义上的对话需要以"共见""共识"等因素为基础，要寻找到两种不同文化中产生沟通可能的共有话题。要实现中西诗学中"感兴论"与"灵感说"的有效对话，也要从寻找共同对话的可能性入手。关于感兴的论述

---

① ［德］哈贝马斯：《认识与兴趣》，郭官义、李黎译，学林出版社，1999，第 261 页。
② 乐黛云、陈跃红、王宇根、张辉：《比较文学原理新编》，北京大学出版社，2016，第 63 页。
③ 参见张江，［德］哈贝马斯：《关于公共阐释的对话》，《学术月刊》2018 年第 5 期。

可追溯至"诗六义",其中"兴"具有作诗方法中触景生情的含义,已经含有了感兴这一诗学命题的基本内涵。经古文字学家考证,"兴"字还代表着以祭祀仪式为主的原始艺术形式,诗歌最初就是融合在诗、乐、舞一体的艺术形态之中。这带有宗教意味的"兴"与古希腊灵感说中的"迷狂"具有相同的神秘色彩,感兴与灵感最初的交集便是由此发生,但二者却分别沿着不同的路线进行发展。在感兴论的发展历程中,物感说一直是一条主要的理论路线,代表着我国古典美学中审美主体与审美客体间充满生命感的共融存在模式,然而在古希腊与灵感说有着深厚渊源并且并存不悖的另一种诗学理论——模仿说也体现着一种审美主体与审美客体关系,使感兴论与之产生了另一交集,但是模仿说所体现的主客体二元关系与感兴论则截然不同。感兴论的另一条重要线索是创作主体自身所闪现出的灵性与悟性,刘勰将其称之为"神思",并由此形成了我国古代文论中的一个理论范畴,陆机所言之"应感"、严羽所言之"妙悟",皆体现了文学创作中主体自身的体验与觉悟,在西方灵感说中与之对应的便是文学创作中的想象力,以及突显创作主体感悟的直觉说和潜意识说。随着感兴论的逐渐成熟,文论家们对诗歌创作理论的理解越来越深刻,以叶燮的"才识胆力"说为代表,诗人自身的才学与天赋同样是创作优美诗篇的重要因素,这与西方浪漫主义灵感说中的天才论不谋而合,但是天才论更重视创作主体的自由和情感的自我表现。

将感兴论与灵感说置于对话语境之中,使东西方两种文化所孕育的诗学创作思想得到双向的阐发,而不是以一方的某些理论来解释另一方。在对话模式下,感兴论与灵感说所具有的补充性的相对方面使二者具有了互相解释的潜力和逻辑关联,真正地实现从中西方文学思想的相互观照中深刻地阐明对方。将人际关系中互为主体的平衡应用到不同文化的交流中,也是具有重要意义的尝试,在双向阐释的模式下,一方可以对自己的文化角色有更清晰的认识,也可以对异质文化有更真切的体会。正如世界宗教与意识形态之间实际对话的著名倡导者奥纳德·斯维德勒教授在《全球对话的时代》序言中所讲的:"我们正在开始意识到,我们必须进入与那些思想和我们不同的人的对话中，不是教给他们真理，而是去学习更多的单有我们不可能了解的实在。我们正不可避免地进入对话。"①

---

① ［美］L. 斯维德勒：《全球对话的时代》，刘利华译，中国社会科学出版社，2006，第 2 页。

第一章

兴与迷狂：诗歌艺术萌生之初的情感体验

兴于诗，立于礼，成于乐。①

这种迷狂，是由诗神凭附而来的。它凭附到一个温柔贞洁的心灵，感发它，引它到兴高采烈神飞色舞的境界，流露于各种诗歌，颂赞古代英雄的丰功伟绩，垂为后世的教训。②

"兴"字在先秦典籍中经常可见，如《小雅·天保》："天保定尔，以莫不兴"；《小雅·小明》："念彼共人，兴言出宿"；《礼记·中庸》："国有道，其言足以兴"；等等。意思基本与《尔雅·释言》所训"起也"相一致，亦隐含"兴盛"之意。据古文字学家考证，这一表示上举的动作也承载着原始社会先民与神灵、万物相感应的文化内涵，代表着以祭祀活动为主的原始艺术形态。最先将"兴"抽象为一个理论命题的是孔子，"孔子著名的'兴于诗，立于礼，成于乐'和'诗可以兴'的理论第一次将'兴'与'诗'联系起来，由此，'兴'的社会实践行为逐渐转化成艺术创作和诗歌运用的理论思维"③。孔子从诗的功能角度将"兴"与人的思想情感紧密结合起来，使"兴"的意义从诗、乐、舞一体的艺术形态走向独立的诗歌艺术形态，并逐渐转向诗的创作理论。作为独立诗歌艺术形态

---

① 程树德撰：《论语集释》（上），程俊英、蒋见元点校，中华书局，2013，第610页。
② ［古希腊］柏拉图：《柏拉图文艺对话集》，朱光潜译，商务印书馆，2016，第110页。
③ 王秀臣：《礼仪与兴象——〈礼记〉元文学理论形态研究》，社会科学文献出版社，2014，第19页。

的"兴"，为"六诗"之一，载于《周礼·春官·大师》，至《毛诗序》改称为"六义"，这也正是诗歌创作感兴论的发端。

"灵感""迷狂""出神"是古希腊美学家在描述文艺创作和朗诵过程中出现的激动心理状态时热衷于使用的词汇，用神灵凭附的"迷狂"来解释主体在审美历程中突然出现的激情，在古希腊被认为是一种正统的说法。在《伊安篇》中，柏拉图将灵感"in-spiration"解释为由神力凭附的迷狂"mania"，它们分别源自古希腊语"ενθεοι"和"μ-αν ία"，与酒神狄奥尼索斯崇拜中的出神"έκστασιϛ"意义基本相同，都含有热情"enthu-siasm"、疯狂"madness"的含义。柏拉图在其灵感说中引入了带有浓厚宗教崇拜色彩的概念"迷狂"，将迷狂说与文艺创作的灵感说结合在一起，带有酒神精神的"迷狂"也正是西方诗歌艺术、悲剧艺术的起源，尼采把原始酒神仪式看作诗之起源，把迷狂之境中人的激情状态看作最原始又最绝妙的诗。

"情动于中而形于言；言之不足，故嗟叹之；嗟叹之不足，故永歌之；永歌之不足，不知手之舞之，足之蹈之也。"《毛诗序》中这段描写生动地体现了那带有原始生命神圣的和隐秘的经验，伴随着心神的激荡和身体的舞动，透露着原始艺术起源中巫幻、神秘的色彩，是对以祭祀活动为主的原始艺术之"兴"最好的阐释。就像柏拉图在《伊安篇》中对诗人迷狂状态的描述："他们一旦受到音乐和韵节力量的支配，就感到酒神的狂欢……不失去平常理智而陷入迷狂，就没有能力创造。"[1]"兴"与"迷狂"都承载着艺术萌生之初人类热烈而激动的神秘体验，它通过歌唱、舞蹈的方式展现出来，是情感的自然流露和生命热情的自由显现。"史前时代的巫术歌舞正是古代宗教礼乐文化之源"[2]，与我国古代礼源于巫一样，柏拉图所描绘的神灵凭附的迷狂也源于荒蛮时代的宗教巫术。

原始巫乐舞融合的艺术形态之中，"兴"寄托着人们超越现实与天地万物合为一体的热切期盼，没有文明和庄严的矫饰，是人类情感野蛮、天

---

① ［古希腊］柏拉图：《柏拉图文艺对话集》，朱光潜译，商务印书馆，2016，第 7 页。
② 谢谦：《中国古代宗教与礼乐文化》，四川人民出版社，1996，第 45 页。

然的直接体现。进入礼乐文明的时代以后，"兴"的原始巫术仪式性质逐渐消失，取而代之的是庄严的仪礼形式。"'兴'使典礼中的一切行为仪式化，简单、重复的仪式行为在神秘时空中变得神圣、典雅而充满了意味，粗野、朴素的情感经过仪式化而变得高贵起来"①。在"发乎情止乎礼义"的规训下，"兴"的原始含义逐渐退去，儒家诗教之下的"兴"代表着诗的温柔、敦厚、儒雅。然而流淌在古希腊诗人和戏剧家血液中的迷狂基因并没有削弱，反而表现出更加强烈的自主性和自由性。酒神颂，一种原始的春天庆典仪式活动，正是希腊悲剧这一古老而伟大的艺术形式的发祥地②。酒神的迷狂在西方 2000 多年的文艺历史中一直延续着，浪漫主义的天才说、尼采的酒神精神说、柏格森的直觉说、弗洛伊德的潜意识说等重要理论中都可以找到迷狂的影子。

第一节　仪式中的兴与迷狂

一、巫乐舞一体的艺术形态之"兴"

汉字作为表意性语言起源于人类与宇宙对话的占卜式认知方式，《周易·系辞下》言："近取诸身，远取诸物，于是始作八卦，以通神明之德，以类万物之情"③，这既是《易》之易理，也是汉字产生之原理。在表意文字中，一个字可以有许多解释，这与西方表示逻辑关系为主的字母文字大为不同，汉字的这种特点使其具有很强的隐喻性和启示性。早期的"兴"字与祭祀仪式关系密切，甲骨文和金文中的"兴"字像四手拿着盘子，以表示富饶、祈祷、贡献等意，自易对后来"托事于物""即物起兴"

---

① 王秀臣：《礼仪与兴象——〈礼记〉元文学理论形态研究》，社会科学文献出版社，2014，第 22 页。
② 参见［英］简·艾伦·哈里森：《古代艺术与仪式》，刘宗迪译，生活·读书·新知三联书店，2016，第 62 页。
③ 朱高正：《易传通解》上，华东师范大学出版社，2015，第 58 页。

的作诗方法产生潜移默化的影响。

（a）《甲编》2356　　　　　（b）父辛爵

图1-1　《殷墟文字甲编》和金文"父辛爵"中的"兴"字

以上两例分别为《殷墟文字甲编》和金文"父辛爵"中的"兴"字，像四手各执盘子之一角而兴起，取"起"之义。罗振玉先生曾指出："兴"字中四手所奉为般，"般亦舟也，所以盛物"①。郭沫若先生认为，般、盘、槃为古今字，自古即兼具盘旋、盘游之意②。《尔雅·释诂》将"般"解释为"乐也"；《诗经·周颂》中有《般》篇，《小序》："般，乐也"；《卫风》中有《考槃》：都是"般"与乐舞相关的证明。所以"兴"字与乐、舞等表演活动密切相关，可以解释为持盘而歌舞，展示出的是祭祀表演活动中陈物而舞的形态和祭祀者情感升腾的状态，祭祀者将各种献祭之物盛放在盘子上，以表演"兴舞"的方式欢庆丰收、祈祷平安。商承祚后来根据钟鼎文里的发现，给兴字增加了"口"的因素，并判断"兴"字是众人合力举物时所发出的声音③。陈世骧指出："'兴'乃是初民合群举物旋游时所发出的声音，带着神采飞逸的气氛，共同举起一件物体而旋转"④，这种带有回环往复韵律特征的呼声就是后来诗歌的萌芽，也可以解释为什么《诗经》中多数作品都是以音重意叠的形式存在。

---

① 转引自彭锋：《诗可以兴——古代宗教、伦理、哲学与艺术的美学阐释》，安徽教育出版社，2003，第53页。

② 参见郭沫若：《卜辞通纂》，中国社会科学出版社，1983，第538、545页。

③ 参见王一川：《审美体验论》，百花文艺出版社，1992，第244页。

④ 陈世骧：《陈世骧文存》，辽宁教育出版社，1988，第155页。

（一）鼓之舞之以尽神

　　子曰：书不尽言，言不尽意。然则，圣人之意，其不可见乎？子曰：圣人立象以尽意，设卦以尽情伪，系辞焉以尽其言，变而通之以尽利，鼓之舞之以尽神。①

——《周易·系辞上》

　　祭祀表演活动中，兴的对象是物，其外在表现形式是举起器物，而内在含义却是精神、情感的上举、升腾。在托盘而舞的强烈节奏里融合着的也是上古人类巫、乐、舞一体的原始宗教表达形式，带有浓厚的宗教色彩。《周易·系辞上》："鼓之舞之以尽神"，《楚辞章句》："其祠必作歌乐鼓舞以乐诸神"，舞与巫有着深厚的渊源。甲骨文中的"舞"字像一个通过舞蹈来祈雨的巫师，许慎在《说文解字》中解释"巫"为祝，"女能事无形，以舞降神者也"②。殷人主要以舞祭祀，这种祭祀活动也叫"雩"，《说文》："雩，羽舞也"，且多与求雨有关。楚人祭鬼事神必用巫歌，并称巫为灵，《九歌·东皇太一》："灵偃蹇兮娇服，芳菲菲兮满堂"③，身穿娇艳华美衣裳的巫者在满室芬芳花飞中翩翩起舞，这一幕正如柏拉图所描述的酒神祭典。"后世的歌、舞、剧、画……在远古是完全揉合在这个未分化的巫术礼仪活动的混沌统一体之中的，如火如汤，如醉如狂，虔诚而野蛮，热烈而谨严。"④ 原始的巫术、祭礼凝聚着人们强烈的情感、信仰和期望。

　　兴的起源带有一种神秘主义色彩，这与原始时代人类对神灵与巫术的信仰有关。初民以"兴舞"的方式来沟通神灵、感受万物，进而寄托情感，抒发心意。原始舞者通过上升和下降的动作使自己的精神得到超越，

①　朱高正：《易传通解》上，华东师范大学出版社，2015，第51页。
②　（汉）许慎撰，（清）段玉裁注：《说文解字注》，江苏广陵古籍刻印社，1997，第201页。
③　林家骊译注：《楚辞》，中华书局，2016，第39页。
④　李泽厚：《美的历程》，文物出版社，1982，第15页。

实现与神灵的沟通，并经常借助酒的助力。商代每逢事必卜问鬼神，而饮酒是与鬼神交流的主要方式，卜辞中记载了许多酒祭，"百鬯百羌，卯三百牢"，鬯就是一种祭祀用酒。酒"一方面供祖先神祇享用，一方面也可能是供巫师饮用以帮助巫师达到通神的精神状态的"①。就是在这种精神状态中，巫师与神产生神秘的感应，"'酒'似颇具关键地位，巫者饮酒之后，随着音乐的抑扬顿挫，易于进入兴奋的状态而手脚自然飘摇，便达到脱魂与降神的目的"②。这种兴奋状态就是柏拉图所说的"μανία"（迷狂），"科里班特巫师们在舞蹈时，心理都受一种迷狂支配；抒情诗人们在作诗时也是如此"③。科里班特巫师们掌酒神祭，祭时击鼓狂舞，在音乐和节奏的感染下感受酒神的狂欢。诗人们也是如此，就像酒神的信徒们受到酒神凭附后陷入迷狂中，诗人们受到诗神的凭附，失去平常的理智，否则就无法作诗。

艺术与巫术、宗教之间有着相同的基本原理，虽然原始巫术十分幼稚，但却与艺术一起经历了漫长的共同的发展道路。如塔塔科维兹所揭示的，那种目的在于引起情感宣泄与心灵净化的表现性祭祀舞蹈，并非希腊文化所特有，而是许多原始人都熟悉的④。但这种形式在希腊达到了极致，并且一直保留了下来，即使不再以巫术的形式存在，而是以艺术观赏的形式继续影响着希腊人。先民解释未知现象或祈福禳灾的巫神信仰在不同种族间普遍存在，在巫术、神话盛行的时代，信仰神灵就是当时最大的理性。新柏拉图主义者昆提利安在其《乐记》中说道："狄奥尼索斯式的和类似的祭祀是有道理的。因为在那里所表演的舞蹈和歌唱具有一种安慰作用。"⑤

---

① 张光直：《中国青铜时代》（第二集），三联书店，1990，第 61 页。
② 赵容俊：《殷商甲骨卜辞所见之巫术》，中华书局，2011，第 45 页。
③ ［古希腊］柏拉图：《柏拉图文艺对话集》，朱光潜译，商务印书馆，2016，第 7 页。
④ 参见［波］塔塔科维兹：《古代美学》，杨力译，中国社会科学出版社，1990，第 26 页。
⑤ 转引自［波］塔塔科维兹：《古代美学》，杨力译，中国社会科学出版社，1990，第 16 页。

（二）温柔敦厚而不愚

入其国，其教可知也。其为人也，温柔敦厚而不愚，则深于诗者也。[①]

巫术文化在我国古代却延续着一条不同于古希腊的路径发展着，巫觋乐舞之中的狂喜与激昂并不是无节制的。"人鬼的崇拜，那是在封建型的国家制度下，随着英雄人物的出现而产生的一种宗教行为"[②]，随着文明时代的到来，神话与巫术逐渐走向了人为宗教和世俗化的道路。殷周之际文化的更替最为剧烈，就是以"尊礼"取代了"尊神"，周人敬德、尊礼，冲破殷人的"尊神"传统，开创了以"礼治"为核心的文化传统，虽然并没有完全摒弃神灵的信仰，却将天神与人间圣王融合为一，将神人性化。《山海经》《淮南子》记载的神话故事虽然多被后人视为侈谈神怪、百无一真，但反映的精神实质还是人与自然的和谐，与西方史诗极力表现出的神的威严与神秘截然不同。

西方文艺创作灵感说源于诗神的信仰，据希腊神话所言，人的各种技艺也都来自神的传授。我国古代也有音乐是神赐之物、《九歌》本是天乐的传说，但在《论语》"子不语怪、力、乱、神"与《中庸》"子曰：索隐行怪，后世有述焉，吾弗为之矣"等思想的引导下，神话传说与神灵信仰没有得以像西方那样蔓延开来。神灵崇拜在西方以宗教的形式传承下去，而在我国却是以礼的形式保留下来，礼仪具有宗教的效用，却没有宗

[①]　（清）朱彬撰：《礼记训纂》，沈文倬、水渭松点校，浙江大学出版社，第 723 页。
[②]　闻一多：《神话与诗》，天津古籍出版社，2008，第 199 页。

教中种种荒谬不通的弊病①。在礼乐文化中，"兴"的原始巫幻色彩被削弱了，保留下来的是人们与天地万物感应、交流的朴素温和的意愿。孔子将"兴"与诗联系起来，使之从礼仪中分离出来，"兴"从诗的功能逐渐发展成为一种独立的艺术形态和诗学命题。

《诗经》中的"兴"是儒雅温和的，《秦风·无衣》："王于兴师，修我戈矛"；《大雅·大明》："矢于牧野，维予侯兴"；《大雅·绵》："百堵皆兴，薨鼓弗胜"；《毛传》："兴，起也"。"礼有微情者，有以故兴物者"，"兴"的动作存在于古代多种礼仪中，《仪礼·士冠礼》："冠者升筵坐，左执爵，右祭脯醢，祭酒，兴，筵末坐，啐酒，降筵拜，宾答拜。"《仪礼·乡饮酒礼》："主人坐取爵，兴，适洗；南面坐，奠爵于篚下；盥洗。"《仪礼·乡射礼》："司正实觯，降自西阶，中庭北面坐奠觯，兴，退，少立；进，坐取觯，兴；反坐，不祭，遂卒觯，兴；坐奠觯，拜，执觯兴；洗，北面坐奠于其所，兴；少退，北面立于觯南。"表示动作的"兴"在《仪礼》中最为常见，而且往往重复出现，意义却最不寻常，兴的动作预示开始，并寄托着参与者内心殷切的期盼，象征人和天地之间的神秘感应。

最初的"兴"虽然没有诗学意义，但却生动地描绘了人是通过怎样的方式与世间万物相联系，与天地神灵相感应。在人们祈求丰收、祈祷庇佑的朴素信仰中，一酒一肉、一草一木都被赋予了特别的意义，承载着人们内心的希冀。"兴"将主观世界里的思想情感与客观世界里的物象相融合，形成了物我相谐和情景相生的诗歌艺术的原型。"早期的'兴'既是陈器物而歌舞，如伴有颂赞祝贺或诔祭之词，当然多会从这些实物说起，来发

---

① 梁漱溟先生在《东西文化及其哲学》中提出："他（孔子）把别的宗教之拜神变成祭祖，这样郑重的做法，使轻浮虚飘的人生，凭空添了千钧的重量，意味绵绵，维系得十分牢韧！凡宗教效用，他无不具有，而一般宗教荒谬不通种种毛病，他都没有，此其高明过人远矣。"李泽厚先生在《由巫到礼 释礼归人》中也提道："周公从外在体制、制度方面，孔子从内在心理、情感方面将远古巫术理性化，形成了中国人的人文（外）和人性（内）。周公是'由巫到礼'，孔子是'释礼归仁'。因为礼崩乐坏，必须为'礼'找一个替代巫术神明的坚实依据，这就是孔子的'仁'。"

挥赞诔之意。此种习惯自易演变成'即物起兴'的作诗法。"① "托事于物"，"引譬连类"，"以善物喻善事"为"兴"也，所以闻关雎之关关和鸣自然联想到君子之思淑女；借灼灼桃花之明艳预祝女子家庭生活之美好；燕燕于飞寄托对祖先的怀念和向往；桑梓以兴表达对父母、故土的深切依恋。作为诗学重要命题的"兴"与诗歌创作理论的"感兴"都是由"兴"所承载的原始文化内涵发展而来。

带有巫礼文化余风的仪式之"兴"含义非常丰富，通神歌舞中反映了个体生命与宇宙生命的融合，在情感状态上表现为迷狂的、激昂的、充满想象的。但仪式之"兴"与宗教的"迷狂"到底还是分属于两个不同的话语体系，在文化背景、价值取向上都存在着差异。特别是在经学传统中"兴"代表着温柔敦厚的诗教，多表示为兴起的动作，或者情感的升腾；而迷狂则表现出更多的自主性和自由性，多是形容情绪激动时的状态，犹如神灵凭附、灵感显现。

灵感一词在20世纪初才由西方译介到我国，本是圣经中古希腊语 πνεω 的借译，是呼吸、（风）轻拂的意思。因具有吸入灵气的含义，学者们将 Inspiration 由最初简单的音译形式改译为"灵感"，也表明了灵感一词与上古人类巫、乐、舞一体的巫术和宗教相关。由于都具有不可知的神秘感，文人们很自然地将"灵感"同我国古代文论中的"感应""感兴"联系起来，现代以后的许多学者将我国古典文论中的感兴现象解释为灵感，但实际上西方诗学中用以解释创作来源的"灵感"一词在我国古代文学中并未有过与创作相关的任何意义，仅仅是指神灵、灵应等意。现代艺术理论中对灵感一词的使用，主要是指受西方18世纪启蒙主义影响后浪漫主义所强化了的主观主义灵感说，其与传统灵感理论的区别很大，它认为灵感的来源存在于艺术家本身而不存在于艺术家之外。文论家们用西方的灵感一词来解释感兴，往往是注重其含义里对文学创作过程中活跃的思维状态的描述，而对于触发创作之灵感的理解是客观理性的。闻一多曾将诗人杜

---

① 周策纵：《古巫医与"六诗"考——中国浪漫文学探源》，上海古籍出版社，2009，第141页。

甫的生活经历比作他创作的灵机，"灵机既经触发了，弦音也校准了，从此轻拢慢捻，或重挑急抹，信手弹去，都是绝唱"①。

二、通灵而感的"迷狂"

西方诗学中关于灵感说的系统论述出自柏拉图的《伊安篇》，这部作品是柏拉图所有作品中最短的一部，它短小精悍、优雅美丽，其真实性并没有受到过质疑，对话的主题在《欧绪德谟篇》中也提到过。诵诗人伊安刚刚来到雅典准备参加雅典娜神的祭典，苏格拉底十分羡慕诵诗人，总是穿着漂亮的衣服并且总是跟绝美的诗歌与出色诗人联系在一起。但是伊安的诵诗技能仅限于荷马的作品，一背诵其他诗人的诗他就会昏昏欲睡。苏格拉底给出的答案是，颂诗人的本领不是出于技艺或者规则，而是被灵感启发的，他从诗人那里获得了一种神秘的力量，并且诗人也是如此获得了神的灵感和启示。诗人们和他们的解释者们被比作一串磁力环，由一个磁石将他们牵连起来，这个磁石就是缪斯女神，磁力环的末端就是观众。《伊安篇》道出了柏拉图关于诗歌创作的一个真理，那就是诗人是受灵感启发的。天才往往被认为是无意识的或自然的恩赐，"天才类似于疯狂"的说法在当时是一个流行的名言。柏拉图的诗歌创作灵感论思想中有两个核心的概念，灵感和迷狂，它们分别来自古希腊神话中的诗神崇拜和酒神信仰。柏拉图在传统诗神崇拜的信仰上融入了迷狂的概念，解释诗人创作时如醉如痴的激情状态，就是神赐的迷狂。

（一）不可思议的神启之音

关于"灵感"的描述可追溯至赫西俄德《神谱》中使用的"$εν\,ε$ $πνευσαν$"，M. L. 韦斯特在《神谱》校勘本中指出"$εν\,επνευσαν$"一词并非专指艺术上的"灵感"，而泛指一切由神明赋予的精神或心灵上的气质或禀赋。继《神谱》之后，古希腊诗人品达的作品中出现了诗歌创作必须依靠天赋的思想，哲学家德谟克利特也十分强调诗人的天赋和灵感，他

---

① 闻一多：《神话与诗》，天津古籍出版社，2008，第281页。

虽然重视灵感在诗歌创作中的作用，但作为一位无神论者，他没有将灵感与神灵凭附的关系加以申说，柏拉图的神赋灵感之说正是在此之后形成的。在《伊安篇》中，柏拉图将诗人受神启示而作诗的状态比作酒神的信徒们受酒神凭附后的迷狂，就像巫师们在舞蹈时受到音乐和节奏的支配就感受到神赋的迷狂，诗人们在作诗时也是如此。"迷狂"虽然源自巫术信仰，但对于创作激情状态的描述却是客观的，"巫术，虽然就其手段而言是想象的和幻想的，然而就其目的而言，也是科学的"①。柏拉图的"迷狂"就是《乐记》中的"故不知手之舞之足之蹈之也"，《系辞传》中的"鼓之舞之以尽神"，《诗品序》中的"灵祇待之以致飨，幽微藉之以昭告"，就是诗歌艺术萌生之初的"兴"。

灵感说一直是西方客观唯心主义思想的代表，深受西方宗教神学思想的影响。"唯心哲学都是和宗教上神的信仰分不开的"②，柏拉图灵感说的根源还是来自古希腊的神话传说，来自人们歌颂诗神的传统，这种信仰从一开始就通过语言、生活方式和习惯深深扎根于人们心中，影响着人们的思维方式和价值观念。这些神话通过诗人的声音和家庭中妇女们的口述来传递，就像柏拉图说的那样，孩子们在摇篮里就知道了这些传说和寓言。"这些故事，这些神话，因为在人们学说话的同时听到的而更加耳熟能详，它们制造了一个道德框架，希腊人依照这个框架自然而然地发展到表现神、安置神、思考神。"③诸神的家庭、谱系、遭遇、冲突或合作这样展现在人类面前，人们通过这些生动的故事对神有了理智所允许的认可。在这方面，荷马与赫西俄德功不可没，他们关于诸神的故事被奉为经典，对于聆听者或者传递者来说，他们的故事就是参照的模板。

让我们从赫利孔的缪斯开始歌唱吧，她们是这圣山的主人。她们

---

① ［德］恩斯特·卡西尔：《人论》，甘阳译，上海译文出版社，2016，第127页。
② ［古希腊］柏拉图：《柏拉图文艺对话集》，朱光潜译，商务印书馆，2016，第330页。
③ ［法］让-皮埃尔·韦尔南：《古希腊的神话与宗教》，杜小真译，生活·读书·新知三联书店，2001，第13页。

轻步漫舞，或在碧蓝的泉水旁或围绕着克洛诺斯之子、全能宙斯的圣坛。……曾经有一天，当赫西俄德正在神圣的赫利孔山下放牧羊群时，缪斯教给他一支光荣的歌。①

在古希腊，"荷马"是以弹唱英雄史诗为职业的歌手们的代名词，《荷马史诗》是对流传于民间的英雄故事的汇编，它的真正作者是许多代歌手，是民众。而赫西俄德是一位真正的诗人，也是我们所能知晓的第一位古希腊个人作家，他创作的《神谱》是第一部对希腊诸神的诞生、形象性情、亲缘世系做系统描述的叙事诗。"近代以来学者们倾向于认为，赫西俄德生活和创作的时代在公元前8世纪上半叶。这和《工作与时日》中反映出来的社会面貌是相符的。"② 公元前七八世纪希腊社会开始进入文明时期，纷繁复杂的希腊神话经过历代的交汇融合又吸收了埃及和西亚的神话传说后，基本得到统一。赫西俄德继承荷马史诗的传统，以奥林匹斯神系为归宿，将不同神话故事中的诸神纳入到了一个单一的世系，完成了希腊神话的统一，对希腊人的宗教生活产生了深刻的影响。

《神谱》中追溯诸神起源的思想也对以追寻世界本质为主的古希腊自然哲学的产生有着直接的影响。

赫西俄德这样描述诗人获得缪斯女神启示的过程：

ὡς ἔφασαν κοῦραι μεγάλου Διός ἄρτι ἐπειαι,
καί μοι σκ ῆπτρον ἔδον δάφνης ἐριθηλ έος ὄζον
δρ ἐψασαι, θηητόν ἐν ἐπνευσαν δε μοι α ὑδ ῆν
θ έσπιν, ἱ να κλε ίοιμι τά τ' ἐσσόμενα πρό τ' ἐόντα,
καί μ' ἐκ ελονθ' ὑμνε ῖν μακάρων γ ένος α ἰέν ἐόντων,

---

① ［古希腊］赫西俄德：《工作与时日 神谱》，张竹明、蒋平译，商务印书馆，2006，第35页。
② ［古希腊］赫西俄德：《工作与时日 神谱》，张竹明、蒋平译，商务印书馆，2006，第1页。

σφας δ᾽ αὑτὰς πρ ῶτόν τε κα ἰῢστατον α ἰεν ἀε ἰδειν.①

据王绍辉的译本："伟大宙斯之女如是训导。她们折下茂盛的月桂枝，作为节杖赐予我，又用不可思议的神启之音对我耳语，让我叙说过往之事，并预言未来。女神们还命我赞美那些永生的神佑一族，并在歌的开篇和结尾歌唱她们。"② 张竹明、蒋平的译本："伟大宙斯的能言善辩的女儿们说完这话，便从一棵粗壮的橄榄树上摘给我一根奇妙的树枝，并把一种神圣的声音吹进我的心扉，让我歌唱将来和过去的事情。她们吩咐我歌颂永生快乐的诸神种族，但是总要在开头和收尾时歌唱她们——缪斯自己。"③

古希腊语"σκ ῆπτρον"一词，在《伊俐亚特》中与"royalty，kingly power，rule"有关，是国王或先知所携带之物，也象征着是神的代言人，此处译为"她们折下茂盛的月桂枝，作为节杖赐予我"更合适，因月桂归属于领导缪斯女神的阿波罗，女神们将节杖赐予我以表示我就是诗神的代言人。"ἐν ἐπνευσαν"一词被译为"用神启之音对我耳语""把神圣声音吹进我的心扉"，古希腊语中"ἐν ἐπνευσαν"有两个基本含义，一是"blow into"，意思是"吹进"，另一个是"to be inspired"，意思是"使我获得灵感"，所以"把一种神圣的声音吹进我的心扉"是更直观的对诗人如何获得神启的描写，也是后人把古希腊语中"神明赋予的禀赋"译为"inspiration"（灵感）的主要因素，它们都带有"吸入灵气"的含义。吸入灵气也是巫师通神的一种重要方式，把灵气吸入身体内然后能作出一些预言。汉语中的"灵"字本就与"巫"有关，"靈"从巫，《说文》"灵，灵巫也，以玉事神"，在远古时期人们认为巫觋可感通神灵并做出预言。

（二）热烈激动的情感体验

柏拉图在《伊安篇》中提出的"灵感"说正是延续了《神谱》中的

---

① ［古希腊］赫西俄德：《神谱》，王绍辉译，上海人民出版社，2010，第16页。
② ［古希腊］赫西俄德：《神谱》，王绍辉译，上海人民出版社，2010，第17页。
③ ［古希腊］赫西俄德：《工作与时日 神谱》，张竹明、蒋平译，商务印书馆，2006，第27页。

"神启之音"的说法。

Μοῦσα ε᾽νθ έους μ ὲν ποιεῖ αυ᾽τ η, δι ὰ δ ὲ τῶν ε᾽νθ έων το

ύτων

ἀλλων ε᾽νθουσιαζόντων ο᾽ρμαθ ὸς ε᾽ξαρτᾶται. πάντες γ ὰρ ο

τε τῶν ε᾽πῶν ποιητα ὶ οι᾽ α᾽γαθο ὶ ου᾽κ ε᾽κ τ έχνης α᾽λλ᾽ ἐνθεοι

ὀντες κα ὶ κατεχόμενοι πάντα ταῦτα τ ὰ καλ ὰ λ έγουσι ποι ή-

ματα, κα ὶ οι᾽ μελοποιο ὶ οι᾽ α᾽γαθο ὶ ω᾽σα ύτως, ὠσπερ οι᾽

κορυ-

βαντιῶντες ου᾽κ ἐμφρονες ὀντες ο᾽ρχοῦνται, ο ὑτω κα ὶ οι᾽

μελο-

ποιο ὶ ου᾽κ ἐμφρονες ὀντες τ ὰ καλ ὰ μ έλη ταῦτα ποιοῦσιν,

α᾽λλ᾽ ε᾽πειδ ὰν ε᾽μβῶσιν ει᾽ς την α᾽ρμον ίαν κα ὶ ει᾽ς τ ὸν ρ

ύθμόν,

βακχε ύουσι κα ὶ κατεχόμενοι, ὠσπερ αι᾽ βάκχαι α᾽ρ ύονται ε᾽κ

τῶν ποταμῶν μ έλι κα ὶ γάλα κατεχόμεναι, ἐμφρονες δ ὲ ο ὑ

͂σαι①

　　柏拉图在《伊安篇》中提出:"你这副长于解说荷马的本领并不是一种技艺,而是一种灵感。"② 在所引古希腊文版本和史特方努斯编校的《柏拉图全集》（古希腊文-拉丁文对照版）中,柏拉图所用的词均为"ἐνθεοι",与赫西俄德所用的"ἐν έπνευσαν"一词具有相同的意思,即"full of the god, inspired"（充满神性的,被赐予灵感的）。但柏拉图的"ἐνθεοι"一词却多了一层含义,即"of divine frenzy"（神性的、强烈而激动的情感）,我们今天所使用的英文单词"enthusiasm"（热忱,热情）就源自古希腊语中的"ἐνθεοι"。在提到"迷狂"时,柏拉图所用的词是

---

① John Burnet: *Platonis Opera Omnia*, Oxford Clarendon Press, 1900, p. 1047.
② ［古希腊］柏拉图:《柏拉图文艺对话集》,朱光潜译,商务印书馆,2016,第 7 页。

"μανία"，"μανία"的意思是"inspired frenzy passion"（被赐予神性的激情），我们今天所使用的英文单词"mania"（狂热）、"madness"（疯狂）都源自古希腊语中的"μανία"。显然，柏拉图在描述诗人获得神的启示而作诗时使用的词语"灵感"和"迷狂"都具有"热情、狂热"之义。德谟克利特曾经把诗人情绪上的极度狂热或激动称为是一种疯狂，柏拉图的灵感说一方面是对德谟克利特思想的发挥，另一方面，柏拉图给灵感说披上了一层宗教的面纱，"诗人是神的代言人，正像巫师是神的代言人一样，诗歌在性质上也和占卜预言相同，都是神凭依人所发的诏令"①。"神性的迷狂"是人们在占卜过程中对神母、酒神和先知的崇拜中孕生的，"柏拉图的'神赐的迷狂状态'这一学说，在希腊文化的时代就被公认为是正统的，并且在罗马文学理论中仍然保留着"②。

　　"缪斯给人类的神圣礼物就是这样。正是由于缪斯和远射者阿波罗的教导，大地上才出了歌手和琴师。"③ 杰出的古希腊诗人都是采用这种向诗神祈祷的方式开始自己的创作，后人自然而然地继承了这种传统信仰，是为了获得关于作诗技艺的神秘信条，也是为了表达对诗神的尊重。不管神话、巫术如何的奇异怪诞、曲折晦涩，但表达的情感却是真实的，"它们那超人间的感性形式，唤起的始终是人间的情味：或惧或喜，或憎或爱"④。在我国古代文论中有许多词语与灵感同义，都用以描绘诗人创作时不可言说的微妙，比如"应感""天机""妙悟"等等。再如"若夫应感之会，通塞之纪，来不可遏，去不可止""方天机之骏利，夫何纷而不理""天机偶发，生意勃然，落笔趣成，多有神助"等等，皆是用来描述与灵感类似的创作体验，虽然分属于不同文化传统之中，关于文艺创作的灵觉

---

① ［古希腊］柏拉图：《柏拉图文艺对话集》，朱光潜译，商务印书馆，2016，第329页。
② ［英］H. 奥斯本：《论灵感》，朱狄译，《国外社会科学》，1979年第2期，第82页。
③ ［古希腊］赫西俄德：《工作与时日 神谱》，张竹明、蒋平译，商务印书馆，2006，第29页。
④ 汪裕雄：《审美意象学》，人民出版社，2013，第56页。

妙感却是共同的。

第二节 诗中的兴与迷狂

一、即物起兴

《周礼·春官·大司乐》："以乐语教国子：兴、道、讽、诵、言、语。"郑玄注："兴者，以善物喻善事。"经学传统中对"兴"的阐释往往重视的是诗的功用，重善而轻美，"以善物喻善事"之"兴"可以教人向善，引导品行端正，是孔子"兴于诗"思想的延续。郑玄《周礼注疏》云："兴，见今之美，嫌于媚谀，取善事以喻劝之"，所以诗者托事于物、即物起兴，"兴"逐渐成为一种诗歌创作方式。感兴作为一种诗歌创作理论滥觞于"诗六义"中的"兴"，《诗·大序》列举了诗之六义，对"风""雅""颂"做了详细的解释，却对"赋""比""兴"只字未提。对于诗之六义，朱熹称"诗有六义，先儒更不曾说得明"①，而其中"兴"的含义更是最为缠夹，"《诗》之'兴'全无巴鼻，后人诗犹有此体"②，足见"兴"之浑然无迹，难以言说。

> 兴之为义，是诗家大半得力之处。无端说一件鸟兽草木。不明指天时而天时恍在其中；不显言地境而地境宛在其中；且不实说人事而人事已隐约流露其中。故有兴而诗之神理全具也。③

早在兴产生之前，诗歌就已经经历了一段发展过程，那时的原始诗歌

----

① （宋）黎靖德编：《朱子语类》，王星贤点校，中华书局，1986，第 2067 页。
② （宋）黎靖德编：《朱子语类》，王星贤点校，中华书局，1986，第 2070 页。
③ （清）王夫之等撰，丁福保辑：《清诗话》（上），上海古籍出版社，2018，第 953 页。

是空中之音，是风声、水声、鸟的鸣叫声，是庄子所谓的"天籁"。自然万物之声中，诗歌的意义并不重要，歌词也仅仅是以音乐节律为主的同一呼声或同一言辞的重复。原始诗歌有声而无色，是"象"的出现赋予诗歌以色彩，烟光、日影、露气皆浮动于疏枝密叶之间，所以诗家写景是大半工夫。诗歌从有声而无色的原始状态脱离是始于兴，兴的出现使自然万物与人的情感产生了联系，先言它物而起情摆脱了重复同一言辞的简单抒情，诗歌才开始被称为真正的艺术。然而最初以鸟兽草木起兴并不是出于单纯的艺术审美需要，而是有更为复杂的原因。

"凡音之起，由人心生也。人心之动，物使之然也。"① 人生而静，感于物而动，人性的原始状态是平静，而音之所由生也，本在人心之感于物也。把外物触发的心灵感动作为艺术创作的来源，最早见于《乐记》，把音乐的生成归于人心之感于物的物感之说是感兴论的基础，被广泛地应用于诗论、画论等艺术领域中。其中"物感"之说并不仅仅指外物对人的触发，而是心灵与外物之间的交互感应。"应感起物而动，然后心术形焉"②，在外物的作用下心生喜怒哀乐种种情绪，通过音乐、语言得以表现，"物感"是人心与外物的双向沟通，人与自然万物的合和是我们民族传统思维中固有的追求。"诗人之兴，感物而作"③、"物触所遇则兴感"④，"兴"是心与物感应的媒介，也是外物触发情感而生成诗歌的生命体验。

（一）托事于物，引譬连类

最初人们以鸟兽草木起兴，并非出于审美需要，而是与人类对自然万物的原始体验有关。我国古代对触发兴感之意象形成的认识，是和神话艺术与宗教艺术分不开的，郭璞《山海经序》言："游魂灵怪，触象而构，流形于山川，丽状于木石者，恶可胜言乎？"神灵本是虚无缥缈、无形无象，人们只能借助于花草、鸟兽、山川、木石等具体物象来使之得以显

---

① （清）朱彬撰：《礼记训纂》，沈文倬、水渭松点校，浙江大学出版社，第547页。
② （清）朱彬撰：《礼记训纂》，沈文倬、水渭松点校，浙江大学出版社，第564页。
③ （清）严可均辑：《全后汉文》（下），商务印书馆，1999，第589页。
④ （清）严可均辑：《全晋文》（中），商务印书馆，1999，第634页。

现，即所谓"神用象通，情变所孕"①。慧远《阿毗昙心序》言："拊之金石，则百兽率舞；奏之管弦，则人神同感。斯乃穷音声之妙会，极自然之象趣，不可胜言者矣。"宗教和神话虽具有唯心主义的神秘色彩，却对解释艺术形象的形成具有启发的作用，其中凝聚着人类对自然万物的原始体验，是心意与情境相融合的形象描绘。黑格尔说："象征的各种形式都起源于全民族的宗教的世界观"②，对客观世界中物象的审美体验是我国古代诗歌最为显著的标志，感兴的产生最初是融合在人们对神话与宗教的想象之中。

《小雅·小弁》"维桑与梓，必恭敬止"，桑与梓是古人宅旁常种的树。《毛传》"父之所树，己尚不敢不恭敬"；马瑞辰《通释》"怀父母，睹其树因思其人也。至后世，以桑梓为故里之称"。赵沛霖在《兴的起源》中，对诗中树的宗教象征意义做了具体的分析，并认为与树相关的意象多与原始祭社活动相关。桑与梓象征对父母、故土的依恋，但人们对于桑梓的崇拜实际上是出于一种虔诚的宗教感情，源于原始社会的土地崇拜与祭社的宗教活动。《周易·坤·正义》"地能生养至极""万物资地而生"，对土地的神化是出于农耕时代人们对土地的依赖之感。依照古人的习俗，社必有树，不同社所植树木也各不相同，《周礼·地官》"各以其野之所宜木，遂名其社与其野"，于是树木便与祭社活动密切联系在一起。桑、梓自古就是有名的社树，后人继续对其进行神化，并寄之以一种与国土宗族兴亡相关的深厚情感。《诗经》中以树木起兴的例子大多与故里之思和福禄国祚的观念有关，并且多与社树种类相关，如《唐风·杕杜》篇中的"有杕之杜"、《周南·樛木》篇中的"南有樛木"、《小雅·南山有台》中的"南山有桑"等。但随着宗教观念的日渐消退，树木的审美价值便从宗教中脱离出来，逐渐成为人们寄托美好思念之情的审美意象。

原始人类对土地、树木的神化其实是一种赋之以生命的人化。闻一多

---

① （南）刘勰：《文心雕龙》，王志彬译注，中华书局，2012，第 326 页。

② ［德］黑格尔：《美学》第 2 卷，朱光潜译，商务印书馆，2017，第 24 页。

在《神话与诗中》说："原始人类，解释宇宙自然现象，恒喜赋以生命"①，人类学家弗雷泽在《金枝》中也提道："在原始人看来，整个世界都是有生命的，花草树木也不例外。"② 在古希腊崇拜树神的现象也很普遍，这种信仰无非与祈求丰收和兴旺的观念有关，但是只有某些特殊种类的树才被认为附有神灵。希腊人和意大利人崇拜橡树之神，因为橡树总是同最高之神宙斯联系在一起，人们认为那玄妙深邃的橡树林就是宙斯居住的地方，树林中轰响的雷雨声和树叶的飒飒之声被认为是神的声音，所以宙斯司雨和雷电。古希腊人最为之疯狂的酒神崇拜最初也是源于树神崇拜，酒神狄奥尼索斯是葡萄树以及葡萄酒的人格化，同时他也是一般的树木之神。月桂树是阿波罗的象征，阿波罗的修饰语往往是月桂树的派生词或包含它的复合词。树木象征在我国古典诗学中是一种以象征意的方式，意象所代表的是诗人的一种情感，而西方诗学中的树神崇拜往往是以象喻神，树木之神被当作神的一种代表。

与以树木起兴相比，诗中以鸟类起兴的方式更加普遍，往往用来表达对祖先和父母的怀念之情。"中国是标准的祖先崇拜的国家，在那里我们可以研究祖先崇拜的一切基本特征和一切特殊含义。"③ 卡西尔在书中还引用了德·格鲁特的话："我们不能不把对双亲和祖宗的崇拜看成是中国人宗教和社会生活的核心"，诗三百中以鸟类起兴居多，且往往都与怀念父母、祖先有关。《小雅·小宛》："宛彼鸣鸠"，怀念先人、怀念二老、明发不寐；《邶风·凯风》："睍睆黄鸟"，母氏劳苦，母氏圣善，莫慰母心；《唐风·鸨羽》："肃肃鸨羽"，悠悠苍天，差遣没有完时，父母何怙；等等。闻一多《诗经通译·周南》言："三百篇中以鸟起兴者，亦不可胜计，其基本观点，疑亦导源于图腾。"以鸟喻祖先和父母的例子非常多，赵沛霖认为："鸟与祖先观念的联系的产生，可以一直上溯到图腾崇拜的历史

---

① 闻一多：《神话与诗》，天津古籍出版社，2008，第 107 页。
② ［英］J. G. 弗雷泽：《金枝》上册，商务印书馆，2017，第 619 页。
③ ［德］恩斯特·卡西尔：《人论》，甘阳译，上海译文出版社，2016，第 144 页。

时期"①，我国古代诸多氏族都盛行鸟的图腾崇拜，人们认为图腾动物与始祖有着相同的意义，所以鸟类起兴的诗句大多是表达怀念祖先父母之情。随着宗教观念的逝去，诗中用以起兴的日月、山河、草木、鸟兽的原始含义也逐渐淡去，从前借以图像形式保存下来的神话意象在文学作品中成为文学兴象，人们开始将兴象视作单纯的审美意象，这些审美意象的含义也变得复杂和多样化，寄托着歌者更丰富和深刻的思想情感。

（二）情以物迁，辞以情发

《诗经》中，灼灼桃花、皎皎月光、交交黄鸟、燕燕往飞，都是被借以抒发歌者或喜或悲之感的鲜明代表。《桃夭》篇中，"夭夭"描写桃树少盛之貌，"灼灼"形容桃花盛开的艳丽，姚际恒《诗经通论》云："桃花色最艳，故以取喻女子，开千古词赋咏美人之祖。"后人诗文中常借自然景色喻少女姿色，如"柳眉""樱唇"等，皆源于此。《月出》篇中，"皎兮"描写月光的明亮洁白，"僚兮"形容美人的俊俏；《毛诗序》云"月出，刺好色也"，是从礼教美刺的传统出发；朱熹《诗集传》言"此亦男女相悦而相念之辞"，分析就比较近于情理，以善物喻善事，随物以宛转，与心而徘徊。歌者将瞬息自然世界中人类对万物的感受用直接、简洁甚至拙朴的方式表达出来，远远不止于"托物兴辞，初不取义"之说。"'兴'的因素每一出现，辄负起它巩固诗型的任务，时而奠定韵律的基础，时而决定节奏的风味，甚至于全诗气氛的完成。"②"兴"以往复回返的方法表现它的特殊作用，是古代诗歌中最精妙的写作艺术和最特殊的创作技巧。诗中之兴，沿袭初民上举欢舞的自然节奏，赋予诗以独特的气氛，形成诗不可言说只可经验的意味。在诗之开篇引领全诗、指明诗情，似乎是兴诗的重要传统，但兴的作用也远不止于此。

除在开篇引领章节、辗转托意以外，兴也出现在篇中，用于促成转折或发展更复杂的情绪。与《风》诗相比，《雅》诗的篇幅更长，表达的情

---

① 赵沛霖：《兴的源起——历史积淀与诗歌艺术》，中国社会科学出版社，1987，第15页。

② 陈世骧：《陈世骧文存》，辽宁教育出版社，1988，第152页。

绪也更为复杂，《小雅·南有嘉鱼》《小雅·出车》的兴句均出现在篇中。《出车》篇共有六章，前四章描写行军官兵对国家患难的焦急和悲伤，以及战争胜利后急切的归家之情，兴句出现在第五章，"喓喓草虫，趯趯阜螽"，引出诗后两章情绪的转变，"喓喓""趯趯"以草虫的叫声象征士兵的渺小，也象征着自然的秩序。士兵复归自然的常态之中，终于回到家乡见到心头惦念的人，与爱人一起聆听鸟虫的吟唱，感受草木的茂盛、春日的漫长，前四章中的忧思和惆怅一时间都转变为了平静欢喜。篇中的兴句起到了更为复杂的作用，是全诗气氛、情绪发生转折的关键。

"起情故兴体以立"①，发端于"诗六义"的"兴"已经包含了"感兴"这一美学范畴的基本含义。至魏晋南北朝"文的自觉"时期起，文艺的审美特性开始受到重视，"感兴"作为一种文学创作理论也进一步完善、成熟，一些重要的文论著作大都涉及心物交融的审美体验问题，关注自然万物对诗人创作的触感兴发。"文已尽而意有余，兴也"②，兴的含义由最初的"托事于物"多了几分言外之意，也有了更多的阐释空间。

对于东方诗和西方诗的一个基本区别，黑格尔曾说：

> 东方人在沉浸到一个对象里去时不那么关注自己，因而不感到憧憬和怅惘；他所要求的始终是他用来比譬的那些对象所产生的一种客观的喜悦，所以他们的兴趣比较是认识性的。他怀着自由自在的心情去环顾四周，要在他所认识和喜爱的事物中，去替占领他全副心神的那个对象找一个足以比譬的意象。这种想象既然解除了自我中心，消除了一切病态，也就满足于对象本身的起比譬作用的形象，特别是在这对象通过和最美丽最光辉的东西进行比拟就得到提高和光荣化的时候。西方人却比较主观，在哀伤和痛苦中也更多地感到憧憬和怅惘。③

---

① （南）刘勰：《文心雕龙》，王志彬译注，中华书局，2012，第412页。
② 杨焄：《诗品译注》，上海三联书店，2014，第19页。
③ ［德］黑格尔：《美学》第二卷，朱光潜译，商务印书馆，2017，第137页。

黑格尔认为东方人沉浸到一个对象里去时是泛神主义者，用赫拉克利特的话说就是："神是日又是夜，是冬又是夏，是战又是和，是不多又是多余"①，神不是自然界的创造者而是自然界本身。黑格尔看到了东方诗中自然与人和谐相契的精神，这与西方诗所着重体现的个人情感的宣泄是本质上的不同。我国古典诗歌的感兴主张"感物"而兴，西方诗歌的灵感强调个体的热烈、激动，那犹如神灵凭附一般的迷狂，以及迷狂状态下个人心绪的抒发，西方诗歌多是对个人生命体验的描述和情感的宣泄。西方诗歌源自希腊艺术，而希腊艺术源自希腊神话与悲剧，也是源自酒神祭祀中迷狂的醉境。醉境之中孕育了神圣的生命活动、原始的神秘经验、心神的震荡和最初的审美追求。悲剧之父埃斯库罗斯在《被缚的普罗米修斯》中借主人公之口说出了"我憎恨一切的神"，却没有割裂希腊艺术与神话艺术的关系，希腊艺术的繁荣仍然以神话为主要题材。随着神的权威的逐渐消失，神的祭典成为艺术的一种形式被保留下来，至高无上的神变成了一个崇高的意象。

二、写神喻意

只有当他不再相信神话，并把神话当作隐喻，把诸神的庄严世界当作一个美的世界，把上帝当作一个崇高的意象来使用时，神话才能变成艺术。②

"科学可以给知识确定一个界限，但是不能给想象确定一个界限。"③科学意味着清醒，然而清醒并不能使人满足，人们需要热情、艺术与宗教。"迷狂"是古希腊哲学家热衷于使用的一个词，用以解释文艺创作过

① 屈万山：《赫拉克利特著作残篇评注》，陕西师范大学出版社，1987，第81页。
② ［意］克罗齐：《美学原理 美学纲要》，朱光潜、韩邦凯、罗芄译，外国文学出版社，1983，第217页。
③ ［英］罗素：《西方哲学史》上卷，何兆武、李约瑟译，商务印书馆，2016，第18页。

程中的激情澎湃的状态。惠赐诗人灵感的缪斯女神曾经也被形容为"疯狂的"，有记载说缪斯女神曾是酒神狄奥尼索斯的乳母和他漫游时的伴神①，所以灵感与迷狂成为古希腊文艺创作理论中最重要的元素。西塞罗在《论占卜》中说："德谟克利特认为，没有狂热，任何一位诗人都不可能成为伟大的诗人，柏拉图也这么认为。"②贺拉斯在《诗艺》中也说："德谟克利特相信天才比可怜的艺术强得多，把头脑健全的诗人排除在赫利孔之外"③，赫利孔山即文艺女神缪斯的圣地。柏拉图沿袭了赫拉克利特的观点，并为诗人的迷狂披上了一件神秘的外衣，即酒神的崇拜。

（一）酒神的隐喻：由宗教到艺术

狄奥尼索斯是希腊最受欢迎的神祇之一，"对于他的狂热的崇拜，透过纵情的舞蹈、激动的音乐和极度的醉酒而表现出来"④。对他的崇拜便产生了一种深刻的神秘主义，他影响了许多哲学家，甚至对基督教神学的形成也起过重要作用。酒神崇拜使希腊人产生了一种对于原始事物的爱慕，以及一种对于比当时道德所认可的生活方式更为本能的、更加热烈的生活方式的渴望。狄奥尼索斯的形象在不同传说中是互相矛盾的，有时是一位带给人生机和愉悦的神祇，有时是一位野蛮残忍的神祇，对他的祭祀也有截然不同的两种形式，"狄奥尼索斯的崇拜仪式以两个截然相反的观念为中心——一个是自由和狂喜，另一个却是残忍和野蛮"⑤。他横遭暴死而后又复活，信奉者们在仪式中用残忍血腥的方式来敬奉他，或者模仿他遭受的苦难和死亡。依据亚里士多德的观点，希腊悲剧源于酒神祭；在尼采的《悲剧的诞生中》中，日神和酒神的结合产生了希腊的悲剧，"酒神因素比之于日神因素，显示为永恒的本原的艺术力量"⑥；阿多尼斯仪式和俄西里

---

① 参见范明生：《西方美学通史》第一卷，上海文艺出版社，1999，第27页。
② ［英］H. 奥斯本：《论灵感》，朱狄译，《国外社会科学》，1979年第2期，第81页。
③ ［古罗马］贺拉斯：《诗艺》，杨周翰译，人民文学出版社，1982，第108页。
④ ［英］J. G. 弗雷泽：《金枝》上册，汪培基、徐育新、张泽石译，商务印书馆，2017，第620页。
⑤ ［英］依迪丝·汉密尔顿：《神话》，刘一南译，华夏出版社，2017，第53页。
⑥ ［德］尼采：《悲剧的诞生》，周国平译，译林出版社，2014，第164页。

斯仪式自始至终保持其为仪式，"而狄奥尼索斯的酒神庆典却一枝独秀地发展成了戏剧"①。

"悲剧起源于狄苏朗勃斯歌队领队的即兴口诵。"② 狄苏朗勃斯起源于祀祭酒神的活动，内容以讲述狄奥尼索斯的出生、经历和苦难为主，这一艺术成为了狄奥尼索斯庆祭活动中的一个比赛项目，对悲剧的产生起到了重要的作用。诗人品达罗斯曾写过一首关于雅典酒神节的诵诗：

> 奥林匹亚的众神啊，来吧，请降临我们的舞场，让娴雅的胜利女神护佑我们，让她降临我们城市的中心广场，那里香氛氤氲，舞蹈正酣，圣洁的华表石巍然耸立。来吧，请戴上这三色紫罗兰编结的花冠，请歆享我们奉上的美酒，那由春日繁花的精华酝酿而成的美酒……③

诗中流露着神灵降临、繁花美酒、婆娑起舞的活力气息，不仅仅是诗歌艺术的体现，更是原始仪式活动中那活泼泼的所作所为。此外，狄奥尼索斯所遭受的苦难经历也在纪念他的活动中表演了出来。传说狄奥尼索斯小时候曾被巨人族撕碎之后又获得了第二次诞生，于是在纪念表演中出现了这样的场景，"敬奉的人群当场用牙撕裂一头活着的公牛，然后在树林中到处乱跑，疯狂地呼叫"④。在这种粗犷的欢庆方式中，激发起了欢庆者们的狂呼，他们尽情地舞蹈、嬉闹，把所有的感情充分地宣泄出来。这种迷狂的极度激情就是人们所要达到的目的，其隐含的宗教含义是通过这种状态与神灵联系和沟通。艺术的模仿就是来源于神秘祭典的模仿，祭祀中

---

① ［英］简·艾伦·哈里森：《古代艺术与仪式》，刘宗迪译，生活·读书·新知三联书店，2016，第124页。

② ［古希腊］亚里士多德：《诗学》，陈中梅译，商务印书馆，2016，第48页。

③ 转引自［英］简·艾伦·哈里森：《古代艺术与仪式》，刘宗迪译，生活·读书·新知三联书店，2016，第65页。

④ ［英］J.G.弗雷泽：《金枝》上册，汪培基、徐育新、张泽石译，商务印书馆，2017，第625页。

表演的舞蹈和音乐是后来艺术形式的原型。在带有悲剧色彩的模仿表演中传达的是浓烈的情感，这种情感在迷狂状态中得到宣泄，从而使心灵得到净化。亚里士多德在《政治学》中说道："我们可以看到这些人每每被祭颂音节所激动，当他们倾听兴奋神魂的歌咏时，就如醉似狂，不由自主，几而苏醒，回复安静，好像服了一帖药剂，顿然消除了他的病患。"① 祭祀仪式由此脱下了宗教性的神秘外衣，成为一种艺术形式继续影响着希腊人。

（二）情感的宣泄与酒神信仰的沿袭

悲剧"τραγωδία"于公元前534年，首次成为狄奥尼索斯庆祭活动的一部分。悲剧具有史诗所有的一切，还能以更生动的方式提供快感，无论是阅读还是通过观看演出，悲剧都能给人留下更深刻的印象，而且能在较短的篇幅内达到模仿的目的。它的模仿方式是借助人物的行动，而不是叙述，通过引发怜悯和恐惧使这些情感得到宣泄。《酒神的伴侣》是悲剧大师欧里庇得斯最成熟的作品之一，剧中狄奥尼索斯来到忒拜城邦想在此传播他的狂欢教仪，但是遭到了国王的坚决反对，于是狄奥尼索斯让忒拜城所有女子发狂，进山狂欢，组成了一个集体。在第一次合唱中，酒神的伴侣组成的歌队列举了酒神带给人类的种种好处，表达了她们对平等的诉求：

> 聪明不是智慧，思索不属凡人之事也不是。人生短暂，既然如此，谁要是追求伟大之物，就会连得到的东西也失去。②

酒神将忒拜城的女子从劳作中解放出来，让她们获得了自由，恣意地享受令人神往的快乐生活。酒神的崇拜使男女老幼没有了尊卑之分，拉平了人的一切自然差异，体现了欧里庇得斯对一个城邦的最高追求，也反映

---

① 范明生：《西方美学通史》第一卷，上海文艺出版社，1999，第25页。
② 罗峰：《自由与僭越：欧里庇得斯〈酒神的伴侣〉绎读》，华夏出版社，2017，第4页。

出他对传统社会结构和传统政治领导权的不满。"悲剧的发展伴随雅典民主制的兴衰。它繁荣于雅典民主制度的鼎盛时期，也随着民主制的衰落式微。"① 欧里庇得斯描写出的自然状态下的人性也是后世启蒙主义哲学家赞美自然状态下人性之善的原型。

尼采认为《酒神的伴侣》成功肯定了人类生活中的非理性力量，并认为欧里庇得斯这最后一部作品使他这样一位冰冷的理性主义者改变了信仰。在《悲剧的诞生》中，尼采对狄奥尼索斯和酒神精神的评价也非常有洞察力，他认为索福克勒斯笔下的俄狄浦斯和埃斯库罗斯笔下的普罗米修斯都是具有酒神本质的悲剧主角，因为他们都试图摆脱个体化的界限而成为世界生灵本身，并为此而受苦。希腊悲剧在最古老的形态中仅以酒神的受苦为题材，狄奥尼索斯被撕碎那一幕在《酒神的伴侣》中也同样出现，经历个体化痛苦的酒神一直是希腊悲剧舞台上的主角。尼采认为希腊悲剧由欧里庇得斯走向衰亡，希腊悲剧死于"理解然后美"的原则，死于与酒神精神对立的苏格拉底精神。尼采呼唤酒神精神的重生：

> 我的朋友，你们信仰酒神音乐，你们也知道悲剧对于我们意味着什么。在悲剧中，我们有从音乐中再生的悲剧神话，而在悲剧神话中，你们可以希望一切，忘掉最痛苦的事情！②

柏拉图沿袭了酒神信仰中的迷狂，在他看来迷狂有两种，一种是由于疾病，一种是由于神灵的凭附，唯有神灵凭附的迷狂才是好的迷狂。柏拉图把这种好的迷狂分为四种，即预言的、教仪的、诗歌的、爱情的，分别由阿波罗、狄奥尼索斯、缪斯、阿佛洛狄忒和爱若斯主宰。预言的迷狂不同于占卜术，预言的迷狂是源自神力，占卜术是源自人力，所以预言的迷狂是一种体面的技艺。宗教仪式是净化的迷狂，可以使人禳除灾祸。诗神

---

① 罗峰：《自由与僭越：欧里庇得斯〈酒神的伴侣〉绎读》，华夏出版社，2017，第18页。

② ［德］尼采：《悲剧的诞生》，周国平译，译林出版社，2014，第163页。

的迷狂是由缪斯带来的灵感，当诗神缪斯附身时，诗人便陷入一种手舞足蹈的迷狂。爱情的迷狂被柏拉图称为"首屈一指"，也是他着重阐述的。在《斐德若篇》中，柏拉图说人类的许多重要的福利都是从迷狂而来的，比如说女巫们就在迷狂状态中为希腊人带来了许多福泽，在清醒时并没有什么贡献。迷狂的状态是由于神力的感召，而清醒是由于人力本有，所以迷狂要远远优于清醒，高明的诗人在清醒的状态中是没有办法作诗的。"老天要赐人最大的幸福，才赐他这种迷狂。"①

柏拉图认为人类的理智须按照理式去运用，理式即真实世界中的根本原则，要达到理式的至善至美需凭借灵魂的回忆，不能依靠感性的直觉。回忆是一种反省，只有妥善运用这种回忆，一个人才可以使自己完善，回忆是对神明聚精会神的关照，并被看成是一种由神凭附着的迷狂。"有这种迷狂的人见到尘世的美，就回忆起上界里真正的美，因而恢复羽翼，而且新生羽翼，急于高飞远举，可是心有余而力不足，像一只鸟儿一样，昂首向高处凝望，把下界一切置之度外，因此被人指为迷狂。"② 柏拉图赞美第四种迷狂为所有的神灵凭附中最好的一种，每个灵魂都曾经关照过理式的真美，但在尘世能回忆起真美却不是所有灵魂都能做到的，只有少数灵魂能拥有这种回忆的本领。

亚里士多德的文艺创作思想是基于他的现实主义模仿再现说，是对古希腊文艺创作的科学总结。他认为诗艺的产生与人的天性有关，即人从孩提时代就有的模仿的本能和从模仿中得到的快乐。亚里士多德的模仿说是对柏拉图的"理式的模仿的模仿"的批判，柏拉图的灵感说、迷狂说在亚里士多德的诗学思想中并没有得到重视。在《诗学》中，亚里士多德只是提到了诗人在禀赋相同的情况下，那些最能体察人物情感的诗人的描述才最精彩，"因此，诗是天资聪颖者或疯迷者的艺术，因为前者适应性强，

---

① ［古希腊］柏拉图：《柏拉图文艺对话集》，朱光潜译，商务印书馆，2016，第111页。

② ［古希腊］柏拉图：《柏拉图文艺对话集》，朱光潜译，商务印书馆，2016，第117页。

后者能忘却自我"①。对于灵感问题亚里士多德也很少提及，仅只在其《修辞学》中明确提到"诗是灵感的产物"，并引用了柏拉图的《斐德若篇》为证②。据此，亚里士多德是在一定程度上承认迷狂和灵感在文艺创作中的功用的，但并未对此加以申说。

　　　　狂热的人只谈论直接的灵感和直观的生活。③

　　柏拉图的客观唯心主义文艺观深刻地影响了西方文艺思想的发展，并在相当长的一个时期内超过了亚里士多德的。朗吉努斯的《论崇高》肯定了柏拉图的灵感说和迷狂说，"……我要满怀信心地宣称，没有任何东西能够像恰到好处的真情流露那样导致崇高；这种真情通过一种'雅致的疯狂'和神圣的灵感而涌出，听来犹如神的声音"④，并且多次提到天赋与天才的重要。朗吉努斯十分推崇柏拉图的思想，并赞誉他的《理想国》是崇高的，却并未提及亚里士多德。贺拉斯在《诗艺》中说："诗神把天才，把完美的表达能力，赐给了希腊人；他们别无所求，只求获得荣誉"⑤，但贺拉斯也明确指出训练和天才是相互为用、相互结合的，并也未曾提到过亚里士多德的文艺思想。之后通过普洛丁和新柏拉图派的影响，柏拉图的文艺思想垄断了几乎大部分中世纪。

　　当人类在草昧之时，神的诗歌阻止人类不使屠杀，放弃野蛮的生活，这就是古代诗人的智慧，他们教导人们划分公私、划分敬渎，制定礼法，建立邦国，因此诗人和诗歌都被人看作是神圣的，享受名誉的。神的旨意是通过诗歌传达的，诗歌也指示了生活的道路，所以柏拉图的灵感说在解释如何获得作诗技艺神秘信条的同时也是出于对诗神虔诚的尊重与敬仰。

---

① ［古希腊］亚里士多德：《诗学》，陈中梅译，商务印书馆，2016，第 125 页。
② 参见范明生：《西方美学通史》第一卷，上海文艺出版社，1999，第 528 页。
③ ［德］康德：《论优美感和崇高感》，何兆武译，商务印书馆，2001，第 132 页。
④ ［古希腊］朗吉努斯：《论崇高》，钱学熙译，《文艺理论译丛》，人民文学出版社，1958 年第 2 辑，第 119 页。
⑤ ［古罗马］贺拉斯：《诗艺》，杨周翰译，人民文学出版社，1982，第 113 页。

第二章

感物与模仿：审美主体与审美客体的存在模式

人禀七情，应物斯感，感物吟志，莫非自然。①

诗艺的产生似乎有两个原因，都与人的天性有关。首先，从孩提时候起人就有模仿的本能。其次，每个人都能从模仿的成果中得到快感。②

"'感兴'论一开始便建立在'心物交融'的基础上，这也便是人们所熟悉的'物感'说，'物感'说正确地说明了艺术创作的灵感来源与心理动因。"③ 物感说最早出自《礼记·乐记》，《乐记·乐本篇》言："乐者，音之所由生也，其本在人心之感于物也"④，歌者心中的哀怨、喜乐、愤怒、恭敬、仁爱之情与外物之景会心相通，于是产生了急促、和缓、粗犷、庄严、温柔之音乐。陆机在《文赋》中对"物感"做了更加具体的描述："遵四时以叹逝，瞻万物而思纷；悲落叶于劲秋，喜柔条于芳春。"在心物交融的审美感应中，不仅表现为物之于心的作用，亦是指心对于物的双向选择，是审美主客体的双向交流，正如《文心雕龙·明诗》所言之"应物斯感"。对于审美主客体的关系，《诠赋篇》中言"情以物兴""物以情观"，诗人的情感是由物所引起的，而物也是诗人带着情感去体察的。亚里士多德认为模仿是出于人的天性，在这一点上模仿与感物都离不开人

---

① （南）刘勰：《文心雕龙注》，范文澜注，人民文学出版社，2018，第 65 页。
② ［古希腊］亚里士多德：《诗学》，陈中梅译注，商务印书馆，2017，第 47 页。
③ 张晶：《审美感兴论》，《学术月刊》1997 年第 10 期。
④ 杨天宇：《礼记译注》下，上海古籍出版社，2004，第 468 页。

的天性,《乐记·乐本篇》中也言:"人生而静,天之性也。感于物而动,性之欲也。"① 虽然在物感说与模仿说中都体现了审美主客体的相互关系,但是却各有侧重,物感说要求通过外物真实地表现情感,而模仿说则是强调真实地再现外物,"当我们观看此类物体的极其逼真的艺术再现时,会产生一种快感"②,模仿体现了人与物的层级关系而非物感说中物我为一的和合关系。

在《斐德若篇》中柏拉图提出了灵感的另外一种解释,即不朽的灵魂从前生带来的回忆,其灵魂轮回的观点是受到奥菲斯教-毕达哥拉斯学派灵魂轮回说的影响,"有这种迷狂的人见到尘世的美,就回忆起上界里真正的美"③,这种迷狂也正是灵感降临的征候。"上界里真正的美"就是柏拉图所说的"理式的真正的美",理式世界的真美与现象世界的不真实正是柏拉图模仿说的主要观点,在《理想国》中,柏拉图认为文艺是模仿的模仿,即文艺模仿现象世界,而现象世界只是理式的具体化或者说是理式的影子。诗人运用回忆聚精会神地观照理式世界属于神明的真美,这被视为疯狂的,是从神那里得到的灵感,在柏拉图关于灵感与模仿的观点中,神的世界或者称为理式的世界都是至高无上的,是现实世界中的诗人本身所望尘莫及的,必须借助灵感来实现。

"灵感"与"模仿"是并行于古希腊的两个关于文艺创作的重要概念,而我们今天看起来如此分明、对立的两个创作理论实际上有着极其复杂的历史关系,许多思想家都对这两个概念倾注过或多或少的关注。古希腊早期的模仿观念是和原始巫术仪式相联系的,主要是指祭祀活动中对音乐和舞蹈的模仿,也是对想象中的神的模仿,以实现一种与神灵沟通或者宣泄、净化情感的目的。毕达哥拉斯学派以"模仿"说来解释万物和数的关系,认为数是万物的本源,事物是由于模仿数而存在,并且与灵魂转世、灵肉分离等宗教观念结合在了一起。直到自然哲学家赫拉克利特首先提出

---

① 杨天宇:《礼记译注》下,上海古籍出版社,2004,第471页。
② [古希腊]亚里士多德:《诗学》,陈中梅译,商务印书馆,2016,第47页。
③ [古希腊]柏拉图:《柏拉图文艺对话集》,朱光潜译,商务印书馆,2016,第117页。

艺术是"模仿自然"的观点，他认为自然的和谐是由于对立物的联合，绘画等艺术品也是这样形成的。绘画混合着白色和黑色等颜色的组合，从而形成对原物的模仿，音乐混合着不同的高音和低音从而形成和谐的曲调，都是模仿自然中的对立统一而产生的①。赫拉克利特艺术模仿自然的观点重视事物外表的相似，即与原物相似的形象，正是这种模仿自然的观点推进了古希腊模仿理论的形成。德谟克利特在强调艺术模仿自然的同时，也强调人的主观能动性，强调灵感的作用，他认为人类是动物的学生，人类的许多技能都是通过模仿自然界中的动物获得的，但是在艺术创作的问题上，尤其是诗人的创作上，他更强调灵感的作用。古罗马哲学家西塞罗在《论演说》中提到德谟克里特像柏拉图一样强调灵感在诗歌创作中的作用，不被激情所燃烧、不被迷狂一样的东西赋予灵感，就不可能写出优秀的诗歌。柏拉图与亚里士多德的模仿理论几乎只与诗和音乐相关，在古希腊诗与其他造型艺术区别很大，诗重灵感而造型艺术重模仿。正如理式是柏拉图一切著作的中心一样，理式世界与现象世界的对立与层级式的存在关系是柏拉图模仿说的主要观点，这种观点虽然在亚里士多德的模仿理论中得到了修正，但是创作主体与客体、心与物的层级式关系仍然含蓄或明显地影响着诗人的创作。柏拉图赞叹神灵凭附的迷狂，但是也承认模仿的不可或缺，虽然他认为模仿不是一种高明的创作方式，甚至是虚构的，或许柏拉图思想的本身就是一个矛盾对立的统一体。亚里士多德的模仿说是在赫拉克利特艺术模仿自然的基础上形成的，强调文艺起源于对自然和客观世界的模仿，而且是人的本性使然，这种观点从文艺与现实的关系出发，体现着唯物主义的理性精神。亚里士多德的模仿观含义也更加广泛，模仿不是一种简单机械的复制，包含再现和表现两个方面，不同类型艺术形式的模仿机制也不相同，但在这种模仿的过程中诗人和艺术家的天赋、智慧、灵感也是非常重要的因素。所以，有着深厚历史渊源和复杂历史关系的"灵感"与"模仿"在古希腊可以交织在一起，盛行于哲学家和艺术家的

---

① 亚里士多德在《论宇宙》中提出艺术也是这样造成和谐的，显然是由于模仿自然，并指出在晦涩的哲学家赫拉克利特的话里面也说出了这样的意思。

言说之中，虽然以对立面的形式被认知，但是在诗学创作理论中常常以互补、合作的形式存在着，并且没有被认为是相悖离的概念。无论是凸显主观超然性的灵感说还是推崇现实真实性的模仿说，都体现着创作主体与客体间存在的明显的层级式关系，对西方诗歌创作中心与物、情与景的存在形式有着非常深刻的影响。

第一节　诗言志与诗言回忆

一、诗言志与诗缘情

《尚书·舜典》记载舜帝的话："诗言志，歌永言，声依永，律和声"①，郑玄注"诗言志"为"诗言人之志意"②。《左传·襄公二十五年》有"言以足志，文以足言"③，《左传·襄公二十七年》也有"诗以言志"④ 的说法。闻一多在《歌与诗》中对"志"做出考证，认为"志"从"止"从"心"，本义为停止在心上，亦可说是藏在心里，所以推断"志"有三个意义：记忆、记录、怀抱，又证明志与诗本是一个字。朱自清在《诗言志辨》中言"志"与政治、教化分不开，《左传·昭公二十五年》言"民有好、恶、喜、怒、哀、乐，生于六气"⑤，孔颖达《正义》说

---

① （汉）孔安国传，（唐）孔颖达疏：《尚书正义》，《十三经注疏》，北京大学出版社，1999，第 79 页。
② （汉）孔安国传，（唐）孔颖达疏：《尚书正义》，《十三经注疏》，北京大学出版社，1999，第 80 页。
③ （周）左丘明传，（晋）杜预注，（唐）孔颖达正义：《春秋左传正义》，《十三经注疏》，北京大学出版社，1999，第 1024 页。
④ （周）左丘明传，（晋）杜预注，（唐）孔颖达正义：《春秋左传正义》，《十三经注疏》，北京大学出版社，1999，第 1064 页。
⑤ 左丘明传，（晋）杜预注，（唐）孔颖达正义：《春秋左传正义》，《十三经注疏》，北京大学出版社，1999，第 1454 页。

"此六志《礼记》谓之六情。在己为情，情动为志，情、志一也"①，朱自清认为情和意都指怀抱而言，而志、怀抱是与"礼"分不开的，并将志解释为志向与思想抱负。王文生在《诗言志释》中却提出了不同的见解，将"诗言志"与中国诗的抒情传统联系了起来，他认为"诗言志，歌永言，声依永，律和声"所着重表现的是音乐感，"音乐节奏，由于它是传达人的内在情感的最直接最有力的媒介，因而被称为形式化的情绪。这样依赖于音乐节奏的'志'，自然不可能是'知'和'意'，而只能是'情'了"②。

（一）"志""情"合一

在荀子的言论中，"志"与"情"的统一已经得到了体现，荀子主张"诗言志"，又十分重视艺术由情而生的特点，《荀子·乐论》："夫乐者、乐也，人情之所必不免也。"③《礼记·乐记》："凡音者，生人心者也。情动于中，故形于声，声成文，谓之音。"④ 即使是从政治教化的角度出发，音乐也是表达人类情感的独特方式，一切音乐都产生于人心中情感的激荡。再如《毛诗序》："诗者，志之所之也。在心为志，发言为诗。情动于中而形于言"，志是心中涌动的情感，通过言、嗟叹、永歌、舞蹈的方式而化成为诗。《汉书·艺文志》："《书》曰：'诗言志，歌永言。'故哀乐之心感而歌咏之声发"⑤，亦是体现了志与人内心情感的统一。在西方早期的文艺理论中突出"灵感"与"模仿"对诗的作用，没有将人的情感作为艺术创作的关键，而将这种个体的情感的激荡解释为神赐的迷狂，将创作激情的诞生归功于诗神的启示，然而实际上迷狂就是诗人内心涌动的情感，模仿也是由自人之本性。如钱锺书言："古希腊人谓诗文气涌情溢，

① 左丘明传，（晋）杜预注，（唐）孔颖达正义：《春秋左传正义》，《十三经注疏》，北京大学出版社，1999，第 1455 页。
② 王文生：《诗言志释》，生活·读书·新知三联书店，2012，第 50 页。
③ （战国）荀况：《荀子》，（唐）杨倞注，耿芸标校，上海古籍出版社，2014，第 249 页。
④ 杨天宇：《礼记译注》下，上海古籍出版社，2004，第 467 页。
⑤ （汉）班固：《汉书》二，（唐）颜师古注，中华书局，2012，第 1515 页。

狂肆酣放，似口不择言，而实出于经营节制，句斟字酌；后世美学家称，艺术表达情感者有之，纯凭情感以成艺术者未之有也；诗人亦常自道，运冷静之心思，写热烈之情感"①，文由情而生，情感亦需冷静与斟酌。维柯把哲学语言解释为由思索和推理所造成的，把诗解释为由情欲和情绪的感觉所形成的，马拉美将诗的语言与日常生活的语言区分开来，认为诗的语言是通过暗示、象征、梦幻等揭示对象的神秘与幽微之性质，可见西方诗学中的诗也是一种区别于理智性语言的情绪表现性语言。

> 诗缘情而绮靡，赋体物而浏亮。②

"诗言情"的主张在汉代就已经出现了，刘歆《七略》曰："诗以言情；情者，信之符也。"王符在《潜夫论·务本》中言："所以颂善丑之德，泄哀乐之情也，故温雅以广文，兴喻以尽意"③，诗者之志也是哀乐之情，所以抒发心志即是表情达意。所以孔颖达《毛诗正义》中将诗解释为"人志意之所适也"，志意蕴藏于心，发于言谓之为诗，诗是用来表达人之志意、心之情感。诗之"缘情"说产生于魏晋南北朝，由陆机开创，使诗所本有的情感性质超出了政治教化的束缚，确立了情感在艺术领域中独立的地位。陆机之后，挚虞在《文章流别论》中提出了"诗以情志为本"的说法；刘勰《文心雕龙·体性》中"气以实志，志以定言，吐纳英华，莫非性情"，指出精美的文章没有不与作者的情感相关的；《文心雕龙·情采》中"五性发而为辞章，神理之数也"，五情抒发而成优美的文章，就是一种奇妙的规律，优美的文采要依靠作者的性情，情理明确文辞方能畅通，这就是文章写作之本源；《文心雕龙·知音》中"夫缀文者情动而辞发，观文者披辞以入情"，情感不但可以引出作者的文辞，还能使读者了解作者的情思。

---

① 钱锺书：《管锥编》（三），生活·读书·新知三联书店，2016，第 1879 页。
② 张少康：《文赋集释》，上海古籍出版社，1984，第 71 页。
③ （清）王继培笺，彭铎校正：《潜夫论笺校正》，中华书局，1985，第 14 页。

随着礼教思想禁锢的衰退，文学思想逐渐脱离经学附庸地位，魏晋时期文学真正进入了自觉的时代。任情率性为许多魏晋艺术家所标榜，诗之劝善惩恶的功能性质被怡情悦志所取代，钟嵘《诗品序》言"摇荡性情，形诸舞咏"，颜之推《颜氏家训》言"文章之体，标举兴会，发引性灵"，裴子野《雕虫论》言"罔不摈落六艺，吟咏性情"，皆是以真性情反伦理规范的束缚。自此"诗缘情"成为中国诗论的主要方向，明代李贽《焚书·童心说》："天下之至文，未有不出于童心焉者也"，从袁宏道起到清代袁枚的"性灵"说，都是对诗缘情的继承与延续，皆是强调人本真的性情的重要性，在诗歌创作中情感因素是主导因素。钱锺书《管锥编》言："哀乐虽为私情，文章则是公器；作者独居深念，下笔时'必笑''已叹'，庶几成章问世，读者齐心共感，亲切宛如身受"①，情动而言，感生而发为文，文章之抒情宣志也可使读者感同身受。

（二）情无定位，触感而兴

情无定位，触感而兴，既动于中，必行于声。②

然而人的情感又是飘忽不定、运动变化着的，徐祯卿《谈艺录》言"情无定位，触感而兴"，嬉笑、忧郁、怒叱盖因情以发，情感则因对客观景物有所感触而寄之以兴。徐祯卿语本惠远《庐山略记》"情无定位，以所遇为通塞。或抚常事而牵于近感，至言而达远"，情感本无定位，遇物触事所兴之感要借助具体物象来表达，在文学创作中情感的唤起是由主体与客体共同实现的，是情与物的相互感知。《乐记·乐言》也说："夫民有血气心知之性，而无哀乐喜怒之常；应感起物而动，然后心术形焉。"③ 外物触发情感而作文在《淮南子·缪称训》中也有提及："文者，所以接物也。情系于中而欲发外者也"④，此语亦与《乐记》所言"人心之动，

---

① 钱锺书：《管锥编》（三），生活·读书·新知三联书店，2016，第1876页。
② （清）何文焕辑：《历代诗话》（上），中华书局，2017，第765页。
③ 杨天宇：《礼记译注》下，上海古籍出版社，2004，第469页。
④ 陈广忠译注：《淮南子》，中华书局，2013，第505页。

物使之然也"意思相近，都是讲心与物的交互感应。李渔《窥词管见》中说："说景即是说情，非借物遣怀，即将人喻物，有全篇不露秋毫情意，而实句句是情、字字关情者"，亦如王国维所言"一切景语皆情语"。

　　无论是"诗言志""诗缘情"还是"触感而兴"，都是强调以情感为本的审美体验，这是中国古代诗学特有的美学思想，西方诗学的起源却是另外一番景象，由柏拉图开创的诗言回忆说就是其中重要的理论之一。回忆是柏拉图灵感论中诗人灵感的来源之一，也是其模仿说的重要组成部分，柏拉图的回忆说虽然具有客观唯心主义的色彩，但如果同闻一多对诗的解释联系起来却有很多不谋而合之处。在《歌与诗》中，闻一多认为"志"有记忆、记录的含义，他认为诗产生于文字出现以前，凭借记忆以口耳相传，正如诗的韵律特征是为了方便于记诵，当文字产生以后则用文字来记载，所以记忆谓之志，记载亦谓之志。在古希腊，诗歌最初也是通过诵诗者口耳相传而保留下来，所以"诗言回忆"不是没有道理，只不过柏拉图的回忆说又被披上了一件灵魂论的神秘外衣。朱光潜先生在《诗论》中也有提及类似的说法："诗的起源实在不是一个历史的问题，而是一个心理学的问题。"[1] 朱光潜认为初民之所以要歌唱就是为了表达情感，如朱熹在《诗序》中所言："人生而静，天之性也；感于物而动，性之欲也"，情感天然需要表现，歌唱是自然的、不能自已的。总之，诗既是表现内在情感，又是再现外来印象。

二、回忆与诗

　　　心与物之间的区别——这在哲学上、科学上和一般人的思想里已经成为常识了——有着一种宗教上的根源，并且是从灵魂与身体的区

---

　　① 朱光潜：《诗论》，北京出版社，2011，第5页。

别而开始的。①

（一）灵感与灵魂的回忆

柏拉图的哲学思想中始终体现着一种理式"εἶδος"② 与现象的二元对立，即实在与现象，理式与感觉对象，理智与感官知觉，灵魂与肉体都是对立联系着的，并且在每一个对立中前者都优越于后者。根据罗素的观点，西方哲学和科学思想中，心与物的层级对立关系是从宗教思想中灵魂与身体的对立开始的。柏拉图的模仿说就是建立在真实的理式世界与现象世界的对立之中，而这种对立要从灵魂与身体的区别开始说起，在《斐德若篇》中，柏拉图给灵感提出了另外一种解释，即不朽的灵魂从前生带来的"回忆"。在西方美学史中，柏拉图是第一个将回忆与诗联系在一起、提出"诗言回忆"的人，他的诗性回忆说在西方源远流长，许多后世哲学家都对"回忆"倾注过或多或少的关注，自柏拉图始，奥古斯丁、叔本华、海德格尔、弗洛伊德，直至本雅明、马尔库塞、阿多诺，存在与回忆在他们的阐释中展现出更深刻的联系。

在《美诺篇》中，柏拉图提出"一切研究，一切学习，都只不过是回忆罢了"。《美诺篇》中集中探讨了知识和理性认识的来源问题，柏拉图的结论是知识只能是来自天赋，是不朽的灵魂所固有的，灵魂经过多次的投身获得了对于一切事物的知识，所以人的灵魂自然能够把投生之前掌握的关于美及其他事物的知识回忆起来。灵魂问题在古希腊哲学中一直是争论的焦点，希腊美学和哲学中的灵魂观念来自埃及的灵魂不灭、灵魂轮回的观念，恩格斯在谈到哲学基本问题时就指出过远古时期的灵魂观念是由于人的愚昧和无知。在埃及宗教思想的影响下，公元前 6 世纪，奥菲斯教在

---

① ［英］罗素：《西方哲学史》上卷，何兆武、李约瑟译，商务印书馆，2016，第 156 页。

② 古希腊文"εἶδος"即英文 idea，朱光潜先生把它译为"理式"，亦有其他学者译为"理念"。柏拉图所说的"理式"是真实世界中的根本原则，原有"范型"的意义，最高的理式是真、善、美。"理式"近似佛家所谓"共相"，但又有所不同，"理式"似概念又非概念，是纯粹的客观存在，属于客观唯心主义。

希腊迅速传播，其灵魂转世的思想对随后希腊宗教和哲学的影响非常深远，人们相信灵魂是和肉体对立的东西，并且可以轮回转世。毕达哥拉斯学派也肯定灵魂轮回转世的说法，将灵魂视为神性的，将肉体看作是坟墓，并认为人的灵魂要得到"净化"才能摆脱轮回，达到不朽。奥菲斯教和毕达哥拉斯学派的灵魂观念虽然被认为是愚昧无知的，却标志着人类自我意识进展中的一个重要阶段，"没有这种进展，柏拉图和亚里士多德不可能进展到这种理论，即认为人的精神是神性的，并认为人的感性的本性能够和他的真正精神本性的自我相分离开来"①。

"人类理智须按照所谓'理式'去运用，从杂多的感觉出发，借思维反省，把它们统摄成为整一的道理。这种反省作用是一种回忆，回忆到灵魂随神周游，凭高俯视我们凡人所认为真实存在的东西，举头望见永恒本体境界那时候所见到的一切。"② 柏拉图认为理式和理性知识是不朽的灵魂所固有的，但人们出生后就遗忘了那绝对美、绝对善的记忆，要凭借感官对客观存在的可感事物的感觉才能回忆起灵魂已经遗忘的理性认识。通过众多事物的表象归结出一种本源或者理念似乎是许多古希腊哲学家所共有的思维方式，泰勒斯将宇宙的本源归结为"水"，毕达哥拉斯将其归之为"数"，赫拉克利特认为是"火"，巴门尼德则认为是永恒不变的"存在"，柏拉图把世界万物的本质归为"真、善、美"的理式，就像他在《理想国》卷十中描述的："我们经常用一个理式来统摄杂多的同名的个别事物，每一类杂多的个别事物各有一个理式。"③

> 只有借妥善运用这种回忆，一个人才可以常探讨奥秘来使自己完善，才可以真正改成完善。但是这样一个人既漠视凡人所重视的，聚精会神来观照凡是神明的，就不免被众人看成是疯狂的，他们不知道

---

① 范明生：《西方美学通史》第一卷，上海文艺出版社，1999，第 105 页。
② ［古希腊］柏拉图：《柏拉图文艺对话集》，朱光潜译，商务印书馆，2016，第 116 页。
③ ［古希腊］柏拉图：《柏拉图文艺对话集》，朱光潜译，商务印书馆，2016，第 65 页。

这是从神得到的灵感。①

灵感的第二种解释就是灵魂的回忆，灵魂依附到肉体时，世间的事物就会使灵魂隐约地回忆起它在最高境界时所见到的景象，就是透过摹本回忆起它的理式。通过世间的摹本回忆起理式世界的真美时，也追忆起了观照那美的景象时的高度喜悦，这欣喜若狂是对美或者美的艺术作品所生的爱慕，也就是"迷狂"，即"灵感"的征候。在这种迷狂的兴奋状态中，灵魂像发酵似的滋生发育，柏拉图描述的爱情的迷狂是如此，文艺创造的迷狂和欣赏的迷狂也是如此，哲学家对智慧和知识的爱慕也是如此。柏拉图在《斐德若篇》和《会饮篇》中经常拿诗歌艺术和爱情相比较，他认为无论是诗还是爱情，都是灵魂回忆起真美时那迷狂的状态。

（二）诗生于回忆之情

柏拉图开创了西方"诗言回忆"的先河，他把诗的美视为理式的真美，而要达到真美就必须凭借迷狂般的回忆，莎士比亚也称诗人是"精妙的疯狂"。显然，柏拉图的"诗言回忆"说有许多今天看来荒谬不通之处，神秘主义的灵魂轮回说、神灵凭附的迷狂说，以及他对现实世界之美的贬低都让人觉得费解，但他所强调的超验性的美和人们内心世界的探索却深深影响了后世的美学家。奥古斯丁是古罗马时期著名的神学家，在柏拉图之后他深入地研究了回忆与存在的关系，他惊叹于回忆的深奥，那蕴藏了先天真理而获得的感性形象是一个深不可测的空间。黑格尔认为回忆把经验保存了下来，让精神的每一次新生得以从更高的阶段出发，精神由此得以向"绝对精神"发展。叔本华认为人生来就有意志但意志是盲目无止境的，它的欲求永远不能得到满足，"生存即痛苦"，而要寻求解脱就要除去意志，审美回忆就可以做到这一点。

海德格尔和柏拉图一样，认为回忆是构成诗的根和源。"回忆，这位天地的女儿，宙斯的新娘，九夜之间便成了九位缪斯的母亲。戏剧、音

———————

① ［古希腊］柏拉图：《柏拉图文艺对话集》，朱光潜译，商务印书馆，2016，第117页。

乐、舞蹈、诗歌都出自回忆女神的孕育……回忆，九位缪斯之母，回过头来思必须思的东西，这是诗的根和源。"① 海德格尔重新提起了那段神话，回忆女神谟涅摩叙涅是宙斯的妻子，缪斯是他们的女儿，诗歌自然也就是源自回忆。但海德格尔又赋予这则神话以新的意义，倘若坚持以逻辑去洞悉被思的东西，就决不能思到以回过头来思、以回忆为基础的诗所达到的深度。海德格尔的回忆是返回内心、返回自然，而诗就是这样一种特别的中介，可以使人超越此在的境遇而返回到澄明的境界，他眷恋的是那过去的路，是心灵深处真实的自我。回忆使人们彻底返身到心灵空间最幽隐的地方，在这内心之中，人们是真正自由的，是超脱了周围种种关系的，回忆就是告别尘嚣，回归到敞开的广阔境地。所以海德格尔说诗并非随便任何一种讲述，而是一种特别的讲述，"诗人才能断定人是什么，人在何处安置自己的此在"②。

"文由情生，而非直情迳出，故儒伯、席勒、华兹华斯等皆言诗生于后事回忆之情而非当场勃发之情。刘蜕《文泉子》卷四《上宰相书》：'当时则欢，已去而泣，过时而歌'，可以断章取义焉。"③ 对于诗人来说，回忆渐渐脱下了灵魂记忆的神秘外衣，回忆也绝不仅仅是心理学中那种把过去牢牢抱在表象中的能力，回忆是情感的积淀，是情绪的凝结，是思考之后的感悟，也是创作的源泉。回忆是思，思即是诗，回忆因此就是诗的根源。

---

① ［德］海德格尔：《海德格尔选集》，孙周兴译，上海三联书店，1996，第1213页。
② ［德］海德格尔：《荷尔德林与诗的本质》，《文艺美学》第一辑，内蒙古人民出版社，1985，第334页。
③ 钱锺书：《管锥编》（三），生活·读书·新知三联书店，2016，第1880页。

第二节　心物相契与理式的模仿

一、随物宛转，与心徘徊

"兴"与"感"首次合用见于东汉辞赋家王延寿的《鲁灵光殿赋》，其语："诗人之兴，感物而作"①，感物起兴、应物斯感，兴与感呈现出语义复合的趋势，心与物的感通是感兴产生的前提。"感兴"初见于遍照金刚《文镜秘府论·地·十七势》："感兴势者，人心至感，必有应说，物色万象，爽然有如感会"②，"感兴"是指由心灵与自然自然而然引发感受而产生的诗句，也是《文心雕龙》所言之"应物斯感，感物吟志"，"物色之动，心亦摇焉"。中国诗学中的"物"作为审美客体，常常被视为充满生命感的对象化存在，即刘勰所言之"物色"。审美之感兴中"主体和客体的互动或感通，往往有着充盈丰沛的宇宙生命感生成其中"③，这种生命感就是审美主体与客体之间的律动，是心与物通过互动、感通共同创造的审美空间，也是谢榛《四溟诗话》所说："观则同于外，感则同于内，当自用其力，使内外如一，出入此心而无间也。"

（一）"感"与"物"

> 是以诗人感物，联类不穷，流连万象之际，沉吟视听之区；写气图貌，既随物以宛转；属采附声，亦与心而徘徊。④

---

① （梁）萧统编，（唐）李善注：《文选》，上海古籍出版社，1986，第508页。
② ［日］遍照金刚撰，卢盛江校考：《文镜秘府论汇校汇考》上，中华书局，2015，第371页。
③ 张晶：《中国美学中的宇宙生命感及空间感》，《社会科学辑刊》，2010年第2期，第175页。
④ （南）刘勰：《文心雕龙注》，范文澜注，人民文学出版社，2018，第693页。

　　审美主体与客体的双向交流是通过"感"这一心理机制实现的，心与物的互动要通过相互"感应"来实现。感应又称为应感，是源自中国古典哲学中不同物质相互作用的一个哲学范畴。《说文解字》言："感，动人心也。从心咸声"，也有学者考证"感"的本字为"咸"，《周易》"咸"卦有阴阳交感之意，可引申为天地万物之间的感通，即"天人感应"①。荀子《乐论》"正声感人，而顺气应之，顺气成象而治生焉"②，"感"从此进入到艺术领域，《乐记》则是从创作角度说"感"，言："感于物而动，故形于声。"对于所感之"物"，王元化在《文心雕龙创作论》中做过详细的解释，据《经籍纂诂》所辑先秦至唐代的训示，有二十余例，一般通用的解释多把物训为"杂帛也""万物也""事也""器也""外境也"，综合王国维的《释物篇》，王元化认为刘勰所言"心物交融"之"物"可解释为"外境""自然""万物"皆可说的通③。"物"除可指代自然万物之外，亦可指其他外在的事物，钟嵘《诗品》虽然从"春风春鸟"自然景物说起，但"嘉会寄诗以亲""离群托诗以怨"皆是指人事。至后世，"事感"的传统多有流行，元稹《元氏长庆集》言"即事名篇，无复依傍"；白居易《白氏长庆集》言"文章合为时而著，歌诗合为事而作"，皆是由事兴感，所以"物"之感人，也包括事感的范围。

　　中国古典哲学中的感应包括物质感应与精神感应，精神感应包括人人感应与天人感应，天人感应又由神人感应与物人感应组成，而文学艺术中的审美感应正是源自天人感应中的自然万物与人的感应。《周易·乾》"同声相应，同气相求"，《周易·咸》"天地感而万物化生"即是指物与物的物质感应。在日常生活中，物质感应是最常见的自然现象，比如电磁吸引现象，只是当时人们无法科学地解释这一现象，《春秋繁露·郊语》言：

---

① 参见陈伯海：《释"感兴"——中国诗学的生命发动论》，《文艺理论研究》2005 年第 5 期。

② （战国）荀况：《荀子》，（唐）杨倞注，耿芸标校，上海古籍出版社，2014，第 251 页。

③ 参见王元化：《文心雕龙创作论》，上海古籍出版社，1984，第 109、110 页。

"磁石取铁，奇而可怪非人所意也。"① 《伊安篇》中柏拉图也是借用磁石引力来解释灵感现象，将诗人们和他们的解释者们被比作一串磁力环，由一个磁石将他们牵连起来，这个磁石就是缪斯女神，磁力环的末端就是观众，也是借用自然现象中物与物之间的感应来形容神与人之间的感应。《周易·咸》："圣人感人心而天下和平"，圣人的教化可以感化人的思想品行从而使天下和平，即是指人与人之间的感应。作为沟通神人的占卜之书，《周易》也提出了人与神之间的精神感应，《周易·系辞》言："寂然不动，感而遂通天下之故。非天下之至神，其孰能与于此"②，这种原始宗教的神人观念在汉代董仲舒"天人感应"的理论中得到了发展，《春秋繁露·为人者天》："天之副在乎人，人之性情有由天者矣"，董仲舒认为人的喜怒源于天之寒暑，通过天与人的相互转化来认识人与自然万物的感通。"天"的观念逐渐摆脱了宗教的束缚，开始转向自然万物，心与自然万物的互相感应产生了文学艺术中的审美感应。

（二）心物感应的媒介

气之动物，物之感人，故摇荡性情，形诸舞咏。③

"作家艺术家作为主体与外物的感应，也不是仅与物象相交感，而是感受宇宙造化的脉动和生生不息。"④ 在道家哲学中，天地万物统一于"道"，《老子》："万物负阴而抱阳，冲气以为和"，道生万物，气则是依于道而化生万物的元物质，气分阴阳是构成物质世界的最小物质单位，也是天地万物相感应的媒介。气的存在使天地万物相感通，气的动态性质也使自然万物充满生命感。《说文解字》释气为"云气也，象形"，气本云气，引申为凡气之称。《左传·昭公元年》有"天生六气"之说，"天有

---

① 苏舆撰，钟哲点校：《春秋繁露义证》，中华书局，2015，第387页。
② 朱高正：《易传通解》上，华东师范大学出版社，2015，第43页。
③ 曹旭：《诗品集注》，上海古籍出版社，2018，第1页。
④ 张晶：《"感兴"：情感唤起与审美表现》，《文艺理论研究》2008年第2期。

六气，降生五味，发为五色，徵为五声"，《昭公二十五年》："民有好、恶、喜、怒、哀、乐，生于六气"，气可以造化万物又可感通人心。董仲舒《春秋繁露·天地阴阳》："天地之间，有阴阳之气，常渐人者，若水常渐鱼也"①，天地之间，若虚而实，人居于间犹鱼居于水，阴阳之气的流动使人与天地万物相互感通。张载云"由气化有道之名"，朱子释之曰："一阴一阳之谓道，气之化也"，于是王夫之言："盖言心，言性，言天，言理，俱必在气上说。若无气处，则俱无也。""气"赋予自然万物以生机，又使万物呈现各异的情态变化，物象与心性相契合使人萌生感动，所以唤起了诗人的审美感应，产生创作的冲动。

"气"就是心与物交互作用产生的原动力，是心与物相互感应的媒介。所以钟嵘说"气之动物，物之感人"，物象只是气之律动的外在表现，物象的变化引发了创作者内心情感的波动，于是有感而发，歌颂丰富多彩的世间万物，抒发内心的诸种情感。"气之审美的特质，便是在对宇宙万物的生机活力与深层生命内涵的独特体悟中实现对事物生命的整体把握与深层体验，进而达到对宇宙人生作宏观审美与深层探索的要求。"②刘勰论"物色"也是基于充盈丰沛的宇宙生命互动体验之中，"春秋代序，阴阳惨舒，物色之动，心亦摇焉。盖阳气萌而玄驹步，阴律凝而丹鸟羞，微虫犹或入感，四时之动物深矣。"③四季更替之中，阴阳二气分别带来了凄凉与舒畅，春夏秋冬景色的变化使人的心灵自然而然地应和。春天阳气萌生，农历八月阴气凝结，自然中的微小生物都能感受到节气的变化，可见自然的更替对万物的影响是多么深。谢榛《四溟诗话》："景乃诗之媒，情乃诗之胚，合而为诗，以数言而统万形，元气浑成，其浩无涯矣"，气为化生万物的元物质所以被称为元气，元气流行化育使天地万物浑成，于是产生无涯之境界。自然化生万物之"气"也被文论家们借来品评文学作品，曹丕《典论·论文》言"文以气为主"，这里所说的"气"指精神气质和作

---

① 苏舆撰，钟哲点校：《春秋繁露义证》，中华书局，2015，第459页。
② 蒲震元：《中国艺术意境论》，北京大学出版社，1999，第122页。
③ 王志彬译注：《文心雕龙》，中华书局，2012，第519页。

品的内在情感力量。刘勰"气以实志，志以定言"，也是指精神气质对于作品言语的重要影响，唐代韩愈《答李翊书》"气盛则言之短长与声之高下者皆宜"，宋代苏辙《上枢密韩太尉书》"文者，气之所形"等，都是从文学品评的角度谈论"气"，认为文章与作者内在精神气质密不可分。

这样一种连通物质世界与精神世界的元素被奥地利科学哲学家马赫称之为"要素"，在他的《感觉的分析》中，通过对物理学、生物学与心理学相结合的研究方法，认为世界是由一种中性"要素"所构成，无论物质的还是精神的都是要素的复合体，要素就是指颜色、声音、压力、空间、时间，就是我们通常称为感觉的东西。颜色指对光源的依存关系时是物理学对象，但如果指对视网膜的依存关系时就是一个心理学对象，即是感觉。然而神经支配活动并不能被感觉到，但它的结果却引起一些新的、在周围可以感觉到的刺激，它们与运动的完成相联系。各个视觉在正常心理活动中不是孤立的，是与其他感官的感觉结合在一起的，我们看不到视觉空间中的视像，而是知觉到我们周围具有各种各样感性属性的物体。但知觉整个来说也几乎是与思想、愿望、欲求结合在一起出现的。颜色、声音、温度、压力、空间、时间等等，以各种各样的方式相互结合起来；与这些要素相联系的，又有心情、感情和意志。瞬间的感觉被保存在记忆之中，与人的情感建立起了组织关系，在这个组织中，相对稳定、相对恒久的部分特别显著，因为被铭刻于记忆，被表现于语言①。客观事物便这样与人的情感和审美产生了联系，在文学创作中所反映的客观物象并不是自然世界的形态，而是心灵化的现实，这也是自然美与艺术美的区别。

（三）选义按部，考辞就班

　　然后选义按部，考辞就班。抱景者咸叩，怀响者毕弹。②

---

① 参见［奥］马赫：《感觉的分析》，洪谦、唐钺、梁志学译，商务印书馆，2016，第1、14、145、192页。

② 张少康：《文赋集释》，上海古籍出版社，1984，第43页。

　　心与物的契合而作诗，不仅仅是直接呈现客观景物，而是经过反复的斟酌与推敲以达到内容与形式的和谐一致。所谓"选义按部，考辞就班"，就是指在各种意象纷至沓来后必须要经过整理，要按照一定的步骤理清思绪，才能使文章前后连贯。构思要经过反复推敲否则就会出现意不称物、文不逮意之现象，"抱景者咸叩，怀响者毕弹"就是指不要急于把浮上心头的意象匆忙记录下来，要用准确的言辞表达文义，就像从每根琴弦中找出最合适的音色一样。"随物宛转"语出《庄子·天下篇》"椎拍輐断，与物宛转"，意思为不要以主观妄见随意篡改自然，而刘勰"随物宛转"目的是说明诗人在创作时要克服自己的主观随意性，在表现自然的同时要与心意宛转适合才可写出好文章。"随物宛转"是以审美客体为主要对象；"与心徘徊"是以审美主体为主要对象，主要指作家的构思活动，诗人要用心去驾驭客观对象，使描写最贴近心与物的契合之处。对于心与物的感应与契合，刘勰认为心要服从于物也要驾驭物，虽然看似矛盾却相辅相成，是审美主体与客体的对立统一。如果以体现诗人情感为主就难免会流于妄诞，如果以描写自然为主就会陷入盲从，刘勰认为作家必须把这种矛盾统一起来，从物与我的对峙中实现物与我的交融，心与物的完美契合才能创造出情与景和谐相称之诗境。

　　中国古典诗学中审美主体与审美客体之间的互动和感通体现了中国古典美学中特有的宇宙生命感和空间感，人与自然通过气的媒介相感应而融为一体，形成天人合一、浑然一体的和合之美。宇宙造化万物的生命感在我国古典文论中得到了深刻的体现，气、象、情、志、味、韵等重要概念都是中国古典美学灵性生命感的代表。正如钱锺书先生所说："中国固有的文学批评的一个特点，就是把文章通盘的人化或生命化，把文章看成我们自己同类的活人。"① 这种人化或者生命化是中国古典哲学中特有的理性思想，也体现在心性之学、意境之论中。我国古典诗学的生命化特质以气为基础，注重内在精神的感通，这与西方模仿说以理性为基础，注重外在的写实艺术截然不同。西方哲学以探求宇宙的本源为起始，哲学家纷纷对

――――――――――

　　① 转引自黄霖、吴建民、吴兆路：《原人论》，复旦大学出版社，2000，第22，23页。

所生活的世界之本质提出了自己的认识，柏拉图认为"理式"是最真实的存在，是最根本的本原，中世纪哲学中的"上帝"、康德的"先验理性"、黑格尔的"理念"、海德格尔的"存在"等，都是对"理式"思想的延续。柏拉图的"理式"思想把抽象的理性本体化，为西方哲学思想的发展提供了巨大的理性基础，对真实理式的追求也导致了西方艺术中重视模仿、再现等叙事性艺术的发达。

二、艺术是对理式模仿的模仿

艺术世界是由模仿现实世界来的，现实世界又是模仿理式世界来的，这后两种世界同是感性的，都不能有独立的存在，只有理式世界才有独立的存在，永住不变，为两种较低级的世界所自出。①

模仿 mimesis，源于古希腊语 μίμησις，意思为 the representation of aspects of the real world，especially human actions，in literature and art，主要指文学和艺术中对真实世界的再现，尤其是模仿人的言行动作。据学者考查，在色诺芬和柏拉图之前，使用 mimesis 相关词语的残存文献计 63 处，其中有 19 处与艺术审美相关，多指音乐歌舞和戏剧表演，也涉及绘画与雕刻艺术、诗歌写作与修辞艺术②。模仿一词最早见于埃斯库罗斯的悲剧中，用于描述酒神狄奥尼索斯纵酒狂欢的音乐，早期的模仿表示宗教崇拜仪式中的表演。在德谟克利特残篇中，模仿开始指包括诗歌、音乐、舞蹈在内的艺术活动。从柏拉图开始，模仿的意义出现转变，多用来指视觉艺术和诗歌音乐的艺术，即《理想国》第二、三、十卷中出现的模仿说。模仿说在此之前早已流行于古希腊，但只是以客观现实为摹本，即文艺是对现实的模仿，"不过柏拉图把这种模仿说放在他的客观唯心主义的基础上，因

---

① 朱光潜：《西方美学史》上卷，商务印书馆，2018，第 47 页。
② 参见王柯平：《〈理想国〉的诗学研究》，北京大学出版社，2014，第 214，215，216页。

而改变了它原来的朴素的唯物主义的含义"①。

（一）现象世界的不确定性

在《理想国》卷二和卷三中，柏拉图对荷马史诗中对神的歪曲与丑化做了严厉的批判，柏拉图认为关于神的罪恶、战争、陷害、谎言、奸淫掳掠、贪婪、懦弱、贪图享乐的描写必须禁止，神应只能是善的事物的因，所以无论史诗、抒情诗、悲剧，神本是什么样就应该描写成什么样。否则，这些恶的故事将不利于年轻人培养正确道德观念，学会诚实、勇敢和节制。关于诗歌的体裁形式，柏拉图总结为三种，单纯叙述、模仿叙述、二者兼用，而他只赞同单纯叙述，认为如果使用模仿的方式必须只模仿好人的言语，并遵守规范，对于音乐来说亦是如此，要抛弃掉悲哀、文弱的乐调，只保留勇猛、温和的乐调，因为它们象征着勇敢和智慧。"我们是否只监督诗人们，强迫他们在诗里只描写善的东西和美的东西的影像，否则就不准他们在我们的城邦里作诗呢？"② "我们不是应该寻找一些有本领的艺术家，把自然的优美方面描绘出来，使我们的青年们像住在风和日暖的地带一样，四围一切都对健康有益，天天耳濡目染于优美的作品，像从一种清幽境界呼吸一阵清风，来呼吸它们的好影响，使他们不知不觉地从小就培养起对于美的爱好，并且培养起融美于心灵的习惯吗？"③ 在柏拉图的诗学思想中，诗要与真善美统一，要有利于人民的教育、维护政治的统治。

> 一切可感觉的事物永远在流变之中，对于可感事物的知识是不可能的。他在晚年仍然持这样的观点。④

① 朱光潜：《西方美学史》上卷，商务印书馆，2018，第47页。

② ［古希腊］柏拉图：《柏拉图文艺对话集》，朱光潜译，商务印书馆，2016，第60页。

③ ［古希腊］柏拉图：《柏拉图文艺对话集》，朱光潜译，商务印书馆，2016，第60页。

④ ［古希腊］亚里士多德：《形而上学》，苗力田译，中国人民大学出版社，2016，第17页。

亚里士多德认为柏拉图青年时期曾受到赫拉克利特和巴门尼德的影响，认为可感知的具体事物都是变化无常的，因而不是真正的存在，直到晚年也一直持这种思想。赫拉克利特曾认为万物存在着又不存在着，因为万物都在流动变化着，"太阳每天都是新的"①，"我们走下而又不走下同一条河，我们存在而又不存在"②，一切皆变是赫拉克利特辩证法思想的核心。这种思想也体现在巴门尼德的存在论中，"若它曾生成，那它现在不存在，若它将生成，它现在也不存在"③，具体事物是变化无常的，因而不能对它们构成真正的知识。柏拉图认为统摄一切具体事物的真实存在是理式，并将其与苏格拉底善的理念结合起来，认为可感事物的本质是真善美的理式，这也导致了理式世界和可感世界的分离对立，并将至高无上的理式用于匡正或重铸现实世界。

（二）模仿的艺术与理式的层级关系

在《斐多篇》中，柏拉图指出了"理式"与具体事物的区别，理式是单一的、同一的，是不变的，看不见也感觉不到，只能由思想来把握；具体事物是组合或混合而成的，经常变化，看得见也可以感觉得到。这种区别也同样适用于美的理式和美的事物，理式与艺术的关系要从《理想国》卷十中的"床喻"说开始，柏拉图的艺术模仿论正是源于床的喻说④：

1. 我们经常用一个理式来统摄杂多的同名的个别事物，每一类杂多的个别事物各有一个理式。

2. 这许多个别家具都由两个理式统摄，一个是床的理式，一个是桌的理式。

3. 工匠制造每一件用具，床、桌，或是其他东西，都各按照那件用具的理式来制造。至于那理式本身，它并不由工匠制造。

---

① 屈万山：《赫拉克利特著作残篇评注》，陕西师范大学出版社，1987，第25页。
② 屈万山：《赫拉克利特著作残篇评注》，陕西师范大学出版社，1987，第65页。
③ ［古希腊］巴门尼德：《巴门尼德著作残篇》，［加］盖洛普英译、李静滢汉译，广西师范大学出版社，2011，第85页。
④ 参见［古希腊］柏拉图：《柏拉图文艺对话集》，朱光潜译，商务印书馆，2016，第65页。

4. 工匠的制作不是真实的制作，而是影像的制作。如同画家在某种意义上制作一张床一样，那只是床的影像而已。

根据这种论述，床有三种形式，"第一种是在自然中本有的，我想无妨说是神制造的，因为没有旁人能制造它；第二种是木匠制造的；第三种是画家制造的"①。也就是说神制造出了床之所以为床的理式，由工匠所制作的床与理式隔着一层，而画家所画之床是对工匠所造之床的模仿，所以诗画一类的艺术只能算作为"模仿的模仿"，与理式隔着三层。柏拉图认为诗人只是模仿者，如果诗人对于所模仿的事物有真知识他就不会甘愿做一个模仿者，而宁愿做诗人所歌颂的英雄。

从荷马起，一切诗人都只是模仿者，无论是模仿善德还是模仿其他题材，都只是得到了影像未曾抓住真理。诗人为了要讨好群众就会看重易于激动情感的无理性部分，而观众由于没有培养好理智就会拿别人的痛苦来让自己取乐并产生快感。在《理想国》卷十，柏拉图将除颂神的和赞美好人的诗歌以外的一切诗歌驱除国境，甘言蜜语的抒情诗或者史诗不过是为了逢迎快感而已。柏拉图的模仿说显然是根据形而上学的原则来阐发的，也与道德主义和审美主义相关联，其理式论的思想与他热衷的二元学说和道德理想密切相关。理式的模仿虽然是属于客观唯心主义，却奠定了一个审美原则，就是艺术是现象世界的产物，这成了为后来注重想象的浪漫主义和注重写实的现实主义所争论的焦点。

> 我们还可以告诉逢迎快感的模仿为业的诗，如果她能找到理由，证明她在一个政治修明的国家里有合法的地位，我们还是很乐意欢迎她回来，因为我们也很感觉到她的魔力。②

在卷十结尾，柏拉图为诗留有余地，但如何证明诗是有用的呢？亚里

---

① ［古希腊］柏拉图：《柏拉图文艺对话集》，朱光潜译，商务印书馆，2016，第67页。

② ［古希腊］柏拉图：《柏拉图文艺对话集》，朱光潜译，商务印书馆，2016，第84页。

士多德在《诗学》中做了回答："历史写已然之事，诗写当然之事。因此，诗比历史更富于哲学性，地位更高，因为诗表现共相，而历史只叙述殊相"①，诗根据可然或必然的原则描述可能发生的事，诗要表现的就是这种普遍性。柏拉图和亚里士多德分别对模仿说做了系统的阐述，然而他们的哲学理论依据是根本对立的，一个是客观唯心主义的，一个是唯物主义的。车尔尼雪夫斯基从抽象的社会和道德的观点为柏拉图做出了辩解："在柏拉图看来，高尚而非梦想的、行动而非思辨的（像亚里士多德所主张的那样）实践生活才是人生的理想。"② 柏拉图的文艺思想不单是从学者或贵族角度出发，而是从社会和道德的角度来看待艺术，认为艺术应该贡献于人类的幸福。阿斯穆斯则认为柏拉图否定了可感事物本身存在的权利，而亚里士多德则完全不同，他坚信可感事物的本质是同单一物体依稀联系着的，他恢复了可感事物成为认识对象的权利，"当艺术是以实际存在的、可以认识的事物为蓝本时，由于艺术形象的模仿力，艺术就有可能增加人们对这些事物的已有的认识"③。柏拉图与亚里士多德关于模仿的看法，也是对诗的效用问题和诗的本质问题的不同理解，后来的欧洲文艺思想在这两个基本问题上都绕不过这两大壁垒。

（三）理式：统摄一切现象的最高存在

从哲学角度，柏拉图的"理式"论与老子"道"的学说都是关于对宇宙、人生、伦理问题的探讨，都是具有终极意义的存在。柏拉图的"理式"是统摄一切现象的最高存在，是真善美；老子的"道"是"道可道，非常道"的绝对抽象，是自然万物存在的规律，虽然都是无法触及的最高存在，"理式"是可以观照的，"道"却是不可名状的。"理式"由神所创造，与现实世界的现象呈层级对立的关系；"道"则"道法自然"，"道生一，一生二，二生三，三生万物"，万物皆由道所创生，万物又都存在于道之中。这两种哲学观念深深地影响着中西诗学的思维方式，诗人对"理

---

① ［古希腊］亚里士多德：《诗学》，陈中梅译，商务印书馆，2016，第 81 页。

② ［俄］车尔尼雪夫斯基：《美学论文选》，缪灵珠译，人民文学出版社，1957，第 131 页。

③ 陈燊、郭家申：《西欧美学史论集》，中国社会科学出版社，1989，第 87 页。

式"世界之真美的体察要通过凝神观照或迷狂状态的回忆，中国古典诗学思想有着与"道"类似的心灵与自然万物超越感性的生命体验。

宇文所安从文艺与哲学思想的角度，将孔子"视其所以，观其所由，察其所安"[1] 的思想与柏拉图"理式"的三个层面进行了比较，他认为中国文学思想体现在内与外的必然联系，被表现的东西处于"Becoming"的动态变化领域，而西方则是"Being"的存在状态，是与现象世界形成鲜明对照的不变理式。他对此做了具体的解释："柏拉图意义上的从'理式'到现象的过程（大体相当于中国的从内到外的过程）讲的是先有固定的模子再根据模子制作。由于这个原因，在柏拉图式的世界蓝图中，'poiêma'即文学制作就变成了一个令人烦恼的第三等级"[2]，"在孔子那里，各种错综复杂的环境交织在一起，任何一种内在的真实都有可能被遮蔽，但只要你知道如何去观察，那么你就会发现，内在的真实其实就在（immanent）外在现象之中"[3]。中国古典诗学中与物交融的生命体验模式与西方古典诗学理式至高无上的模仿论根本都是体现在创作主体与客观存在的关系之中。

第三节　情景交融与自然的模仿

一、一切景语皆情语

《庄子·秋水》中有一段著名的"鱼乐之辩"，庄子与惠子游于濠水之上，庄子见鲦鱼游于水中，悠闲从容，是鱼之乐也，惠子则曰："子非鱼，安知鱼之乐"，庄子答："子非我，安知我不知鱼之乐"。庄子善达物情，

---

① 程树德撰：《论语集释》（上），程俊英、蒋见元点校，中华书局，2013，第107页。

② ［美］宇文所安：《中国文论：英译与评论》，王柏华、陶庆梅译，上海社会科学院出版社，2003，第19页。

③ ［美］宇文所安：《中国文论：英译与评论》，王柏华、陶庆梅译，上海社会科学院出版社，2003，第20页。

见鱼游于水，鸟栖于陆，各自安然随性，所以感受到鱼于水中之乐。但惠子却不以为然，认为庄子不是鱼就无法感知鱼的快乐，成玄英疏："惠施不体物性，妄起质疑。"① 惠子曰："我非子，固不知子矣；子固非鱼也，子之不知鱼之乐，全矣"，惠子舍其本言辩解说既然我不是你，我就无法知道你，而你非鱼也，怎么会知道鱼的乐趣呢。庄子答："请循其本"，"'汝安知鱼乐'云者，既已知吾知之而问我。我知之濠上也"，庄子认为惠子是弃初逐末，有言无理，故循子"安知"之语，已经知道我之所以知矣，我正知之于濠上耳，岂待入水哉。庄子用"之濠上"的方式来感知、体会、观察"鱼之乐"，天地生万物而使其各有所安之处，奇妙的是生于陆上之人亦可以感知到生于水中之鱼之乐。庄子认为虽然物性不同，水陆相殊，亦可达其理体其情也。

惠子之辩虽然舍其本宗、给辩以难，但其对于"鱼之乐"的理解也并非不无道理。作为名家学派的创始人，惠子博学多识，《天下篇》就言惠子学富五车，虽然与庄子是至交，但两人的基本立场截然相反，惠子的思想中透露着逻辑家追求客观认知的理性，他更关注人是如何能够与鱼交流情感的，自然与庄子善达物情而不追究如何达物情的思想不同。庄子对"鱼之乐"的体会实际也融入了自己的情感体验，使外物与心灵相契合，他把自己的情感投射到了鱼身上，这正是与庄子所追求的无为而自然的快乐心境相符合。如《论语·雍也》所言："知者乐水，仁者乐山。知者动，仁者静。知者乐，仁者寿"②，也是将自然之景寄之以心灵之情。山水本是无情之物，而智者达于事理，不遗小间，有似于水，所以乐水；仁者安于义理，厚重不迁，有似于山，所以乐山。智者的快乐是如水一般流动的，亦是指智者通达事理，思维敏捷；仁者的快乐是如山一般宁静的，亦是指仁者仁慈宽厚，稳重不迁。将自然景物与人内心的情感相连，彼此形成无间的默契，于是借物以遣怀，虽然写的是景语，也是诗人心中喜怒哀乐之

---

① （晋）郭象注，（唐）成玄英疏：《庄子注疏》，曹础基、黄兰发点校，中华书局，2016，第 329 页。

② 程树德撰：《论语集释》上，程俊英、蒋见元点校，中华书局，2017，第 471 页。

情语。

（一）喜怒哀乐之答与春秋冬夏之类

> 人之喜怒，化天之寒暑；人之受命，化天之四时。人生有喜怒哀乐之答，春秋冬夏之类也。喜，春之答也；怒，秋之答也；乐，夏之答也；哀，冬之答也。天之副在乎人，人之情性有由天者矣。①

董仲舒的"天人感应"理论使原始宗教观念中的"神人感应"开始转向自然与人之间的精神感应，"天"的含义就是自然万物，人的地位逐渐上升，可以与天并列沟通。冯友兰先生言董仲舒语："人与天如此相同，故宇宙若无人，则宇宙即不完全，而不成其为宇宙"②，足见人在宇宙中之地位。《春秋繁露·人副天数》："乍刚乍柔，副冬夏也；乍哀乍乐，副阴阳也；心有计虑，副度数也；行有伦理，副天地也。此皆暗肤著身，与人俱生"③，人之刚柔、哀乐、心思、行为都和天地相符，一切都暗副于人之身，与人同时存在。"人副天数"的思想虽然是汉代儒家社会伦理和政治体制下对人与自然关系的阐释，但对于文艺理论家而言，这种思想却极富启发性，人类情感与自然万物的互相感应的思想从汉代开始系统化，取得了进一步的强化。

然而这种天、人、自然万物的和谐、互通、平等关系在柏拉图的"理式至上"的思想中，甚至在西方整个中世纪和文艺复兴时期的宗教思想和思维模式中完全被层级化了。在基督教文化里，柏拉图的"理式"被换成了"上帝"，《旧约·创世纪》中神说："我们要照着我们的形象，按着我们的样式造人，使他们管理海里的鱼、空中的鸟、地上的牲畜和全地，并地上所爬的一切昆虫"，于是神、人、物的尊卑地位就此确定了下来。虽然在西方18世纪兴起的浪漫主义文学中我们可以找到诗歌中人之情感与自

---

① 苏舆撰，钟哲点校：《春秋繁露义证》，中华书局，2015，第310页。
② 冯友兰：《中国哲学史》（下），华东师范大学出版社，2016，第15页。
③ 苏舆撰，钟哲点校：《春秋繁露义证》，中华书局，2015，第347页。

然的亲密关系，但是仍然建立在人与自然层级对立的基础上，在华兹华斯
的诗歌中，人与自然只有瞬间的天人相通。在浪漫主义的余波下，解放自
我、把想象与情感提到首位的"移情说"在19世纪兴起，并流行于西方
许多国家。首先使用"移情"这个名词的是劳伯特·费肖尔，他在《视觉
的形式感》一文中提出"移情作用"的概念，认为移情现象中的物我交融
构成了审美活动的完满阶段，奠定了移情说的美学基础。①

　　移情说虽然不是利普斯的新发现，但他对这一学说的贡献非常之大。
他在《空间美学》里列举了许多具体事例的分析，如"这个道芮式石柱的
凝成整体和耸立上腾的充满力量的姿态，对于我是可喜的，正如我所回想
起的自己或旁人在类似情况下的类似姿态对于我是可喜的一样"，其中芮
式石柱所呈现出来的空间意象充满力量和生命感，所以使人们产生了审美
移情。在《论移情作用，内模仿和器官感觉》一文里，立普斯对他的审美
移情理论作了简要的总结：第一，审美的对象是一种受到主体生命灌注的
有力量的活动形象；第二，审美对象不是日常的实用对象，而是观照对
象，审美主体与审美对象不是对立的；第三，审美主体与审美对象的关系
不是一般知觉中产生的一个印象或观念，而是审美主体就生活在审美对象
之中。"在对美的对象进行审美的观照之中，我感到精力旺盛、活泼、轻
松自由或自豪。但是我感到这些，并不是面对着对象和对象对立，而是自
己就在对象里面"，这就是立普斯对于审美移情作用中主客体之间辩证关
系的解释。在浪漫主义歌颂自然的诗歌里就已经体现出了审美移情的思
想，之后现实主义派作家如巴尔扎克、福楼拜等也受到了移情说的深刻影
响，象征派诗人也把审美客体与审美主体之间的感通当作创作的基础，波
德莱尔说："纯艺术是什么？它就是创造出一种暗示魔术，同时把对象和
主体，外在于艺术家的世界和艺术家自己都包括在内。"②

---

① 参见朱光潜：《西方美学史》下卷，商务印书馆，2018，第656—658页。
② ［法］波德莱尔：《论浪漫的艺术》，转引自朱光潜：《西方美学史》下卷，商务印
　书馆，2018，第683页。

遵四时以叹逝，瞻万物而思纷。悲落叶于劲秋，喜柔条于芳春。①

　　在我国古代文论中，"情与景"正式确立为一对诗学范畴始于魏晋时期。东汉后期，文人所作五言诗已有相当高的艺术成就，自然景物多用于抒发相思之情、身世之感以及人生短促的悲哀等。建安时期起，诗歌艺术中的抒情性大大加强，文辞也趋于华丽，至曹魏和两晋时期文士辈出，涌现出如嵇康、阮籍、陆机、潘岳等著名作家，他们的作品继承了抒发生活情感的传统，并各自表现出鲜明的个性。文学创作的发展和魏晋思想界发生的重大变动也必然会影响文学批评的发展。西晋文论家陆机是我国文学批评史上首位论述如何作文运思的文论家，其《文赋》对创作思维活动做了精彩、真切的描述，其中天地四时的变化所引发的喜怒哀乐之情感正是董仲舒所言的"人之喜怒，化天之寒暑"思想的发扬。《古诗十九首》中就已经可见四时物候所引起的主体情感之变化，"白露沾野草，时节忽复易。秋蝉鸣树间，玄鸟逝安适"，时节流转夏去秋来，秋蝉鸣叫着燕子不知要飞去何处，怀念起昔日好友，已经腾达青云把我遗忘，于是感叹友情的轻薄和世态之炎凉。魏晋时期咏物抒情的作品越来越多，如曹丕的《燕歌行》："秋风萧瑟天气凉，草木摇落露为霜"；曹植的《幽思赋》："顾秋华而零落，感岁莫而伤心"；亦如陆机所作《赴洛道中作》："悲情触物感，沉思郁缠绵"等，皆是借四时自然之景道悲欢哀乐之情。

　　刘勰在《文心雕龙》中对"情与景"做了更详细的阐释，《物色篇》："春秋代序，阴阳惨舒，物色之动，心亦摇焉"，四时的变化感物至深，触动了人的情绪，与陆机所言"遵四时以叹逝"是相契合的。在南北朝时代，老庄之学盛行，而且与儒学相结合形成玄学，与玄学同时盛行着佛教思想，儒、释、道三家呈现出既矛盾又融合的复杂局面。当时士人精通数家之学者颇多，刘勰的思想也是兼综儒、佛、道、玄，尤其是在推崇自然的老庄思想影响之下，将山水景物之情也列入到了触发诗人创作情怀的重要元素，较之陆机更进了一步。"山匝水匝，树杂云合。目既往还，心亦

---

① 张少康：《文赋集释》，上海古籍出版社，1984，第14页。

吐纳。春日迟迟，秋风飒飒。情往似赠，兴来如答"，诗人通过对自然景物的观察，将内心所激发起的情感又回馈给了山水云树，景物触发作者的感兴就是自然返赠给诗人的应答。陶渊明的诗就是山水田园之景与情相结合的印证，如《饮酒》"采菊东篱下，悠然见南山"与《与子俨等疏》"见树木交荫，时鸟变声，亦复欢然有喜"，诗人内心的情感与自然流露出的景色相互交融，创造出甜美宁静的意境之美。谢灵运《登池上楼》"池塘生春草，园柳变鸣禽"与《石壁精舍还湖中作》"林壑敛暝色，云霞收夕霏"，其诗歌中自然山水之景亦富有生命的律动和光亮的色泽，谢灵运独特的山水诗歌创作为后来者提供了十分有益的经验。

> 作诗本乎情景，孤不自成，两不相背。凡登高致思，则神交古人，穷乎遐迹，系乎忧乐，此相因偶然，著形于绝迹，振响于无声也。①

自中晚唐时期起，诗歌中的情景关系与"境"产生了不可分割的密切关系，"境"是受到佛教思想中"六根""六境""六识"之说的影响。在佛"境"的影响下，王昌龄在《诗格》中提出"诗有三境"，即"物境""情境""意境"，皎然《诗式》中有"缘境不尽曰情"之说，对后世文论家如严羽、王士祯等产生了深刻的影响，并一直持续至明清时期。自明清时期起，"情景"这对诗学范畴正式取代了"心物"，成了艺术创作中稳定的主客体关系，自谢榛起，黄宗羲、李渔、王夫之、袁枚等都对"情景交融"提出了各自的见解。在前人的基础上，谢榛对"情景交融"做了更深入的阐释。首先，"孤不自成，两不相背"是指在艺术创作中情与景作为审美主客体是不能单独存在的；第二，"观者同于外，感则异于内"，面对相同的审美客体，会产生不同的审美情感，所以要通过斟酌字句以使内外如一，出入此心而无间；第三，"以数言而统万形，元气浑成，其浩无涯矣"，情与景合而为诗，审美主体必须要掌握纯熟的建构能力，才能通过

---

① 丁福保辑：《历代诗话续编》，中华书局，2006，第1180页。

简短的语言文字表达无迹无形的景致与情感；第四，"思入杳冥，则无我无物，诗之造玄矣哉"，万景万情列于面前，诗人的情感通过景物的投射呈现出一个无我无物的内外统一体，才能造就高深玄妙的诗之绝境。

（二）由景生情与由事生情

"诗之为道，从性情而出"是黄宗羲诗学的一个基本观点，他在《景州诗集序》中言："诗人萃天地之清气，以月露风云花鸟为其性情，其景与情不可分也。"李渔《窥词管见》认为言以情为主，"说景就是说情，非借物遣怀，即将人喻物"，虽然不露丝毫情意，而句句是情，字字也是情。王夫之《姜斋诗话》说"情景名为二，而实不可离。神于诗者妙含无垠。巧者则有情中景，景中情"，情与景虽有心物之分，却是互相不可分离的，景中有情，情以景生。袁枚《随园诗话》"诗难其真也，有性情而后真；否则敷衍成文矣"与陈廷焯《白雨斋词话》"其情长、其味永，其为言也哀以思，其感人也深以婉"，皆言情感决定诗之真，情感越真挚感人也越深。王国维《人间词话》言："昔人论诗词，有景语情语之别，不知一切景语皆情语也"，情语应与景语浑然一体，不可拆分，他更看重情与景相融合后产生的境界，"故能写真景物真感情者谓之有境界，否则谓之无境界"。同时王国维也提出景作为文学中最根本的元素之一，不仅指自然景物对诗人情怀的触发也包括诗人人生经历之事或社会现象的触动，虽然历代文论家所言景语多只主要涉及自然景物，但是抒情诗历来也与时代、社会密切相关，于是"由事生情"也被视作景语中重要的一个部分。

> 咏世德之骏烈，诵先人之清芬。游文章之林府，嘉丽藻之彬彬。慨投篇而援笔，聊宣之乎斯文。①

除四时万物之变化对诗人创作情感的触动以外，陆机还提出"颐情志于典坟"，作文需要于虚静之中幽远四览，更要养情志于五典三坟之书，学习前人著作可以培养情志增加知识学问。于是吟诵先贤的骏业和美德，

---

① 张少康：《文赋集释》，上海古籍出版社，1984，第14页。

不能不发之言矣，游涉于书林佳作之中，取其丽藻而彬彬者，作诗之情慨然而生，先人的伟业和品德、古代典籍在这里与自然四季景致同样可以激发作者的创作情感。"由事生情"作为触发诗人情感的重要因素其实还可以向上追溯至《乐记》，《乐本》篇就已经明确提出了社会政治以及民情是艺术创作重要的来源，"治世之音安以乐，其政和；乱世之音怨以怒，其政乖；亡国之音哀以思，其民困。声音之道与政通矣"。虽然诗乐以观民风、审音以知政是传统儒家思想教化下的产物，并不重视艺术的创作问题，重在论述文艺与政治、现实和社会效用等，但社会因素的确可以使人产生艺术创作的情感。

《汉书·艺文志》："自孝武立乐府而采歌谣，于是有代、赵之讴，秦、楚之风，皆感于哀乐，缘事而发，亦可以观风俗，知薄厚云"[①]，"感于哀乐，缘事而发"对乐府民歌成因的解释使"由事生情"的概念更加具体了。王世贞在《艺苑卮言》中也提到"乐府之所贵者，事与情而已"，乐府诗虽然以叙述人物情节为主，但其中蕴涵着浓厚的抒情特征，是对社会生活的诗性言说。《春秋公羊传解诂》中有"饥者歌其食，劳者歌其事"，其中食与事都是与日常生活相关的事物因素。魏晋时期社会的动荡更加真切地体现在了诗人的作品之中，如《蒿里行》中所描述的离乱与悲苦："白骨露于野，千里无鸡鸣。生民百遗一，念之断人肠。"

钟嵘对"由事生情"的论述将"事"这个因素推广到了更广阔的领域，既包含日常生活中的悲欢离合又有国家兴亡的感伤情怀。"嘉会寄诗以亲，离群托诗以怨"，诗用来表达欢聚亲近时浓厚的情谊，也用来抒发分离的哀愁。"至于楚臣去境，汉妾辞宫；或骨横朔野，魂逐飞蓬；负戈外戍，杀气雄边；塞客衣单，孀闺泪尽；或士有解佩出朝，一去忘返；女有扬蛾入宠，再盼倾国"，如此种种国家兴衰的大事和平民个人命运交织在一起，给心灵带来了感动和震撼，怎能不用诗来抒发，用歌来传情。兴许只有诗才能表达贫贱避世之人的苦闷，使心灵得到慰藉。钟嵘对外物触发情感的因素做了重要的拓展，确立了"由事生情"在文学创作中的特殊

---

① （汉）班固：《汉书》二，（唐）颜师古注，中华书局，2012，第1515页。

作用，并且与"由景生情"一起成为了触动诗人情怀的景语和情语，并流行于后世。白居易《与元九书》："文章合为时而著，歌诗合为事而作"，这种思想深深体现在杜甫的诗歌中，"朱门酒肉臭，路有冻死骨。荣枯咫尺异，惆怅难再述"，面对如此残酷荒唐的社会现实，诗人以悲悯之心感受到了切身之痛，此种悲愤之情难以再讲。

尽管"由事生情"也是诗人感兴的重要触发因素，但是对人生社会现象的反思必然使其与叙事题材文学作品联系更加紧密，因而并没有取代"由景生情"在感兴诗学中的主体地位，"景"涵盖的范围较为广泛，包含了自然景物这一主要因素也包含了其他事物因素。将自然作为诗歌创作的重要素材在西方诗学历史中是伴随着18世纪末浪漫主义运动而产生的，浪漫主义也被视为颠覆欧洲感知史和趣味史的重大运动。浪漫主义先驱柯勒律治认为"古典诗描绘社会中的人，即浮华的不真实的人，恰恰相反，涉世未深的年轻人、孤独者、游历者、幻想者则呼唤自然的诗"①，所以诗人应该借助游历山川所见之美景来表达孤独忧郁的情感，如扬格《散西约》："我恨春天；我远离五月花季的欢乐场面。你好，黑暗！"显然，由亚里士多德所创建的古老诗学体系似乎已经被其他东西所取代，但自然诗歌中主体与客体的关系依然没有改变，心与物的层级关系依然存在。浪漫主义运动直接影响了后来的现实主义与象征主义诗歌的兴起，但始自于柏拉图和亚里士多德模仿说的主客体二元观念中审美主体与审美客体之间的隔阂对立并没有消失，无论诗人们多么热衷于借助自然抒发情感。

二、艺术是模仿再现自然

（一）为现象世界的真实性而辩护

古希腊早期艺术模仿自然的观点是以毕达哥拉斯学派和赫拉克利特等以自然科学为基础的模仿论，柏拉图的艺术模仿论则是从社会科学的角度出发，亚里士多德综合了较发达的自然科学与社会科学的观点重新定义了

---

① ［法］让·贝西埃、［加］伊·库什纳、［比］罗·莫尔捷、［比］让·韦斯格尔伯：
《诗学史》下册，史忠义译，百花文艺出版社，2002，第525页。

艺术模仿论，给模仿论做了全面、科学的解释。谈到亚里士多德的美学思想，他与柏拉图的关系问题是不能回避的重要问题，表面上看柏拉图唯心主义理式至上的哲学思想与亚里士多德客观主义实在论是相互对立的，实则不然。黑格尔认为这两种貌似不同的哲学思想中可以看出深邃的共同点，亚里士多德在思辨的深度上虽然超过了柏拉图，但是他的思辨是建立在柏拉图广博的经验材料之上的①。德国哲学家策勒也认同这种观点，他甚至直接指出亚里士多德的哲学思想就是对苏格拉底与柏拉图的继承和完成。他在《亚里士多德和早期漫步学派》中言："亚里士多德一贯设定苏格拉底-柏拉图的理念的哲学特征的总的观点，他的任务只是在这个总的路线上建立更完全的知识系统，他用有更精确定义的指导原则，用更准确的方法，用更广泛和日益增进的科学材料来建立这种系统。"没有柏拉图经验式的理式模仿论就不能正确理解亚里士多德以客观实在为基础的模仿论。

柏拉图的哲学思想中对理式之下的现象世界很少感兴趣，而这正是亚里士多德的起点，他放弃了柏拉图至高无上的理式，从具有普遍性的现象世界开始推演，承认了现象世界的真实性，也肯定了艺术模仿的真实性。"亚里士多德不如柏拉图要求这么高，他是宽大得多了，甚至带着热爱来看待艺术，尤其是对诗歌和音乐"②，所以现象世界对于他来说可能含有无穷的宝藏，艺术甚至比现象世界更为真实。在《诗学》中，亚里士多德认为艺术绝不仅仅是模仿现象世界的外形，而是现象世界所具有的本质和规律，他对于诗的真实性给予了高度的肯定："诗是一种比历史更富哲学性、更严肃的艺术，因为诗倾向于表现带有普遍性的事，而历史却倾向于记载具体事件。"③诗所描写的虽然是带有具体姓名的个别事物，但是合乎可然律或必然律，然而历史所记载的个别已经发生的事不一定具有普遍性。

亚里士多德认为诗人和画家或其他形象的制作者一样都是模仿者，他

① 参见［德］黑格尔：《哲学史讲演录》第 2 卷，商务印书馆，1978，第 270 页。
② ［俄］车尔尼雪夫斯基：《美学论文选》，缪灵珠译，人民文学出版社，1957，第 139 页。
③ ［古希腊］亚里士多德：《诗学》，陈中梅译，商务印书馆，2016，第 81 页。

们模仿的对象有三种：过去或当今的事，传说或设想中的事，应该是这样或那样的事①。朱光潜先生在《西方美学史》中分别对这三种模仿对象做了解释，第一种是照事物本来的样子去模仿，就是简单的模仿自然；第二种是照事物为人们所说所想的样子去模仿，就是依据神话传说；第三种是照事物应当有的样子去模仿，就是按照可然律或必然律可能发生的事②。对于艺术和现实的关系亚里士多德的理解是更全面的，艺术对现象世界的描写是按照事物的本质和规律来完成的因而是客观的，但是艺术创作也应该为神话和合理的想象留有余地，他认为神话虽然是传说中的事或者说是不可能发生的事，但却是"合情合理的不可能"，符合可然律或必然律。艺术的真实并不是艺术品呈现的表面的真实，而是要揭示现象世界的普遍性和必然性，所以诗的真实是经过提炼的，是比现象世界更高一级别的真实。

曾经因为与理式隔着三层而不真实的诗被柏拉图驱逐出城邦，亚里士多德的模仿说又把诗带回到了现实的世界，在《诗学》第四章，他提出模仿是人的天性，人类模仿自然的同时也是获得知识，就像他在《形而上学》第一卷中所说："求知是所有人的本性。"③ 通过模仿自然而获得知识的观点源于古希腊繁荣的雕塑和绘画艺术，艺术家必须深入研究自然和人物对象，必须透过表面去研究内部结构掌握相关的知识，这样展现在世人面前的东西才是一个美的整体。亚里士多德将这种观念应用到了音乐和诗中，作为模仿的音乐和模仿的诗歌都与知识密切相关，所以模仿的艺术是与理性主义思想中人类的求知活动相关的，并且人们可以从模仿中感到忧伤或快乐，正如《政治学》所说："由音乐的形象所培养起来的悲欢的心境实际上符合于由原物所引致的悲欢的心境。"④ 艺术的模仿来自自然的和谐，而自然的和谐来自对立，亚里士多德在《论宇宙》中说："绘画艺术

① ［古希腊］亚里士多德：《诗学》，陈中梅译，商务印书馆，2016，第 177 页。
② 参见朱光潜：《西方美学史》上卷，商务印书馆，2018，第 80 页。
③ ［古希腊］亚里士多德：《形而上学》，苗力田译，中国人民大学出版社，2016，第 1 页。
④ ［古希腊］亚里士多德：《政治学》，吴寿彭译，商务印书馆，2017，第 427 页。

中，白和黑、黄和红，不同色彩交织在画面上，从而达到原事物的再现。音乐也是如此，高音和低音、短音和长音，不同音调交织在一起，在不同声音中达到统一的和谐；在写作中，元音和辅音结合在一起，组成完整的艺术。"循此便可以深入理解亚里士多德的诗艺产生自模仿的观点，与先人艺术模仿自然的观点相比，他将艺术模仿的对象范围由自然界转向了人和社会。

亚里士多德对于自然的理解首先体现在他的前期作品《物理学》中，关于自然有三种解释，一种是每一个自身内具有运动变化根源的事物所具有的直接基础质料，另一种是事物的定义所规定的它的形状或形式，第三种是把自然说成是产生的同义词，因而它是导致自然的过程①。这三种对自然的解释可以归纳为质料和形式，所以对自然的模仿就是指对自然界质料和形式的模仿。"一般地说，技术活动一是完成自然所不能实现的东西，另一是模仿自然。"② 亚里士多德《物理学》中的自然是泛指包括人在内的广义的自然。然而到了后期《诗学》中美的模仿对象发生了改变，主要指向行动中的人和变化的社会，没有更多提及抽象的自然，如第四章所言："较稳重者模仿高尚的行动，即好人的行动，而较浅俗者则模仿低劣小人的行动，前者起始于制作颂神诗和赞美诗，后者起始于制作谩骂式的讽刺诗。"③ 这种思想的转变与当时人本主义思潮的兴起有关，但自柏拉图起，模仿说与自然亲密的关系就开始发生转变，车尔尼雪夫斯基甚至断言："无论柏拉图或亚里士多德都认为，艺术的尤其是诗的真正内容完全不是自然，而是人生。"④

（二）模仿自然与超越自然

然而实际上，亚里士多德的理性文艺模仿观念在当时并没有得到足够

---

① 参见［古希腊］亚里士多德：《物理学》，张竹明译，商务印书馆，2016，第45，46页。

② ［古希腊］亚里士多德：《物理学》，张竹明译，商务印书馆，2016，第63页。

③ ［古希腊］亚里士多德：《诗学》，陈中梅译，商务印书馆，2016，第47页。

④ ［俄］车尔尼雪夫斯基：《美学论文选》，缪灵珠译，人民文学出版社，1957，第144页。

重视，克罗齐在《美学的历史》中提道："一般地讲，亚里士多德从事的研究领域在古代是被忽视的：他的诗学似乎并未得到普及和产生直接的影响。"① 亚里士多德之后，一些美学史家认为幻想比起简单的模仿要高明得多，新柏拉图主义者普罗提诺认为神秘的直觉要好过空洞的模仿，于是幻想支持者们反驳艺术模仿自然的观念，模仿论的不确定性也因此达到了顶峰。文艺复兴时期达·芬奇的"镜子的譬喻"被多次用来引证模仿说，达·芬奇认为画家应该研究普遍的自然，要对眼睛看到的东西多加思索，这样他的心就会像一面镜子真实地反映面前的一切，就会变成好像是第二个自然。除了达·芬奇的镜子的譬喻以外，还有莎士比亚《哈姆雷特》中演戏当似给自然照一面镜子的说法。显然"镜子"之喻是古老的艺术模仿自然观点的延续，强调艺术创作对客观世界真实的再现。

德国古典美学是西方美学史上继古希腊美学后的又一座高峰，也是对古希腊以来西方美学的批判性汇总，文艺创作模仿说在这一阶段得到了补充和修正。对于艺术与自然的关系歌德提出了更加客观的观点，艺术必须忠实于自然，但也必须超越自然，艺术与自然具有双重的辩证关系。"艺术家对于自然有着双重关系：他既是自然的主宰，又是自然的奴隶。他是自然的奴隶，因为他必须用人世间的材料来进行工作，才能使人理解；同时他又是自然的主宰，因为他使这种人世间的材料服从他的较高的意旨，并且为这较高的意旨服务。"② 艺术家必然要恭顺地模仿自然，但是在艺术创作的较高境界里只有模仿是不够的，创作主体必须要超越自然，创造出一个高于自然的艺术品，并可以借助于虚构，歌德对创作者的主体性给予了充分的肯定。18世纪末，浪漫主义思潮兴起，更加强调创作主体的主观能动性，黑格尔也深受其影响，对模仿说做了更全面的分析。黑格尔认为如果艺术就是模仿自然本来的样子来复写，那么这种复制就是多余的，并且它所呈现出来的就不是真实的情况而是生活的冒充。"艺术的目的一定

---

① ［意］克罗齐：《美学的历史》，王天清译，袁华清校，商务印书馆，2016，第16页。

② ［德］爱克曼辑录：《歌德谈话录》，朱光潜译，人民文学出版社，1978，第136页。

不在对现实的单纯的形式的模仿，这种模仿在一切情况下都只能产生技巧方面的巧戏法，而不能产生艺术作品。"① 即使自然的外在形态是艺术的基本因素，也不能把外在现象的单纯模仿当作艺术，艺术应该更丰富，既弥补人们对客观存在的自然经验，也要激发起情感和幻想。

艺术模仿自然的观点从诞生之初应用于绘画、雕塑、音乐艺术领域，至柏拉图和亚里士多德完善到诗歌创作领域，都是强调对客观事物的真实再现。而我国古典诗学中的"物感"说强调对内心情志的真实表现，讲究情感与外在自然万象的契合。虽然模仿说与物感说都认识到了审美主体与审美客体的关系，但各有侧重，"也就是说，'模仿说'讲'再现'，'物感说'讲'表现'"②。在"模仿"说中，审美主体与审美客体的关系并非是情感的契合而是外在形式的统一，除了对客观事物单纯、机械的复制外，模仿说也强调创造性再现，这一点在亚里士多德的模仿说中得到体现，"如果诗人编排了不可能发生之事，这固然是个过错；但是，要是这么做能实现诗艺的目的，即能使诗的这一部分或其他部分产生更为惊人的效果，那么这么做是对的"③。亚里士多德在强调艺术模仿现实的同时，也承认艺术有自己的创造力。然而诞生在我国古典美学传统中的物感说体现的是审美主体与审美客体带有生命感通的互相契合，讲究的是人的感官、情感与自然景物的互通和共感，从而达到言、情、志的和谐统一，是以自然为蓝本、以情感为中心的表现艺术。"是以《诗》人感物，联类不穷；流连万象之际，沉吟视听之区。"④ 在自然景物的感召下，可以产生无限的联想和类比，应和着内心的情感，是物感说特有的物、情合一的诗歌产生原理。

（三）合与隔：中西自然诗中的情景关系

"亚里士多德的美学，从根本上讲，就是反自然主义的。"⑤ 苏联文艺

---

① [德] 黑格尔：《美学》第一卷，朱光潜译，商务印书馆，2017，第56页。
② 曹顺庆：《中西比较诗学》，中国人民大学出版社，2016，第80页。
③ [古希腊] 亚里士多德：《诗学》，陈中梅译，商务印书馆，2016，第177、178页。
④ （南）刘勰：《文心雕龙》，王志彬译注，中华书局，第520页。
⑤ [苏] 阿斯穆斯：《亚里士多德美学中的艺术与现实》，《西欧美学史论集》，中国社会科学出版社，1989，第92页。

理论家阿斯穆斯认为亚里士多德的美学思想中艺术是比单纯复制大自然大得多的东西，这也印证了亚里士多德在其《诗学》中体现的文艺模仿观，艺术是由模仿自然转向了模仿人生，这也体现在西方诗歌在此后漫长发展过程中所呈现出的主要风格特征之中。朱光潜先生在谈及中西诗歌在情趣上的不同时指出，西方自然诗的发生要晚于中国许久，兴起于十八世纪左右的浪漫主义运动初期①。这就是说西方真正意义上的自然诗诞生在浪漫主义时期的作品中，然而其情趣风格与中国古典自然诗也有着相当大的差别。启蒙主义思想家卢梭在《论科学与艺术》一文中提出了"返于自然"的思想，由于文明社会风尚的堕落，他认为只有朴素的灵魂才能拥有真挚的情感。卢梭举起了"自然"这面旗帜，他呼唤回归自然的思想深深地影响了整整一个历史时代，也给浪漫主义思潮的兴起带来了重要影响。

浪漫主义诗人华兹华斯与柯勒律治的诗歌合集《抒情歌谣集》标志着浪漫主义新诗的诞生，该诗歌集使用平实的语言描绘朴素的自然风光、抒写平民的情感与事物，摆脱了古典主义诗歌所恪守的原则，开拓了抒发诗人内心感受的现代诗风。柯勒律治在《文学传记》中对《抒情歌谣集》的成因做了说明："突发的光明和阴影事件出乎预料的魅力，明月或落日散布在熟悉的风景上面的美丽，似乎向我们展示把这两种材料结合在一起的可能性。这正是自然的诗。"② 这种浪漫主义诗歌与卢梭所宣扬的浪漫主义精神是一致的，没有太多的幻想和晦涩难懂的元素，自然而质朴。《古舟子咏》是诗人柯勒律治的代表作，"只见太阳从左边升起，从那万顷碧波的汪洋里！它终日在天空辉煌照耀，然后从右边落进大海里"，全诗共 625 行，采用古朴的语言和格律，也体现了浪漫派诗人与大自然的亲密关系。虽然西方浪漫主义诗歌凸显出了对自然的爱好，但是与中国古典诗歌对自然的爱好相比在许多方面存在着差异："一个以委婉、微妙、简隽胜，一个以直率、深刻、铺陈胜。"③ 与西方自然诗歌相比，中国古典诗歌偏于柔

---

① 参见朱光潜：《诗论》，北京出版社，2011，第78页。
② ［法］让·贝西埃、［加］伊·库什纳、［比］罗·莫尔捷、［比］让·韦斯格尔伯：《诗学史》下册，史忠义译，百花文艺出版社，第525页。
③ 朱光潜：《诗论》，北京出版社，2011，第79页。

美，爱好的自然是明溪疏柳、微风细雨、湖光山色；西方自然诗偏于刚，爱好的自然是大海、狂风暴雨、峭崖荒谷。

黑格尔在谈及抒情诗的历史发展时特别强调了东方抒情诗歌与西方浪漫型诗歌的不同，"东方诗按照它的一般原则既没有达到主体个人的独立自由，没有达到对内容加以精神化，正是这种内容的精神化形成了浪漫型艺术的心情深刻性"①。显然，黑格尔对有卓越成就的中国诗歌以及东方抒情诗歌的理解是有局限的，并没有理解中国古典诗歌中审美主体与审美客体以融合统一的形态所表现出的生命感。黑格尔把东方诗歌中的自然意象看成是审美主体因没有达到内心生活的独立而通过显喻或隐喻的方式把自己与外在对象同一起来，这显然是没有意识到西方诗学思想中的比喻方式与中国古典诗歌中感兴的独特创作方式的区别，中国古典诗歌的感兴创作方式是心与物的默契相通和情与景的浑然一体。西方浪漫主义自然诗与我国古典自然抒情诗除去在风格上的不同外，也通过本体与喻体的模仿方式、情与景的感兴方式相区分。

亚里士多德在《诗学》中提到组成悲剧的六个成分中最重要的是情节，"悲剧是对于一个严肃、完整、有一定长度的行动的模仿，它的媒介是语言"②，本体和喻体是语言的一部分，情节作为整个模仿活动的中心通过语言这个媒介来表现，如此一来，本体和喻体就通过情节与模仿产生了关联。亚里士多德在其《修辞学》中对明喻和隐喻做了更细致的阐释，"明喻也是隐喻，二者的差别是很小的"③，他认为明喻附属于隐喻，现代学者的语法分析也证明了明喻要依靠隐喻，它们的差别被简略地概括为有没有 like 或 as 作为比喻的工具。亚里士多德认为巧妙的话和受欢迎的话是通过隐喻实现的，"措辞只要含有隐喻，就能受欢迎"④，但是要想出巧妙的隐喻并不是一件易事，"善于使用隐喻表示有天才，因为要想出一个好的隐喻，须能看出事物的相似之点"，也就是说隐喻具有把不相似的事物

---

① ［德］黑格尔：《美学》第三卷（下），朱光潜译，商务印书馆，2017，第229页。
② ［古希腊］亚里士多德：《诗学》，罗念生译，上海人民出版社，2017，第36页。
③ ［古希腊］亚里士多德：《修辞学》，罗念生译，上海人民出版社，2017，第312页。
④ ［古希腊］亚里士多德：《修辞学》，罗念生译，上海人民出版社，2017，第336页。

变成相似事物的神奇功能。

　　本体和喻体通过明喻和暗喻产生了修辞上的神奇效用，这种写作手法在浪漫主义诗歌，尤其是自然诗歌中经常可见，它们在本质上都是一种类比的转换，所以在诗歌艺术中，隐喻、明喻、拟人、夸张等修辞方法在本质上几乎没有区别。本体和喻体所体现出的审美主体与审美客体的层级关系也是中西自然诗歌在本质上重要区别之一，在我国古典自然诗歌中，本体和喻体是没有明显的区分、浑然无迹、不可言传的。著名苏格兰诗人罗伯特·彭斯的《一朵红红的玫瑰》流传久远、家喻户晓，至今以来，该诗被我国翻译家们一译再译，著名翻译家苏曼殊的汉诗译文《颖颖赤墙靡》别具一番特色，原作与汉诗译文形成的鲜明对比体现出了中西诗歌在创作思维上的差异。以该诗的第一小节为例：

　　　　　O my luve's like a red, red rose,
　　　　　That's newly sprung in June;
　　　　　O my luve's like the melodie,
　　　　　That's sweetly play'd in tune. [1]

　　　　　啊，我爱人像朵红红的玫瑰，
　　　　　花蕾初绽六月里；
　　　　　啊，我爱人像支轻柔的乐曲，
　　　　　乐声悠扬而甜蜜。[2]

　　　　　颖颖赤墙靡，
　　　　　首夏初发苞。
　　　　　恻恻清商曲，

---

① ［英］罗伯特·彭斯：《彭斯诗选》，王佐良译，外语教学与研究出版社，2012，第96页。

② 张保红：《中外诗人共灵犀：英汉诗歌比读与翻译研究》，上海外语教育出版社，2012，第62页。

眇音何远眺。①

张保红先生的译文对原作的语言风格做了真实的还原，简明自然地道出了原作的特点。诗人罗伯特·彭斯运用比喻的方式，将爱人比作一朵红红的玫瑰，二者为不同的个体也无形象上的相似却可以在诗歌的意境中实现统一，诗人潜在的目的是将年轻美丽的女子通过比喻转化为艳丽多姿的红玫瑰，体现出的情感是对自己深爱之人的赞美与爱，玫瑰与爱人通过介词"like"这个工具实现了不同属性词语的转换，使本不相似的两个事物产生了奇特的转换效果。然而这种需要借助工具来实现的本体、喻体之间的转换在中国传统诗歌中却是别样一番景象，我们甚至很难寻找到本体和喻体，并且二者的融合也无须借助任何工具来实现，这一鲜明的特征在苏曼殊先生的汉诗译文中深刻地显现了出来。译者的诗文中并没有明确指出爱人与玫瑰，但却处处流露出隐匿的情感，赤靡的花朵在首夏初绽，轻柔的乐曲悠扬地从远处传来，诗人所要歌颂的形象与花朵、乐曲自然而然地融合在一起，不露痕迹而意味深长，情与景的融合不露一丝痕迹，这正是中国传统诗歌与西方浪漫主义诗歌在处理审美主体与审美客体关系上的重要区别之一。

> 木末芙蓉花，
> 山中发红萼。
> 涧户寂无人，
> 纷纷开且落。②

再如王维所作《辛夷坞》，辛夷花开在枝头之上，鲜红的花萼绽放在山中，山涧之间一片寂静杳无人迹，花朵纷纷开了又落。这首五绝宛如一

---

① 参见张保红：《中外诗人共灵犀：英汉诗歌比读与翻译研究》，上海外语教育出版社，2012，第55页。
② 陈铁民：《王维集校注》，中华书局，1997，第425页。

幅精致的绘画，诗人用细致的笔墨描绘出辋川一带的风景，从平凡的景物中书写出简隽、柔美之自然诗的精神气质。诗的前两句描写花朵在春天开放时欣欣然而富有生命力，是那样的灿烂夺目；后两句转向描写花的落寞，山中红萼点缀着寂寞的山涧，等花期结束时便向人间洒下片片落英。花朵的繁盛与山涧的空寂形成了鲜明的对比，也在无形中表露了作者的心迹，优美的景色与幽静的环境中透露着诗人内心的苦闷与矛盾。方回《瀛奎律髓》称此诗有"一唱三叹不可穷之妙"，其绝妙处就在于诗之精巧寓意，诗人的情感与自然景色巧妙地融为一体，花朵自开自落的可悲命运正是作者内心压抑与感伤情绪的真实写照。

　　我们在西方浪漫主义诗歌中经常可以见到本体与喻体之间非同寻常的亲密性，似乎就要相信本体与喻体可以突破各自的界限融为一体，可这种亲密性却注定是短暂的，本体和喻体之间大多是短暂的融合，其根源还是模仿的诗学观点中二元对立的关照模式。以英国诗人济慈的《夜莺歌》为例，徐志摩先生曾经这样评价这首诗，"即使有哪一天大英帝国破裂成无可记认的断片时，《夜莺歌》依旧保有她无比的价值"[1]，诗人济慈在夜莺的歌声中感受到了短暂的快乐，那快乐可以使他暂时忘却世上的疲倦、病热和烦躁，仿佛可以追随夜莺悄然离开这个世界，隐入那幽深的林木，可最终幻想总归是幻想，诗人终要回到现实世界，回归孤寂的自己。徐志摩用优美的散文体对这首诗进行了翻译，在他的译文中，诗人似乎与夜莺融为了一体："他去了，他化入了温柔的黑夜，化入了神灵的歌声——他就是夜莺；夜莺就是他。"[2] 显然徐志摩对《夜莺歌》的理解是以中国古典诗歌所体现的天人合一的思维方式，他并没有对诗歌中诗人与夜莺最终分离的事实给予过多的关注。"Away! away! For I will fly to thee"，"Already with thee! Tender is the night"，诗文中"我要向着你飞去"，"已经跟你在一起了！夜这样柔美"，似乎看上去，诗人与夜莺之间已经超越了隔阂，但实际上这只是诗人短暂的梦想；"Forlorn! The very word is like a bell to

---

① 蒋复璁，梁实秋编：《徐志摩全集》第三卷，中央编译出版社，2013，第 122 页。
② 蒋复璁，梁实秋编：《徐志摩全集》第三卷，中央编译出版社，2013，第 130 页。

toll me back from thee to my sole self", "Adieu! adieu! Thy plaintive anthem fades past the near meadows, over the still stream", 最终，"失落！呵，这字眼像钟声一敲，催我离开你，回复孤寂的自己"，"再见！再见！你哀怨的歌音远去，流过了草地，越过了静静的溪水"，诗人与夜莺一起逃离世间只是短暂的幻想，是永远无法实现的。

对自然诗的热情在象征主义诗人的作品中继续延续着，但象征主义诗歌不再追求浪漫主义所幻想的彼世，而是追求暧昧隐喻所暗示的潜在含义。济慈所向往的是与夜莺一起逃离世俗，这是浪漫主义诗歌中诗人将自我的情感直接移情到了歌咏对象之上，在象征主义诗人的作品中，诗人与所歌咏的对象呈现出对立观照的理念，象征语言的暧昧性喻示着更多的可能性。"自由的人，你会常将大海怀恋！海是你的镜子：你向波涛滚滚、汪洋无限中凝视着你的灵魂，你的精神同样是痛苦是深渊"，在象征主义诗人波德莱尔的《人与海》中，海是一面镜子，但"镜子"却不是模仿的诗歌中那面真实反映自然的镜子，它是一个隐喻，是对浪漫主义诗歌中将描写对象人格化的逆反，在波德莱尔的诗歌中海与人相互凝视、观照，是人的镜子，人也是海的镜子，人的情感通过海的观照表现出了多重性以及隐秘的不确定性，也将这种神秘感返回给了海。

诗人与描写对象关系的亲密至极在意象派诗歌中得到了体现，意象派诗歌虽然没有留下壮伟的鸿篇巨作，却在隐喻用法的更新和诗歌韵律的走向上为现代诗歌开辟了道路。埃兹拉·庞德是意象派诗歌运动的重要代表人物，也是一位传统诗歌的反叛者，他在《前言》提纲中写道："我认为，20世纪的诗歌应该是这样的：它将抛弃各种'模仿'，变得更阳刚和自然。"① 这也符合意象派诗歌运动的宗旨，将简洁、鲜明、准确的心绪情感准确融入诗歌之中。埃兹拉·庞德的诗歌《在地铁车站》是对意象派诗歌所坚持原则的完美演绎，直接处理主观的情感和客观的事物，摒弃了传统诗歌中矫揉造作的成分，这种诗歌创作方法无疑受到了东方文化的影响，《在地铁车站》中透露着浓厚的中国古诗风格和日本俳句意味：

---

① ［俄］A. 聂斯杰罗夫：《前言》，高荣国译，译林出版社，2014，第32页。

魅影 这人群中 的脸；

花瓣 黑湿的树枝上 一片片。①

"脸""花瓣""树枝"等意象的直接呈现，是庞德诗风的鲜明体现，其中精美、凝练的语言特点和注重客观意象阐释的表达方式尤为明显，其所蕴涵的东方诗句的韵味特色一览无余，尤其是受到了俳句的影响。"庭院落花枝 归来悠然望 犹似蝴蝶飞"，俳句与中国古代汉诗的绝句有着深厚的渊源，经过日本的文化发展，最初以和歌文化为表现形式，日本16世纪的俳谐诗人荒木田守武的这首诗将樱花凋谢的哀婉之美幻化成为飞舞的蝴蝶之美，没有直接表现作者感情的词语，却将暗示的印象间接地传递出来，对庞德诗歌中给予意象直观简明的介绍手法影响很大。

《在地铁车站》也体现出了意象派诗歌的另一特质，即决不使用无益于表现的词。庞德倾向于给予意象直观简明的介绍，这是意象派诗歌最为重要的特点，不使用多余的词来描述，不为诗歌添加任何多余的色彩，或者煽情的辞藻，这也与中国古典诗歌意象呈现的方式极为相像。元代诗人马致远的《天净沙·秋思》与《在地铁车站》的意象呈现方式如出一辙，"枯藤老树昏鸦，小桥流水人家，古道西风瘦马。夕阳西下，断肠人在天涯"，将意象简单地并置，没有多余词语的修饰，诗句中体现出的是作者直观的心境和对客观事物的印象，物与我实现了真正的浑然一体，这恰好与意象派诗人所追求的简明诗歌风格不谋而合。

---

① ［美］埃兹拉·庞德：《比萨诗章》，黄运特译，湖南文艺出版社，2017，第230页。

第三章

神思与想象：艺术构思中的灵觉与妙悟

文之思也，其神远矣。故寂然凝虑，思接千载；悄焉动容，视通万里；吟咏之间，吐纳珠玉之声；眉睫之前，卷舒风云之色：其思理之致乎。①

诗人的眼睛，在灵感的热狂中只消一翻，便可从天堂看到人世，从人世看到天堂；想象的力量既可把不曾发现的东西变成具体，所以诗人的笔就可描写它们的形状，给虚无缥缈的东西以确切的寄寓和名目。②

我国古典诗学中的感兴论在以物感说为基础的同时，也重视诗歌创作主体所具有的主观能动性，诗人通过身观、感物的方式凭心构象，用丰富的想象力赋予客观物象以超验性的玄妙意蕴，神思的奇幻精妙是诗人创作过程中想象最为丰富的构思阶段。作为感兴论的另一条重要线索，文论家刘勰将创作主体自身所闪现的灵觉与悟性命名为"神思"，并由此形成了我国古代文论中的一个重要理论范畴，陆机所言之"应感"、严羽所言之"妙悟"，皆体现了文学创作中主体自身的体验与觉悟。《文心雕龙·神思》篇对这一创作构思过程做了详细的论述，作者在进行构思的时候，其精神活动是不受时空限制的，在沉静、寂然的状态下思考，使想象任意驰骋。

① （南）刘勰：《文心雕龙注》，范文澜注，人民文学出版社，2018，第493页。
② ［英］莎士比亚：《莎士比亚全集》，梁实秋译，中国广播电视出版社，2001，第149页。

在西方诗学思想中，诗人们和文论家们把这种主体的创作思维称之为想象，在莎士比亚关于诗人想象的描述中，我们看到了想象与神思的会通。诗人凭借感官把所见或未见的事物呈现出来，充分发挥了想象的超感性力量，但有所不同的是，莎士比亚强调想象需在一种精妙的疯狂状态下进行。

西方诗学思想中的想象论经历了一个十分漫长的发展历程，在浪漫主义者反对古典主义运动的思潮下才开始成为人们谈论诗歌创作时所使用的关键词汇。在西方诗学思想中，想象论也具有一种神秘奇异的色彩，那就是艺术灵感。在浪漫主义重要代表雪莱的诗歌理论中，想象与柏拉图的灵感说有着深刻的思想渊源，"诗灵之来，仿佛是一种更神圣的本质渗透于我们自己的本质中；但它的步武却像拂过海面的微风，风平浪静了，它便无踪无影，只留下一些痕迹在它经过的满是皱纹的沙滩上。这些以及类似的情景，唯有感受性最细致和想象力最博大的人们才可以体味得到……"①。雪莱的诗学思想深受柏拉图的影响，他认为灵感是创作诗歌最重要的条件，诗灵驾着想象的翅膀飘入诗人的头脑中，仿佛是神来之笔作成绝妙好诗，这是雪莱对灵感与想象的观点，也是浪漫主义想象论的重要特点。"想象的活动和完成作品中技巧的运用，作为艺术家的一种能力单独来看，就是人们通常所说的灵感"②，黑格尔认为灵感是由艺术家的想象和技巧相结合的产物，灵感与想象有着密不可分的关系，如果换一种说法，灵感就是一种艺术想象。与雪莱相比，黑格尔对艺术灵感的来源有着十分理性的认识，单纯的感官刺激或者创作意愿都不能召唤出灵感，灵感包括主体内在的意愿也包括外在的客观活动，所以创作中唯一重要的要求是："艺术家应该从外来材料中抓到真正有艺术意义的东西，并且使对象在他心里变成有生命的东西。在这种情形之下，天才的灵感就会不招自来。"③ 虽然西方想象论的成熟远远晚于我国的神思说，但是作为一种关于艺术想象思维的

---

① 刘若端编：《十九世纪英国诗人论诗》，人民文学出版社，1984，第154—155页。
② ［德］黑格尔：《美学》第1卷，朱光潜译，商务印书馆，2017，第363页。
③ ［德］黑格尔：《美学》第1卷，朱光潜译，商务印书馆，2017，第365页。

诗学理论，二者具有众多的相似点，正如维柯所言："按照人类事物的本质，必然有一种在一切民族中都共同的心理语言。"①

第一节　物象与想象的相互作用

"其致也，情曈昽而弥鲜，物昭晰而互进。"② 文思的产生是由不明至鲜明的过程，情感的鲜明与物的鲜明互相促进，产生了作文的思路，神思的产生是主观与客观相互促进的结果。神思到来的瞬间，珠玉之声，风云之色，纷至沓来，诗人的想象与物象的融合产生了艺术形象，刘熙载《艺概》言："在外者物色，在我者生意，二者相摩相荡而赋出焉"③，主观意念与客观物象的结合是神思发挥丰富想象的先决条件。黑格尔的想象论也同样重视主观与客观的相互作用，"艺术家须用从外在界吸收来的各种现象的图形，去把在他心里活动着和酝酿着的东西表现出来"④，艺术想象需要艺术家能够驾驭外在现象，将外在世界的图形为自己所用，与自己内心的情感相结合，并且要完美地呈现出来，这就要充分发挥艺术想象的神奇效用。华兹华斯在《抒情歌谣集》序言中也对诗歌想象中的主客观关系做了阐述，他认为诗歌应该汲取日常生活中的事件和情节，用人们真正使用的语言来描述，加以想象的色彩，使平常的事物获得不平常的状态，"最好的语言本来就是从这些最好的外界东西得来的"⑤。

一、神与物游

"神思"作为一个概念的提出要远早于《文心雕龙》。建安时期曹植的

---

① ［意］维柯：《新科学》，朱光潜译，人民文学出版社，1997，第92页。
② 张少康：《文赋集释》，上海古籍出版社，1984，第25页。
③ （清）刘熙载：《艺概》，上海古籍出版社，1978，第98页。
④ ［德］黑格尔：《美学》第1卷，朱光潜译，商务印书馆，2017，第359页。
⑤ 刘若端编：《十九世纪英国诗人论诗》，人民文学出版社，1984，第5页。

《宝刀赋》云："规圆景以定环，摅神思而造像"①，其中"神思"并不具有与文学创作相关的含义，而是指铸造宝刀的体验中工匠感受到神思的降临而产生的奇妙的铸刀思路。《晋书》管辂赞扬刘寔、刘智云："吾与刘颍川兄弟语，使人神思清发，昏不假寐"②，其中"神思"可理解为神智思想。"神思"一词真正与艺术理论产生联系是在刘宋时期，画论家宗炳在《画山水序》中说道："圣贤暎于绝代，万趣融其神思"③，宗炳所言之"神思"意指山水精致之灵气与人之精神的融合，受到佛道思想的深刻影响，宗炳还提出了"应会感神""畅神"的说法，为艺术创作的想象添加了一抹神秘的色彩。对刘勰所提出的神思说产生直接影响的还包括陆机在《文赋》中的相关论述："若夫应感之会，通塞之纪，来不可遏，去不可止"④，生动地描绘出神思降临时无法捕捉的奇特感受，由物而生感，心与物会和之时就是文之所由生，这种难得的思绪是来不可却去不可止的。

　　"神思"作为一种艺术想象，与创作思维中的"想象"有着密切的关系，然而"神思"作为我国古典文学创作论中的一个重要范畴，其含义要比"想象"更加丰富。"'神思'作为艺术创作思维，是一个完整的过程，想象并非是它的全部，但在'神思'中，想象无疑占有非常重要的地位与分量。"⑤《楚辞·远游》云："思旧故以想像兮，长太息而掩涕"⑥，王逸注：像，一作象，"想像"在这里是想见其形象的意思，思念旧友想见到他们，长长的叹息涕泪掩面，"想像"有思念、回忆的含义。曹子建《洛神赋》："遗情想像，顾望怀愁"⑦，"想像"在这里也是回忆、想念之意。在艺术创作思维中，"想象"首先是对客观形象饱含情感的心理体验，也是对客观形象的超验性心理能力，正如康德所言："我所了解的审美观念

① 赵幼文：《曹植集校注》，人民文学出版社，1984，第160页。
② 转引自张晶：《神思：艺术的精灵》，百花洲文艺出版社，2017，第78页。
③ 俞剑华：《中国画论类编》，人民美术出版社，1986，第583—584页。
④ 张少康：《文赋集释》，上海古籍出版社，1984，第168页。
⑤ 张晶：《神思：艺术的精灵》，百花洲文艺出版社，2017，第81页。
⑥ 林家骊：《楚辞》，中华书局，2016，第166页。
⑦ 赵幼文：《曹植集校注》，人民文学出版社，1984，第283页。

就是想象力里的那一表象，它生起许多思想而没有任何一特定的思想，即一个概念能和它相切合，因此没有语言能够完全企及它，把它表达出来。"[1] 想象从现实世界吸取材料，然后对其加以改造和创造，是"神思"说中最为核心、最重要的部分。在"想象"之外，"神思"的指涉范围更加广泛，它还包含有"顿悟""联觉"等其他心理活动，"神妙""神理"和"神与物游"等概念也赋予了"神思"更大的阐释空间。

（一）神：鬼神、神气、精神

　　故思理为妙，神与物游。神居胸臆，而志气统其关键；物沿耳目，而辞令管其枢机。[2]

关于"神与物游"之说，黄侃《文心雕龙札记》言："此言内心与外境相接也"，写作构思的妙理就在于作者的主观精神与外界客观事物的相互作用，其中，"神"被解释为内心、精神。《神思》篇中使用"神"字有七处，多可以解释为写作构思中与联想和想象相似的精神活动或直接指头脑、心灵。同时，"神思"也具有不可知的神秘色彩，"至精而后阐其妙，至变而后通其数，伊挚不能言鼎，轮扁不能语斤"，伊挚不能说出鼎中的至味，轮扁不能说出运斤的诀窍，各种技艺都有无法言说的奥秘，纪昀评这段话说："补出思入希夷，妙绝蹊径，非笔墨所能摹写一层，神思之理，乃括尽无余。"[3] 带有不可言传之微妙的"神"作为六朝文艺理论中的一个重要命题与儒、道、佛诸家的"神"的概念有着深厚的历史渊源，这赋予"神"更加深刻、神秘的美学意义，对六朝文艺理论的发展有着不可估量的重要影响。

　　所谓"神"，在先秦两汉典籍中多与"鬼神""奇异莫测"有关。《尚

---

① ［德］康德：《判断力批判》，宗白华译，商务印书馆，1964，第160页。
② （南）刘勰：《文心雕龙注》，范文澜注，人民文学出版社，2018，第493页。
③ 王元化：《文心雕龙创作论》，上海古籍出版社，1984，第138页。

书·尧典》："八音克谐，无相夺伦。神人以和"①，"神"在这里指"神灵"，与诗歌、音乐、舞蹈等艺术活动可以与幽冥鬼神相沟通的观念相关。在我国远古社会，"神"与"鬼"常常一起出现，并统称为"鬼神"，如司马贞《史记索隐》"鬼之灵者曰神也"②与张守节《史记正义》"天神曰神，人神曰鬼"③。到了周代以后，"鬼神"的崇拜逐渐演变成了调和自然界与人类社会关系的"礼"。周代的"礼"源自对"殷礼""夏礼"的继承，是对前代之"礼"的理性化和系统化的集合。"礼"是对社会生活中人的行为、举止、言语等方面的全面规范化，殷周以来，"鬼神"信仰逐渐演变成了"天道"，个体通神的观念也基本看不到，保留下来的是天人感应的思想和现实生活的严格规范。于是，"神"的概念也逐渐脱离了其原始的含义，与现实世界中的自然和人的社会生活的关系越来越密切。《易·系辞上》："极数知来之谓占，通变之谓事，阴阳不测之谓神"④，韩康伯注："神也者，变化之极，妙万物而为言，不可以形诘者也"，一阴一阳是易道，推极易数可以预知未来，通变趋时可以利于天下，阴阳的变化莫测谓之神妙，"神"在这里指与"阴阳"相关的变化莫测的神妙。至汉代，"鬼神"的概念就更多的与"阴阳"联系在一起，王充《论衡》云："鬼神，阴阳之名也"⑤，"鬼神"的概念发展为一种自然化的、与人类社会生活密切相关的抽象神秘的力量。

然而"神"的概念真正与人的形体、精神产生关联是源自"形神"之辩与"神气"之说。《荀子·天论》："形具而神生，好恶、喜怒、哀乐臧焉，夫是之谓天情"⑥，荀子认为形与神是一体的，形体具备则精神随之产生。《庄子·天地》："汝方将忘汝神气，堕汝形骸，而庶几乎"⑦，庄子认

---

① （唐）孔颖达疏：《尚书正义》，见阮元撰：《十三经注疏》卷3（上），中华书局，1977，第131页。

② （汉）司马迁：《史记》卷1，第1册，中华书局，1959，第12页。

③ （汉）司马迁：《史记》卷1，第1册，中华书局，1959，第14页。

④ 朱高正：《易传通解》（上），华东师范大学出版社，2015，第16页。

⑤ 黄晖编撰：《论衡校释》第3册，中华书局，1990，第872页。

⑥ 王先谦集解，王星贤点校：《荀子集解》，中华书局，1988，第365页。

⑦ （晋）郭象注，（唐）成玄英疏：《庄子注疏》，中华书局，2016，第235页。

为神、气可以互通，《素问》："血气者，人之神，不可不谨养"①，神与气具有内在的统一性。王充《论衡》言："精神依倚形体""形须气而成"②，形、神、气三者有着密不可分的关系，气作为关键因素起到了连接形体与精神的作用。这些关于形、神、气的观点对魏晋南北朝时期的文艺理论产生了非常深刻的影响，曹丕《典论·论文》中提出的"文气"论就受到了形、神论的重要影响，其"文以气为主"的观念中，"气"包含了形气和精气两方面，即指代作者的形体与精神两部分，作者禀受到的形气与精气不同，就形成了自己的体性，表现在作品中就是作品所特有的风格，所以文学创作与作者的身体因素和精神因素都分不开。

刘勰在《神思》篇言："是以养心秉术，无务苦虑；含章司契，不必劳情也"③，黄侃《文心雕龙札记》："但心神澄泰，易于会理，精气疲竭，难于用思"④，意在强调文思的酝酿与神、气的关系。《抱朴子·至理》篇云："身劳则神散，气竭则命终"⑤，精神存在于形体之中，用思过度则心神交瘁，形神得到余闲文思才能不枯竭。至于如何使文思常利，刘勰在《养气》篇做了充分的回答，"是以吐纳文艺，务在节宣，清和其心，调畅其气，烦而即舍，勿使壅滞"⑥，创作文章一定要保持心境的清爽和精神的舒畅，这样才能保证思路的畅通。《学记》云："君子之于学也，藏焉、修焉、息焉、游焉"⑦，休息与闲游亦是学习中重要的环节，学与息的张弛有度才能保证文思不滞涩。使心神得到充足的涵养和休憩也是"虚静"说的要旨，《庄子·天地》云："视乎冥冥，听乎无声。冥冥之中，独见晓焉；无声之中，独闻和焉。故深之又深，而能物焉；神之又神，而能精焉"⑧，于凝寂之中才能体会深玄之至道，无视无声而能陶甄万象、谐韵八音，即

---

① 张志聪集注：《黄帝内经素问集注》，浙江古籍出版社，2002，第204页。
② 张宗祥，郑绍昌：《论衡校注》，上海古籍出版社，2010，第414页。
③ （南）刘勰：《文心雕龙》，王志彬译注，中华书局，2015，第322页。
④ 黄侃：《文心雕龙札记》，商务印书馆，2017，第192页。
⑤ 张松辉译注：《抱朴子内篇》，中华书局，2013，第167页。
⑥ （南）刘勰：《文心雕龙》，王志彬译注，中华书局，2015，第475页。
⑦ （清）朱彬：《礼记训纂》，水渭松、沈文倬点校，浙江大学出版社，第535页。
⑧ （晋）郭象注，（唐）成玄英疏：《庄子注疏》，中华书局，2016，第223页。

寂即应而穷理尽性，应寂相即乃神之精妙。庄子虚静凝神的思想虽然非指文学创作或艺术想象，却对刘勰的"神思"说产生了非常重要的影响。

"应会感神，神超理得"①，从宗炳关于神思之"神"的论述中我们还可以看到佛学思想的深刻痕迹。汉魏时期，佛教徒多依附道学、玄学来解释"神"，从而形成了神灵不灭、养生成神等说法。至晋末，慧远依照佛理对"神"的概念重新做了解释，"神也者，圆应无生，妙尽无名。感物而动，假数而行"②，慧远认为"神"可以圆应万物，感应万物的主体不再是"人"，而是"神"这一精神实体，这与我国典籍中记载的"神"截然不同。慧远所言之"神"既非带有神秘色彩的不测之神，又非精神之神，而是一种绝对的精神存在，即印度佛教中的"法性"本体。宗炳"圣人含道应物"与慧远"圆应万物"的思想都明显带有佛教中"神"作为精神实体而存在的含义，亦如宗炳在《明佛论》中所言"夫佛也者非他也，盖圣人之道"③，其思想无疑受到了佛圣感物说的影响。《画山水序》："圣贤暎于绝代，万趣融其神思"，宗炳的神思说中，"神"可以解释为一种超越万物的绝对精神实体，是受到了当时佛学思想的深刻影响，也丰富了神思说的内涵。

（二）感召物象，变化不穷

继刘勰之后，萧子显在《南齐书·文学传论》中也提出神思之说："属文之道，事出神思，感召无象，变化不穷。俱五声之音响，而出言异句；等万物之情状，而下笔殊形。"④ 其神思之说一方面继承了陆机、刘勰关于文学创作想象论的基本观点，即文学创作中的想象是建立在对客观世界的观察之上的；另一方面，萧子显把神思这种想象观念所具有的主观性做了更多的发挥，如王元化先生在《文心雕龙创作论》中所言："把他们

---

① 俞剑华：《中国画论类编》，人民美术出版社，1986，第583页。
② （晋）慧远：《沙门不敬王者论·形尽神不灭第五》，见僧祐编撰《弘明集》卷5，《大正藏》，第2102号，第52册，第31页。
③ （南）宗炳：《明佛论》，见僧祐编撰《弘明集》卷2，《大正藏》，第2102号，第52册，第13页。
④ （梁）萧子显：《南齐书》第三册，中华书局，1974，第907页。

所说的想象不受身观限制这一点向着神秘方向发展了。"① 对于这种神秘性，萧子显云："文章者，盖情性之风标，神明之律吕也。蕴思含毫，游心内运，放言落纸，气韵天成"②，据此而言，文学创作以性情和神明为主要因素，想象的发挥依靠内心并由神秘莫测的上天来掌控，忽略了客观世界在创作想象中的重要性。

陆机《文赋》言："罄澄心以凝思，眇众虑而为言。笼天地于形内，挫万物于笔端"③，《易传·说卦传》言："神也者，妙万物而为言者也"，澄心凝思，超于众虑之外，天地万物虽大，可以取其形而役之，描摹于笔端。亦如薛雪《一瓢诗话》中所言："诗之体，坐驰可以役万象也"④，天地万象虽然繁复，澄心妙言者也可将其归纳于文中。"遵四时以叹逝，瞻万物而思纷"⑤，陆机的文学创作想象论是以其物感说为基础的，刘勰的神思论也是继承了物感说的思想，"思理为妙，神与物游"，神思作为一种想象活动是与客观实际尤其是自然界紧密相关的。对于客观实际与想象的关系，刘勰运用了比喻的说法巧妙地加以了说明，"视布于麻，虽云未贵，杼轴献功，焕然乃珍"⑥。"杼轴献功"之说虽然一般用来指言语对客观现象的修饰润色，如《文心雕龙札记》所言："拙辞孕巧义，修饰则巧义显；庸事萌新意，润色则新意出"⑦，但想象在其中也发挥了重要的作用，没有想象活动的参与，拙辞难出巧义，庸事亦难萌新意。

用"杼轴"来比喻文学创作中的想象并非刘勰首创，陆机云："虽杼轴于予怀，忧他人之我先"⑧，袁守定《占毕丛谈》言此句意为："凡得好

① 王元化：《文心雕龙创作论》，上海古籍出版社，1984，第 130 页。
② （梁）萧子显：《南齐书》第三册，中华书局，1974，第 907 页。
③ 张少康：《文赋集释》，上海古籍出版社，1984，第 43 页。
④ （清）薛雪：《一瓢诗话》，杜维沫校注，人民文学出版社，2012，第 121 页。
⑤ 张少康：《文赋集释》，上海古籍出版社，1984，第 14 页。
⑥ （南）刘勰：《文心雕龙》，王志彬译注，中华书局，2015，第 325 页。
⑦ 黄侃：《文心雕龙札记》，商务印书馆，2017，第 89 页。
⑧ 张少康：《文赋集释》，上海古籍出版社，1984，第 104 页。

句当下转自疑，恐其经人道过"①，"杼轴"在这里具有酝酿文思的意思，指文学创作中的构思活动，尤其注重构思的独创性。刘勰的"杼轴献功"之说则是把重点放在了构思创作和客观存在的关系上，以布和麻分别比喻想象和客观存在，丝麻经过织机的加工而成布，犹如客观素材经过想象的加工而成为珍品一样。经过这一加工过程，拙劣的文辞可以孕生出精巧的义理，平庸之事也可以萌生出新意。强调神与物的相互作用，是"神与物游"的精义所在，也是神思论的基本核心思想，基于物感观念的神思论在以客观实在为依据的同时，也强调主观的能动性和无穷的创造力。

"神居胸臆，而志气统其关键；物沿耳目，而辞令管其枢机"②，作者头脑中存在着精神，志气决定其是否能够展开想象；作者通过听觉和视觉来感知客观素材，辞令决定其能否顺利表达。王元化先生认为："'志气'可解释作情志与气质，在这里泛指思想感情"③，作者的思想情感是想象产生的动力，即《神思》所谓："登山则情满于山，观海则意溢于海"④，亦如曹植所言之："遗情想象，顾望怀愁"⑤。关于"辞令"，王元化先生认为："'辞令'指语言或词语"⑥，是想象活动所必需使用的媒介，张晶先生在《神思与辞令——刘勰论艺术思维与诗歌语言的关系》中对"辞令"的作用做了阐释，他认为："'辞令'是开启整个创作过程、形成完整意象链条的基本要素。"⑦ 那么如何掌握语言的技巧，捕捉瞬间涌现的神思，刘勰进一步指出："积学以储宝，酌理以富才，研阅以穷照，驯致以绎辞"⑧，积累知识、辨析事理、提高自己的才能，精研积阅、穷尽其幽微、陶冶情

---

① （清）袁守定：《谈文》，《四库未收书辑刊：第六辑第 12 册》，北京出版社，2000，第 522 页。
② （南）刘勰：《文心雕龙》，王志彬译注，中华书局，2015，第 320 页。
③ 王元化：《文心雕龙创作论》，上海古籍出版社，1984，第 140 页。
④ （南）刘勰：《文心雕龙》，王志彬译注，中华书局，2015，第 322 页。
⑤ 赵幼文：《曹植集校注》，人民文学出版社，1984，第 285 页。
⑥ 王元化：《文心雕龙创作论》，上海古籍出版社，1984，第 142 页。
⑦ 张晶：《神思与辞令——刘勰论艺术思维与诗歌语言的关系》，《社会科学战线》2018 年第 1 期。
⑧ （南）刘勰：《文心雕龙》，王志彬译注，中华书局，2015，第 320 页。

致，方能运用好语言文辞。"志气"与"辞令"是想象活动得以产生并顺利完成的重要媒介。

（三）超越时空，率然而生

如果说神思的过程是心与物由经验性的互动到超验性的交流，那么"神与物游"之"游"就是对这一超验性过程最生动、准确的描写。在《物色》篇中，刘勰对心与物之间由感性经验升华到超感性经验的过程做了精准的概括："是以诗人感物，联类不穷"，诗人对客观事物由感而生的联想和想象是无穷无尽的。"形在江海之上，心存魏阙之下"，想象的无穷性也体现在对时间和空间的超越。《庄子·让王》言"身在江海之上"，意指身隐遁于江海，"心居乎魏阙之下"，意指心思念着魏阙之荣华，刘勰借此来说明神思这种精神活动所特有的超越性，它可以驰骋于古往今来，亦可以游走于宇宙天地。想象不受身体感官的限制，或是客观素材所触发，或是主观思想的显现，无有幽深亦无有远近。

钱锺书先生在谈及"神"的含义时，也提到了它的超越性，钱先生认为"神"有二义，一是《庄子·在宥》篇所言"养神"之"神"，即人的主观精神，一是《庄子·天下》所言超越思虑见闻之"神"。"谈艺者所谓'神韵''诗成有神''神来之笔'，皆指上学之'神'，即神之第二义"①，即神思所具有的超越感性经验的性质。宗炳《画山水序》云："峰岫峣嶷，云林森渺"，这是对山林的客观描绘，然而作者将主观精神解放于其中飞向无限，任由想象发挥时，便可以体会到畅游其中的乐趣，得到超越感性经验的升华。由此，主观精神融合于山林精神之中，自然就联想到了"圣贤映于绝代，万趣融于神思"，这正是思想超越时空限制，主客合一的神奇之思。也如陆机所言之："精骛八极，心游万仞……观古今于须臾，抚四海于一瞬"②，"八极""万仞"都是指作文运思的高远，形容作者的文思无远不到、无高不至，在须臾之间可以感受到古今四海所有之物。这也说明创作想象的过程中，思想具有不受时间和空间限制的绝对自

---

① 钱锺书：《谈艺录》，生活·读书·新知 三联书店，2016，第113页。
② （晋）陆机撰，张少康集释：《文赋集释》，上海古籍出版社，1984，第25页。

由性，《朱子语类》卷一八云："虽千万里之远，千百世之上，一念才发，便到那里"，就是对想象所具有的超越性特征的传神写照。

《庄子·逍遥游》云："乘云气，御飞龙，而游乎四海之外。其凝神，使物不疵疠而年谷熟"①，"游"在这里指寄生万物之上，变现无常，神超六合之表，游乎四海之外。《庄子·人间世》云："且夫乘物以游心，托不得已以养中，至矣"②，成玄英疏："夫独化之士，混迹人间，乘有物以遨游，运虚心以顺世"③，"游"亦指精神超越空间与万物相融。《淮南子·精神训》言："体本抱神，以游于天地之樊，"④ 是对神游状态的形象描绘。"游乎四海之外""游于天地之樊"都是旨在达到一种永恒的玄妙，这种思想虽然非用来形容艺术创作，却对陆机、刘勰等文论家的文学创作想象观念产生了潜移默化的影响，他们都认为想象构思可以超越时空的限制。"通过神思，一切客观时空都被主体纳入内在本真的时空当中"⑤，这种超越时空的性质是我国古代神思论所特有的，使文学想象的空间被无限放大，远远超越了西方想象论的边界。

朱光潜先生在《文艺心理学》中说道："艺术家和诗人的长处就在能够把事物摆在某种'距离'以外去看"⑥，这种"距离"即英国心理学家布洛所言之"心理距离"。心理距离的原则体现了一种美感经验方式，运用到文学创作领域就是想象可以把极为平常的客观物质材料经营成很美的印象。法国哲学家萨特认为想象是一种变幻莫测的活动，"它是一种注定要造就出人的思想对象的妖术，是要造就出人所渴求的东西的；正是以这样一种方式，人才可能得到这种东西"⑦。在近似于魔幻的想象活动中，人

---

① （晋）郭象注，（唐）成玄英疏：《庄子注疏》，中华书局，2016，第 16 页。
② （晋）郭象注，（唐）成玄英疏：《庄子注疏》，中华书局，2016，第 89 页。
③ （晋）郭象注，（唐）成玄英疏：《庄子注疏》，中华书局，2016，第 89 页。
④ 陈广忠译注：《淮南子》，中华书局，2013，第 336 页。
⑤ 党圣元：《中西文论中"神思"与"想象"的比较及会通》，《探索与争鸣》2017 年第 1 期。
⑥ 朱光潜：《谈美 文艺心理学》，中华书局，2014，第 129 页。
⑦ ［法］让-保罗·萨特：《想象心理学》，褚朔维译，光明日报出版社，1988，第 192 页。

们试图缩短一种距离，在对对象的整体感觉上，以难以说明的方式，再造出一种实际存在，也许这种存在并未真实存在过，而艺术家和诗人将它创造出来，就如同它们真的存在一样。

　　文思的酝酿、心与物的超验性互动除具有超越时空的特质外，还具有偶然性。王昌龄《诗格》言："久用精思，未契意象，力疲智竭；放安神思，心偶照境，率然而生"①，"率然"是形容神思来不可遏、去不可止的偶然性特质，是指诗人在外在事物的偶然触遇下所获得的创作契机。中国古代诗论中的"偶然"有着非常丰富的内涵，超越了哲学范畴内偶然与必然的相反相成，而是指在诗歌创造过程中诗人在与外界事物的邂逅触遇中获得的诗思。诗歌创作论中的"偶然"含义也非常丰富，它既包含创作主体运思过程中偶然所得的灵感也包含创作主体内在的积淀与经验，"偶然"而生的文思往往能创作出含有绝妙意境的好诗，"偶然"性也最能体现诗歌创作区别于其他文体创作的思维特征和艺术本质。

　　"中国诗学中的'偶然'……是指主体的情感与思维在与外在物象变化的邂逅相遇中，激发起创作冲动，并形成难以重复的艺术佳构。"② 中国诗学中的偶然讲究创作主体与客体的偶然触遇，从而产生出不可重复的审美价值，展现了中国诗学独特的生气与风貌。葛立方云："诗之有思，卒然遇之而莫遏，有物败之则失之矣"③，诗人与外物的触遇是以偶然为契机的。这种偶然并非摒弃了诗人作为创作主体的艺术追求，而是产生于诗人的艺术修养与创作经验之中。能够在偶然的契机中产生神妙的艺术构思与诗人对艺术创作的不舍追求以及诗人自身具有的丰富创作经验密不可分。"偶然"作为诗歌创作的契机，也包含着审美主体个体性的意蕴，建立在诗人熟练的创作技巧以及运用文学艺术形象的能力之上，又体现着诗人创作的鲜明个性。深厚的人格修养与艺术修养以及孜孜以求的创作欲望是获

---

① 《中国历代美学文库·隋唐五代卷》上册，高等教育出版社，2003，第369页。
② 张晶：《中国古代诗学中"偶然"论的审美价值意义》，《文学评论》2013 年第 4 期。
③ （宋）葛立方：《韵语阳秋》卷二，何文焕辑《历代诗话》，中华书局，1981，第 500 页。

得偶然绝妙的创作契机之前提，"诗文之厚，得之内养，非可袭而取也"①，贺贻孙将创作主体的内在修养称之为"内养"，诗文创作须厚养内气，非浅薄者所能侥幸获得。"清空一气，搅之不碎，挥之不开，此化境也"②，"化境"是诗歌的最高境界，也是诗人偶然所得，并不可重复。诗歌作品臻于"化境"，诗歌之化境犹如自然之鬼斧神工，浑然天成又蕴含无限生机，不见刻意安排的痕迹，直如自然偶然之化生。中国古代文论中的"偶然"揭示了神思产生的契机，并且多发生在诗论之中，也揭示了诗与文在思维方式上的差异。吴乔《围炉诗话》言："诗思与文思不同，文思如春气之生万物，有必然之道；诗思如醴泉朱草，在作者亦不知所自来，限以一韵，即束诗思。"③ 诗思的产生更重于偶然触遇的兴发，而文思则更重于必然，诗人创作的偶然契机并非出自天赋或灵感，而在于审美主体与客体的偶然邂逅。在偶然的契机下，诗人的才情与胸襟都得到了最大程度的激活，使作品的审美意象与审美意境都具有了无与伦比的独特魅力。

二、想象对客观存在的创造性再现

"艺术的创造在未经传达之前，只是一种想象。就字面说，想象（imagination）就是在心眼中见到一种意象（image）。意象是所知觉的事物在心中所印的影子。"④ 从词源学的角度出发，image 来源于拉丁文 imāgō，可译为"副本，相像，意象"，词语中的前缀"im"也是 imitari 的词根，有"复制""模仿"之意。image 的主要意思有：1. 人或物的复制品，如雕塑；2. 实际上或似乎再现另一物体的物体，如图像、声像、电像；3. 精神上的映象，如印象；4. 被引用的某一具体或抽象的事物以代表它所酷似或暗示的事物，如意象。通过对 image 词源和含义的分析，也可以推断想象（imagine）是在意象的基础上产生的，imagine 的含义主要包括以下

① 郭绍虞：《清诗话续编》，上海古籍出版社，1983，第 135 页。
② 郭绍虞：《清诗话续编》，上海古籍出版社，1983，第 137 页。
③ 郭绍虞：《清诗话续编》，上海古籍出版社，1983，第 486 页。
④ 朱光潜：《谈美 文艺心理学》，中华书局，2014，第 289 页。

几个方面：1. 形成一种观念：创造出一种关于……的心理意象；2. 凭想象去创造或好像想象那样创造；3. 想，料想，猜想。由此可以知道，想象作为一种心理活动是对客观存在的创造性再现。

（一）想象与理性

　　想象力（作为生产性的认识能力）就用现实的自然提供给它的材料仿佛是创造出另一个自然而言是很强大的。①

想象作为一种艺术创作思维早在古希腊时期就已经出现，首先对它做具体论述的是亚里士多德。亚里士多德的想象论体现在他对文艺创作的认识论中，对待文艺和现实之间的关系上他反对普罗泰戈拉的主观唯心主义观点，坚持站在唯物主义的立场上。他认为感觉的对象是客观实在并且先于感觉而存在，"感觉并不是对它自身的感觉，而是在感觉之外存在着另外某种东西，它必然在感觉之先"②。在《灵魂论》中，亚里士多德对认识的具体过程做了说明：第一是感性认识，"感觉是撇开感觉对象的质料而接受其形式，正如蜡块，它接受戒指的印迹而撇开铁或金"③，其"蜡块"的比喻是指感性认识所把握的仅是对象质料的印迹，而非质料本身；第二就是想象力，亚里士多德认为想象力是一种比感觉更高级的形式，它是塑造形象的最重要的能力，尤其在文艺创作中起着关键作用，想象力是在对感官所获得的印象基础之上加以分析或综合，从而获得新的意象的过程，"没有想象，灵魂就无法思维"④；第三是理性认识，亚里士多德认为感性认识和理性认识是彼此独立、互不联系的。

---

① ［德］康德：《判断力批判》，李秋零译注，中国人民大学出版社，2016，第137页。
② ［古希腊］亚里士多德：《形而上学》，转引自范明生：《西方美学通史》第一卷，上海文艺出版社，1999，第454页。
③ ［古希腊］亚里士多德：《论灵魂》，转引自范明生：《西方美学通史》第一卷，上海文艺出版社，1999，第458页。
④ ［古希腊］亚里士多德：《论灵魂》，转引自范明生：《西方美学通史》第一卷，上海文艺出版社，1999，第459页。

在对待想象和理性认识的问题上，亚里士多德的观点有显而易见的矛盾，一方面，他在《论灵魂》中对想象力作为艺术创作的重要能力给予了肯定；另一方面，他在《心灵论》中突出强调了理智的重要性，而对想象做了批判，他认为想象的结论有时是正确的，有时是错误的，并且许多想象是虚假的，"知识或理智是永远正确的，想象不能和它相比，是可能错误的"①。作为艺术创作论，想象说无法比拟当时盛行的灵感说和模仿说，从希腊晚期到罗马帝国时代都没有得到太多的关注。罗马时期，朗吉努斯在《论崇高》中对想象发表了看法，"思想的'飞翔'既为诗人带来对世界的模仿，更帮助他运用想象，产生（语言）形象"②，朗吉努斯还认为修辞借助想象使语言清楚有力，诗借助想象制造审美惊奇感。诗人斐罗斯屈拉图斯试图挣脱"模仿"的束缚，指出想象是比模仿更高明的一种创作形式，他认为想象是"用心来创造形象"③，从而使想象更具有主观能动性，这也与他的唯心主义哲学观相符合。

进入中世纪以后，宗教和神学思想并没有扼杀文艺的发展，反而使其形式更加多样、内容更加丰富，但与之相比，文艺理论的发展则显得十分逊色，艺术想象也没有受到诗学家的重视。直到 16 世纪，在文艺复兴的人文主义精神感染下，想象成为艺术评论中重要的话题，意大利文学批评家马佐尼继承了斐罗斯屈拉图斯的想象说，他把想象解释为："做梦和达到诗的逼真所公用的心理能力。"④ 马佐尼认为想象能够使诗歌中的情节和形象得到丰富，但是他所关注的是想象的虚构性，仍然强调想象的主观能动作用，没有将想象和真实的关系做更多的说明。剧作家和诗人莎士比亚对文艺创作中的真实性给予了肯定，"啊，有了真赋予的甜美的化妆，美还会展示出多少更多的美"⑤。在歌颂艺术创作的客观真实性的同时，莎士比

① 《外国理论家 作家论形象思维》，中国社会科学出版社，1979，第 8 页。
② 伍蠡甫，翁义钦：《欧洲文论简史》，人民文学出版社，2005，第 40 页。
③ 伍蠡甫：《西方文论选》（上卷），上海译文出版社，1979，第 134 页。
④ 伍蠡甫，翁义钦：《欧洲文论简史》，人民文学出版社，2005，第 76 页。
⑤ 《莎士比亚全集》第十一卷，第 212 页，转引自伍蠡甫，翁义钦：《欧洲文论简史》，人民文学出版社，2005，第 86 页。

亚也对艺术创作中的想象很感兴趣，"发挥你们的想象力，来弥补我们的贫乏吧——一个人，把他分身为一千个，组成了一支幻想的大军"①，在他看来，艺术创作是客观真实与作家能动精神的完美结合。

伴随着 17 世纪启蒙运动的兴起，想象这一艺术创作思维受到了越来越多的关注。其中的代表者要首推意大利的思想家维柯，他对艺术想象的论述主要体现在《新科学》中关于诗的理论中，"这种想象力完全是肉体方面的，他们就以惊人的崇高气魄去创造，这种崇高气魄伟大到使那些用想象来创造的本人也感到非常惶恐"②。维柯认为诗人们凭借想象去创造，诗的本质是想象、激情、感觉，而不是理智，他认为想象产物的诗是与理性产物的哲学相对立的。英国诗人艾迪生从自己的创作实践出发，深入地研究了想象问题，"想象所领悟的光与色不过是心灵中的意象，而绝不是存在于物质中的属性"③。艾迪生关于想象的论述突出了想象的造形能力，这与作家的感觉和记忆密切相关，想象属于人的心灵活动。法国哲学家狄德罗认为诗人和剧作家的想象可以无中生有，"可以凭个人想象，在历史以外加上他认为能提高兴趣的东西"④，他一方面承认想象的主观性，一方面也承认想象的理性，"因为想象活动还是有'范围''规范''规则'的"⑤。从文艺复兴到启蒙运动这一漫长的历史时期来看，西方诗学中的想象说还没有从"空想""幻想"等概念中脱离，这三个概念也时常混用，"想象"所具有的客观理性没有得到文论家们太多的关注，但是想象论的地位在这一时期呈现出螺旋上升的趋势。

首先对诗学创作想象论予以科学分析的是康德，他在论及构成天才的各种心灵能力中重点对想象力做了论述。康德认为想象力是在现实的自然

① 《莎士比亚全集》第五卷，第 242 页，转引自伍蠡甫，翁义钦：《欧洲文论简史》，人民文学出版社，2005，第 87 页。

② ［意］维柯：《新科学》，朱光潜译，人民文学出版社，1997，第 162 页。

③ ［英］艾迪生：《想象的快感》，《旁观者》第 413 期，《缪灵珠美学译文集》中国人民大学出版社，1998，第 2 卷第 43 页。

④ 伍蠡甫，翁义钦：《欧洲文论简史》，人民文学出版社，2005，第 157 页。

⑤ 《论戏剧艺术》第十章，《西方文论选》上卷，第 357—359 页，转引自伍蠡甫，翁义钦：《欧洲文论简史》，人民文学出版社，2005，第 158 页。

材料基础上，对这些材料进行加工并形成完全不同的东西，即超越自然的东西，审美理念是想象力的表象，但没有一个合适的概念或语言可以与它相适合。诗人敢于把不可见的理性理念的东西感性化，或者把在经验中找得到的例子借助想象力使之成为感性的，这就是诗艺，也就是想象力的才能。使想象力得以产生的标志为审美标志，它给想象力以诱因，使心灵活跃起来，"诗艺和演讲术也都仅仅从对象的审美标志中获取那使自己的作品活跃起来的精神，这些审美标志支持逻辑标志，并给予想象力一种振奋"①。康德的想象论中充分认识到了客观材料对诗人主观想象的作用，同时康德也提出了知性的重要性。"在审美的意图中想象力却是自由的，以便还超越与概念的那种一致，却自然而然地为知性提供丰富多彩的、未加阐明的、知性在其概念中未曾顾及的材料"②，想象力与知性共同构成了康德天才论中构成天才的心灵能力。

　　黑格尔在论述艺术家的才能和天才时也首先提出了想象的概念，他认为在与艺术创造相关的本领中，最杰出的本领就是想象。想象是具有创造性的，"属于这种创造活动的首先是掌握现实及其形象的资禀和敏感，这种资禀和敏感通过常在注意的听觉和视觉，把现实世界的丰富多彩的图形印入心灵里"③。黑格尔的想象论首先提出了客观现实的重要性，艺术的想象是艺术家凭借感官对客观世界物质材料的感知基础上产生的，艺术家要对客观物质材料具有敏感的感知能力，并且跟这种材料建立起亲切的关系，比康德的想象论又更进了一步。黑格尔还认为想象不能停留在对客观材料的单纯吸收上，还要显现现实事物自在自为的真实性和理性，"所以艺术家须用从外在界吸收来的各种现象的图形，去把他心理活动着和酝酿着的东西表现出来，他须知道怎样驾御这些现象的图形，使它们服务于他的目的，它们也因而能把本身真实的东西吸收进去，并且完满地表现出来"④。艺术家还要将自己的情感灌注到想象中去，"而且还要把众多的重

---

①　［德］康德：《判断力批判》，李秋零译，中国人民大学出版社，2016，第139页。
②　［德］康德：《判断力批判》，李秋零译，中国人民大学出版社，2016，第140页。
③　［德］黑格尔：《美学》第一卷，朱光潜译，商务印书馆，2017，第357页。
④　［德］黑格尔：《美学》第一卷，朱光潜译，商务印书馆，2017，第359页。

大的东西摆在胸中玩味，深刻地被它们掌握和感动"①，艺术家要有丰富的生活阅历才能把生活中真正深刻的形象表现出来。

19世纪，浪漫主义席卷西方文坛，艺术想象是诗人和文论家都奉为至宝的一项创作技能，对艺术想象进行系统研究的重要代表有华兹华斯、柯勒律治、雪莱等人。华兹华斯的《抒情歌谣集》序言被认为是浪漫主义诗歌运动具有里程碑式的宣言，在序言中华兹华斯对当时诗歌语言的浮华空洞、古怪粗拙进行了抨击，他认为真正有趣味的诗应该以日常生活里的事件和情节为蓝本，真实而不浮夸地表达人类的本性。华兹华斯选择微贱的田园生活为题材，认为诗歌是人与自然的表象，"人与自然根本互相适应，人的心灵能照映出自然中最美最有趣味的东西"②。想象力把日常生活中、自然世界里最为平常的事物以最不平常的方式呈现出来。柯勒律治在《文学生涯》中也重点对艺术想象做了阐释，他认为诗的想象是浪漫主义创作的根本动力，"显然有两种力量在起作用，它们相互之间是主动和被动的关系；然而，如果没有一种同时既是主动又是被动的中间力量的话，这种关系是不可能的。（用哲学语言来说，我们必须从其全部的深度与限度上把这力量命名为想象）"③。与前面两位诗人的见解有所不同的是雪莱，他的诗学想象观点带有明显的不可知色彩，雪莱的想象论是建立在柏拉图的灵感说基础上的，带有唯心论和神秘主义色彩，他认为想象也只不过是诗灵降临之后的心理活动。至此，想象论已经成为西方诗学理论中颇为重要的命题，并继续以多元化的方式发展着，其中一个重要分支便是艺术想象与心理学的融合，以弗洛伊德和荣格为代表，建立起了想象心理学，为文学创作想象论的发展提供了新的思路。

（二）想象与幻想

"幻想"和"想象"在中世纪和文艺复兴时期并没有意义上的差别，十六七世纪古典主义理论家仍然延续这种用法，有个别理论家认为两者指

---

① ［德］黑格尔：《美学》第一卷，朱光潜译，商务印书馆，2017，第359页。
② 刘若端编：《十九世纪英国诗人论诗》，人民文学出版社，1984，第16页。
③ 刘若端编：《十九世纪英国诗人论诗》，人民文学出版社，1984，第60页。

不同程度上的两种心理活动，"幻想"较为高级，而"想象"较为低级。①
后来在浪漫主义的诗学创作理论中，幻想和想象的区别成为争论的焦点。
维柯认为诗是想象、幻想、激情的产物，并且将诗同理性的哲学对立起
来。"形而上学与诗学有着本质的不同，前者坚持对感觉的批判，后者以
感觉为原则；前者幻想软弱，后者却使幻想强壮；前者强调不要使肉体成
为精神，而后者却只是强调由肉体到精神的欢欣；所以，前者的思想整个
是抽象的，而后者，当幻想越强壮时，则越美。"② 与当时的理论家们一
样，维柯认为想象和幻想都是充满激情的感觉，未对这两个词的含义做出
区分，然而在浪漫主义文论家们的评论中，想象和幻想的不同愈加明显。

　　"除了幻想和想象的诗以外，其他各类的诗都不需要任何特别的注
意"③，在华兹华斯关于诗学想象的观点中，想象被列为与幻想具有同等作
用的重要作诗能力。在 1815 年版的《抒情歌谣集》序言中，华兹华斯认
为写诗需要具备五种能力，第一种是观察的能力，即准确地观察事物本来
的面目；第二种是感受的能力，即感受观察到的事物在诗人心中的反应；
第三种是沉思的能力，可以帮助诗人感受所观和思想情感的关系；第四种
是想象和幻想，即创造的能力；第五种是虚构的能力，可以是对观察所得
材料的虚构，也可以是对心灵中材料的虚构。在上述五种能力的基础上，
还需要一种判断的能力，来决定如何协调运用这五种能力。虽然华兹华斯
提到了幻想和虚构在诗歌创作能力中的重要性，但幻想与虚构也是建立在
客观或者主观的材料之上，幻想与虚构都没有脱离实际或者虚无缥缈。对
于"想象"与"幻想"这两个字眼，华兹华斯认为它们不是简单的对意象
的清晰回忆或者迅速生动的回忆，这样它们就不是诗人所拥有的那种创造
性的能力了。"幻想是在于刺激和诱导我们天性的暂时部分，想象是在于
激发和支持我们天性的永久部分"④，华兹华斯认为幻想是偶然多变的，其

---

① 参见《外国理论家 作家论形象思维》，中国社会科学出版社，1979，第 4 页。
② ［意］维柯：《新科学》，朱光潜译，人民文学出版社，1997，第 136 页。
③ 刘若端编：《十九世纪英国诗人论诗》，人民文学出版社，1984，第 40 页。
④ 刘若端编：《十九世纪英国诗人论诗》，人民文学出版社，1984，第 50 页。

产生的效果是惊奇、滑稽、有趣的。

　　华兹华斯认为想象和幻想更像是诗歌想象中的两个层次，一个更接近于对意象创造性的发挥，一个则是偶然、迅速、短暂，并且难以捕捉的创造能力。然而我国古典诗歌神思论中并没有对诗人的想象或者幻想做如此明确的划分，神思有时是指内心与外境的统一，有时也指思绪游乎四海之外的虚幻迷离。柯勒律治在《文学生涯》中对华兹华斯关于想象和幻想的混淆提出了不同的见解，并且把二者做了明确的区分。在《文学生涯》第十二章中，柯勒律治批评了华兹华斯的观点，认为应该在心理学的范畴内考察想象的创造过程。为此，柯勒律治对新柏拉图主义、德国先验唯心主义做了回顾，又对费希特和谢林的唯心论现实主义做了阐述，从而得出了他对于"幻想"和"想象"的定义。柯勒律治把想象分为"第一位"和"第二位"两种，"第一位的想象是一切人类知觉的活力与原动力，是无限的'我存在'中的永恒的创造活动在有限的心灵中的重演。第二位的想象，我认为是，第一位想象的回声，它与自觉的意志共存，然而它的功用在性质上还是与第一位的想象相同的，只有在程度上和发挥作用的方式上与它有所不同"①。"幻想，与此相反，只与固定的和有限的东西打交道。幻想实际上只不过是摆脱了时间和空间的秩序的拘束的一种回忆，与我们称之为'选抉'的那种意志的实践混在一起，并且被它修改。但是，幻想与平常的记忆一样，必须从联想律产生的现成的材料中获取素材。"②

　　与华兹华斯的观点不同，柯勒律治把想象划分为两个层次，二者在程度上和作用上有所不同，但是幻想无法与想象相提并论，幻想只不过是被修改的回忆，虽然具有超越时空束缚的自由性，幻想也必须从想象所取得的客观材料中获得素材，所以幻想是比想象低一级的心理活动。黑格尔认为想象这种创造活动要依靠记忆力，把外部世界色彩缤纷的图形记在心里，"从这方面看，艺术家就不能凭借自己制造的幻想，而是要从肤浅的

---

① 刘若端编：《十九世纪英国诗人论诗》，人民文学出版社，1984，第 61 页。
② 刘若端编：《十九世纪英国诗人论诗》，人民文学出版社，1984，第 62 页。

'理想'转入现实"①。黑格尔认为所谓"理想"是靠不住的，艺术家要依靠的是生活而不是抽象的观念。人们通常以为创造就是制造稀奇古怪的东西，运用诙谐、幻想、俏皮话来吸引观众的注意，但这就造成了艺术家与客观对象相脱离，由主观任意发挥作用。"这种幽默也可以见出机智和深刻的情感，通常有极大的诱惑力，但是实际上不像一般人所想象的那样难能可贵"②，这种任意性把各种诙谐和情感拼凑在一起，制造出了一幅幻想的滑稽画，与显示客观真正理想的完整作品相比虽然容易但是缺少丰富性和深刻性。黑格尔对艺术幻想是持有否定态度的，幻想与客观现实相比具有不可靠性，一些艺术家或许会凭借幻想所制造的幽默与新奇得到关注，但是凭借幻想制造的艺术作品是没有深刻性的，艺术创造必须排除主观的任意。"真正的艺术作品必须免除这种怪诞的独创性"③，真正的独创性应该是心灵所创造的亲切作品，而不是由任意的幻想和情感所拼凑的整体。只有由真实的理性所灌注的创造才能算作真正的独创，才能体现出艺术家真正的独创性，"只有在这个意义上，荷马、索福克勒斯、拉斐尔和莎士比亚才能说是有独创性的"④。

弗洛伊德认为幻想与梦有着密切的联系，并且都与欲望相关，人类幻想的来源主要有两方面，一是童年游戏的回忆，一是种族的神话。"富于想象的创造，正如白昼梦一样，是童年游戏的继续及替代"⑤，我们从童年的游戏中可以找到想象活动的原始痕迹，但是随着年龄的增长人们停止了游戏，用与实际物体脱离关系的幻想来取代游戏。幻想的素材也可来源于种族的神话传说或者童话故事，对此，弗洛伊德认为："那种认为神话是畸变了的整个民族的愿望——幻想——年轻人类长久的梦的痕迹的看法，

---

① ［德］黑格尔：《美学》第一卷，朱光潜译，商务印书馆，2017，第357页。
② ［德］黑格尔：《美学》第一卷，朱光潜译，商务印书馆，2017，第374页。
③ ［德］黑格尔：《美学》第一卷，朱光潜译，商务印书馆，2017，第376页。
④ ［德］黑格尔：《美学》第一卷，朱光潜译，商务印书馆，2017，第378页。
⑤ ［奥］弗洛伊德：《论创造力与无意识》，孙恺祥译，罗达仁校，中国展望出版社，1987，第49页。

看来完全可能成立的。"① 但是，单单的复述白昼梦或者幻想，不足以使读者产生审美的愉悦，而这正是诗人的独特本领，"最根本的诗艺在于克服我们对白昼梦的反感所用的技巧"②。如何将白昼梦或者幻想讲述得动人，是作家内心的秘密，他们运用变化和伪装的方法给读者带来快感。弗洛伊德运用心理分析的方法论述了诗人与幻想、白昼梦的关系，为后人研究文学艺术的创造心理提供了宝贵的经验。

当代认知神经科学家马里安诺·西格曼博士在综合了物理学、语言学、心理学等学科研究的基础上揭示了人们思考和做梦过程中大脑的神秘运作机制，对弗洛伊德100多年前的大胆猜测给予了肯定。他认为人的想象力远远不及梦的鲜艳夺目，尤其是清醒地做梦，既可以拥有梦的生动，也可以拥有想象的控制。"清醒地做梦是一种令人神往的心理状态，因为它把两个世界最好的东西合并在了一起，把梦的视觉强度、创造强度和清醒的控制合并在了一起。"③ 据马里安诺·西格曼博士的观点，梦具有超强的创造力，尤其是在人们对那个领域的重要知识储备已经打牢之后，睡眠才能更好地使创造力得到表达。然而梦又是那样的不受控制，在醒来后我们几乎无法复述那个生动、鲜艳的梦，于是清醒地做梦，也就是弗洛伊德所言的白昼梦或者说是幻想，才能够克服想象的限制和梦的难以捕捉，成为最具创造力的最佳心理状态。

（三）想象的边界

神思与想象的所有共同特征中，最鲜明的一种便是"自由"，这种自由建立在由事实和幻想所编织的半空之中，不仅深入探索存在的事物，也触及所有想象出来的事物。"诗艺则是把想象力的一种自由游戏作为知性

---

① ［奥］弗洛伊德：《论创造力与无意识》，孙恺祥译，罗达仁校，中国展望出版社，1987，第50页。

② ［奥］弗洛伊德：《论创造力与无意识》，孙恺祥译，罗达仁校，中国展望出版社，1987，第50页。

③ ［阿］马里安诺·西格曼：《决策的大脑》，刘国伟译，中信出版集团，2018，第139页。

的事务来实施的艺术"①，对于想象的自由性康德给出了这样的看法，他还认为想象是感性与知性的结合，二者不可或缺。在艺术创作当中，想象的感性与理智的知性如果没有彼此的制约与消损就不能很好地结合起来，这两种能力的结合又必须是相互有益、彼此适应的，否则就无法创造出美的艺术。因此，要避免幻想的做作和理智的刻板，艺术的美是自由的，知性在游戏的自由中得到充足的营养供给，想象的自由赋予了知性以生命。

如果说刘勰的神思论强调的自由是超越时间、空间限制的自由，那么康德的想象论强调的自由则是理智与想象的有机结合。在想象的边界问题上，黑格尔也反对作者主观想象的偶然性和任意性。作家的创作构思过程中会出现偶然的特点，如果这种偶然没有受到有效的控制便会与真正的理想概念相矛盾，"就这个意义来说，艺术家有了作风，就是拣取了一种最坏的东西，因为有了作风，他就只是在听任他个人的单纯的狭隘的主体性的摆布"②。黑格尔认为艺术家本身因为偶然性形成的个体作风是一种狭隘的主观主义，所以艺术家要消除他主体方面个别偶然的特点。过于主体性的作风会给艺术家带来一种危险，作风越特殊，就越容易退化成枯燥、没有灵魂的矫揉造作，毫无生命感。那么艺术家如何消除偶然性所带来的坏处，黑格尔回答道："比较正确的作风就得避免这种狭隘的特殊性，力求开阔，以免同样的特殊处理方式僵化成为呆板的习惯。"③ 艺术家不能听命于个人的作风，而是在主体性的指导下处理客观实际的题材，这样所创作的作品才能符合艺术的本质和艺术的想象，所以艺术创作应该和偶然幻想的任意性区别开来。

18 世纪法国启蒙思想家狄德罗十分崇尚文艺创作中的想象和虚构，"想象，这是一种素质，没有它，人既不能成为诗人，也不能成为哲学家、有思想的人、有理性的生物，甚至不能算是一个人"④。狄德罗将想象看作

---

① ［德］康德：《判断力批判》，李秋零译，中国人民大学出版社，2016，第 144 页。
② ［德］黑格尔：《美学》第一卷，朱光潜译，商务印书馆，2017，第 370 页。
③ ［德］黑格尔：《美学》第一卷，朱光潜译，商务印书馆，2017，第 371 页。
④ ［法］狄德罗：《论戏剧诗》，转引自范明生：《西方美学通史》第三卷，上海文艺出版社，1999，第 706 页。

人的一种素质，若是没有这种素质，一个人将是愚昧、机械的，但是他也强调了想象的限度，"诗人不能完全听任想象力的狂热摆布，诗人有他一定的范围。诗人在事物的一般秩序的罕见情况中，取得他行动的范本。这就是他的规律"①。狄德罗认为想象力需要有一定的范围，诗人要运用技巧、时间来发掘一般情况中的罕见，罕见就是奇异但又符合自然秩序的奇特，与不符合自然秩序的奇特相区别。

与神思的超时空性相比，西方文论家似乎很少将诗学思想置于时间或空间中去评论。最早将诗歌艺术与绘画、雕塑的空间性、时间性特征相比较的是贺拉斯，在诗与画的关系上，贺拉斯提出"诗有如画"的观点，对两者采取等量齐观的态度。"画如此，诗亦然：有些画要放在眼前，有些画要放在远处才使你一见倾心"②，贺拉斯的观点长期以来受到了文艺理论家们的肯定，在17世纪由新古典主义者们继承了下来，启蒙运动中最富于革命精神代表之一的德国美学家莱辛关于诗与画的著名评论也受到了前辈们的启发。特别要指出的是莱辛从时间与空间特征方面对诗与画做了比较："时间上的先后承续属于诗人的领域，而空间则属于画家的领域。"③莱辛认为诗与画都是模仿自然的产物，但二者有着本质的不同，绘画是空间艺术，受空间规律支配，诗是时间艺术，受时间规律支配，并且二者不可互相侵犯。与神思论相比，西方想象论并不是十分强调时空的超越性，这也是中西诗学思想中的一个重要不同点，曹顺庆先生认为："这种打破超越时空与严格遵守时空之自然律，不但是中西艺术想象论的差别，也是中西文学艺术的本质区别。"④西方诗学思想自古希腊起就显现出三维空间与一维时间的观念，亚里士多德在《诗学》中提出了将文艺的时间性、空

---

① ［法］狄德罗：《论戏剧诗》，转引自范明生：《西方美学通史》第三卷，上海文艺出版社，1999，第713页。
② ［古罗马］贺拉斯：《诗艺》，转引自范明生：《西方美学通史》第一卷，上海文艺出版社，1999，第845页。
③ ［德］莱辛：《拉奥孔》，转引自范明生：《西方美学通史》第三卷，上海文艺出版社，1999，第871页。
④ 曹顺庆：《中西比较诗学》，中国人民大学出版社，2016，第127页。

间性加以限定的观点，这与中国古典诗学传统中超越时空限定的思想大为不同。

西方诗学思想中的想象论在文论家们的阐释中呈现出较强的逻辑理性，虽然没有如神思论那般富有非凡神秘的时空超越性，但也常常突破了想象的界限，在幻想中寻找无尽的可能。当我们对诗人的创作意识进行考察的时候，对药物、植物、酒精、大麻等精神药物与创造力的关系加以考察也几乎是每种文化中都有过的做法。鲁迅先生在《魏晋风度及文章与药及酒之关系》中就提到了文人与药和酒的关系，《世说新语》注引《秦丞相寒食散论》曰："寒食散之方虽出汉代，而用之者寡，靡有传焉。魏尚书何晏首获神效，由是大行于世，服者相寻"①，鲁迅提到何晏是吃药的祖师，他身子不好，因此不能不服药，那时此种药的流毒就同清末的鸦片的流毒差不多。对于文人与酒的关系，最负盛名的当属竹林七贤，饮酒在他们的生活中几乎占据了全部的地位，文人饮酒之风的盛行也与当时社会情势有关，饮酒可以逃离现实，享乐之中充满了忧患和悲痛之情。那么酒对诗人的创作有何影响，诗人又是多么的钟情于饮酒？"李白斗酒诗百篇，长安市上酒家眠"（杜甫《饮中八仙歌》）；"醉里从为客，诗成觉有神"（杜甫《独酌成诗》）；"百年愁里过，万感醉中来"（白居易《别韦苏州》）；"俯仰各有志，得酒诗自成"（苏轼《和陶渊明〈饮酒〉》）；"一杯未尽诗已成，涌诗向天天亦惊"（杨万里《重九后二月登万花川谷月下传觞》）。

自古以来，诗人的精神状态便与药、酒等产生了不解之缘，其中对人的意识最具影响力的要数大麻和致幻药物，它们甚至可以影响意识的内容和流动。由于大麻的不合法地位，造成了对大麻认知效果科学研究的相对缺乏，"大麻认知效果的生物化学、生理学和心理学之间的关系依然是一个谜"②。英国作家赫胥黎在《知觉之门》中以带有献身精神的幻象记录

① 转引自王瑶：《中古文学史论》，商务印书馆，2016，第143页。
② ［阿］马里安诺·西格曼：《决策的大脑》，刘国伟译，中信出版集团，2018，第144页。

探索了大麻对想象可能产生的积极作用。在一次服药之后，赫胥黎心无旁骛地看着一瓶花束，"此刻我所见的并非意外打破规矩的花束，而是上帝初创亚当的那个清晨亚当所见的一切：每时每刻，存在皆裸露，奇迹皆涌现"①，"我继续凝望那花束，在其生命的荣光中，我似乎发现它在呼吸，但这呼吸既不收敛，亦无间歇，而只是不停地流淌——从一种美丽流向更强烈的美丽，从一种奥义流向更深刻的奥义"②。赫胥黎以自己的亲身经历证实了冥想或者服用药剂可以扭转常规的意识模式，从而有助于想象力的发挥，当然这并不意味着他没有意识到服用大麻产生的风险。麦角酸二乙胺是一种强烈的半人工致幻剂，曾对美国垮掉的一代知识分子产生了十分重要的影响，如艾伦·金斯伯格、威廉·巴勒斯、杰克·凯鲁亚克，由此形成的"麦角文化运动"对人类思维的方方面面产生了重要的改变。在精神药物的强烈刺激下，人类对现实世界的感知能力被无限放大，对于文学艺术创作的想象也因此超越了理性可控制边界，知觉之门不仅被打开，而且变得碎片化。

第二节　虚静与愉悦的审美心态

"虚静"的审美心态是神思产生的重要条件，也是我国古代艺术家追求的一种高尚精神境界，以静制动，用宁静清澈的心灵去观照活泼的生命律动，为历代艺术家所称道。诗人刘禹锡写道："能离欲则方寸地虚，虚而万景入"（刘禹锡《秋日过鸿举法师寺院便送归江陵引》），诗人的创作构思离不开想象，虚静为想象营造了一个静穆的空间，可以采撷丰富的景象。苏轼言："欲令诗语妙，无厌空且静。静故了群动，空故纳万境"

---

① ［英］阿道司·赫胥黎：《知觉之门》，庄蝶庵译，北京时代华文书局，2017，第13页。

② ［英］阿道司·赫胥黎：《知觉之门》，庄蝶庵译，北京时代华文书局，2017，第15页。

（苏轼《送参寥师》），虚静的审美心态可以使诗人心怀万象，把握不断变化的客观事物。"虚静"最早作为一个哲学命题出现，在先秦时期就已多有论述，老子和庄子都把虚静当作认识宇宙万物本原之"道"的方法。刘勰的虚静说将这一哲学命题转向了文艺创作理论，《神思》篇言："是以陶钧文思，贵在虚静，疏瀹五脏，澡雪精神"①，"虚静"是诗人创作构思过程中极其珍贵的心理状态，可以使内心世界得到疏通，头脑心灵得到净化。

"虚静"说是深深扎根于中国传统文化精神之中的，正如朱良志先生所言："中国文化洋溢着柔静精神，不狂热，不冲动，不走极端，内心有激情，外表则冲和淡雅，神情骀荡，犹如包含着无数个暗流的平静水面。"② 虚静说代表着中国传统文化中宁静典雅之美，与西方诗学思想中神赐的迷狂形成了鲜明的对比，迷狂是一种激动热烈的灵感状态，正如巴尔扎克所说："我所有的最好的灵感往往都是来自最为忧愁最为悲惨的时刻。"③ 柏拉图追求的迷狂，莎士比亚追求的疯狂，巴尔扎克追求的痛苦都与虚静的审美心态格格不入。与狂热激昂的灵感说不同，想象论追求一种平静喜悦的精神状态，黑格尔认为："他自己的快乐就是创作的动力，这种从内心迸发出来的东西本身就可以成为作品的材料和内容，推动他对自己的喜悦进行艺术的欣赏。"④ 黑格尔强调的快乐与喜悦没有灵感说中的迷狂那样热烈，又比虚静说中的平和空寂的审美心态多了几分活泼。

一、于宁静之中陶甄万象

"虚静"在先秦文献中往往被视为一个哲学概念，主要体现在老子、庄子及荀子的相关著述之中，被视为排除一切杂念从而把握"道"的前提条件，或者穷尽万物万理的主观理性认识方式。在魏晋六朝时期，"虚静"

① （南）刘勰：《文心雕龙》，王志彬译注，中华书局，2015，第320页。
② 朱良志：《"虚静"说》，《文艺研究》1988年第1期。
③ 转引自曹顺庆：《中西比较诗学》，中国人民大学出版社，2016，第143页。
④ ［德］黑格尔：《美学》第一卷，朱光潜译，商务印书馆，2017，第365页。

开始正式成为中国古典美学中的一个重要范畴，表现为文艺创造过程中虚怀静默的审美心态。陆机、宗炳、刘勰的文艺理论使"虚静"说完成了由哲学走向文艺创作理论的重大转变。

（一）致虚极，守静笃

要了解文艺创作审美心态之"虚静"说，首先要知悉其原始含义。袁济喜先生认为，"虚静"说的提出有着深刻的历史烙印，道、儒两家形成于春秋战国那样一个天崩地坼的历史时期，文明的车轮驶过，留下了血淋淋的印记，"渴望回复自然，追求性命自由的道家对此痛心疾首，但他们无力改变这种现状，只好借助于主体的调整来求得超脱，'虚静'说正是他们在这种背景下提出的人生主张"①。

《老子·十六章》云："致虚极，守静笃"，陈鼓应注译："'虚''静'形容心境原本是空明宁静的状态，只因私欲的活动与外界的扰动，而使得心灵蔽塞不安，所以必须时时做'致虚''守静'的工夫，以恢复心灵的清明。'虚'，形容心灵空明的境况，喻不带成见"②。老子强调的"致虚""守静"并非绝物离人，而是消解蔽塞明澈心灵的成见和心机，以免扰乱心智的活动，"虚"的心境要通过"静"的状态来实现，方能深蓄厚养，储藏能量。宇宙万物本源之"道"为感观所不能把握，视之不可见、听之不可闻、搏之不可得，是无状之状、无物之象，是谓恍惚，唯有清澈宁静的心灵才可以把握早已存在的道，驾驭具体的事物，了解宇宙的本源。《老子·十章》云："涤除玄鉴，能无疵乎"③，说的也是如明镜一般清澈宁静的心境。"玄"意为人心的深邃灵妙，"鉴"通行本作"览"，据帛书乙本及高亨之说改，"'览'字当读为'鉴'，与'监'同，即镜子。'玄鉴'指内心的光明，是形而上的玄妙的镜子"④。"涤除玄鉴"指洗清杂念而深入观照，如若洗清杂念凝神观照，就可能做到准确地理解事物了。

庄子的哲学思想与老子一脉相承，《庄子·知北游》："孔子问于老聃

---

① 袁济喜：《论魏晋南北朝的审美"虚静说"》，《江汉论坛》1986年第9期。
② 陈鼓应：《老子注译及评介》，中华书局，1988，第124页。
③ 陈鼓应：《老子注译及评介》，中华书局，1988，第95页。
④ 高亨、池曦朝：《试谈马王堆汉墓中的帛书〈老子〉》，《文物》1974年第11期。

曰：'今日晏间，敢问至道。'老聃曰：'汝斋戒，疏瀹而心，澡雪而精神，掊击而知。夫道窅然难言哉。'"① 庄子借用孔子问道于老聃的寓言来阐述他对"虚静"的看法，欲问道，先须斋汝心迹，戒慎专诚，洗涤身心，清静神识，打破圣智，涤荡虚夷，然而道窅然难以言说。庄子对于如何认识"道"的看法与老子一致，首先要净化心灵，澡雪精神，虚心静气。《庄子·天道》："水静则明烛须眉，平中准，大匠取法焉。水静犹明，而况精神。圣人之心静乎，天地之鉴也，万物之镜也！夫虚静恬淡、寂漠无为者，天地之平而道德之至也。"② 庄子除了把"虚静"的心态视作体会世间万物本原的心境之外，还将其与艺术创作思维联系了起来，水静止则可明烛须眉，清而中正，鉴天地之精微，镜万物之玄妙，匠人也须仿效这种做法，从中吸取经验，仿水取平。《庄子·天地》："视乎冥冥，听乎无声。冥冥之中，独见晓焉；无声之中，独闻和焉。"③ 庄子还认为"虚静"的精神状态有助于艺术想象的形成，道是那样的幽暗深渺，听起来寂然无声，然而幽暗之中却能陶甄万象，寂静之中却能谐韵八音，在感官视听之外，为想象提供了自由发展的空间。

　　除老子、庄子以外，宋钘、尹文学派和荀子也提出了认识论上的静观说，荀子在《解蔽篇》中提出"虚一而静"的著名观点最早出于宋钘、尹文学派的著作。宋钘、尹文学派主张"专于意，一于心"的主观思维认识过程，带有去知去欲、无求无藏的消极目的，荀子对此做了新的阐释。荀子认为内心蕴藏了许多固定的观念看法，包含了诸多纷杂不一的成分，并且不由自己把控，那么如何才能知道自己的认识是正确的呢，就要做到由藏而虚、由异而一、由动而静。王元化先生认为荀子"虚一而静"的观点才是刘勰虚静说的直接来源，他认为："老庄把虚静视为返璞归真的最终归宿，作为一个终点；而刘勰却把虚静视为唤起想象的事前准备，作为一个起点。"④ 然而他的这种观点受到了许多质疑反对之声，忽略了老庄"虚

---

① （晋）郭象注，（唐）成玄英疏：《庄子注疏》，中华书局，2016，第395页。
② （晋）郭象注，（唐）成玄英疏：《庄子注疏》，中华书局，2016，第248页。
③ （晋）郭象注，（唐）成玄英疏：《庄子注疏》，中华书局，2016，第223页。
④ 王元化：《文心雕龙创作论》，上海古籍出版社，1984，第152页。

静"说对刘勰《神思》篇的直接影响，没有看到老庄"虚静"说对认识论和文艺创作心境培养的直接影响。墨白认为王先生没有认识到文学创作意义上的虚静是对哲学观念上的虚静的借用或转用，并且没有意识到《神思》篇中对老庄旧典的直接引用，在《神思》篇中刘勰关于艺术想象的特征和规律的描述用语都是从原典提炼出来的，"明显带着从原典脱略而来的痕迹"①。吴福相认为荀子的观点实际上是为主观认识论而述，并不是为审美创作论而述，"故王元化以为荀子之说是作为思想活动前之准备手段而提出；实则，其非思想活动前之准备手段，乃主观认识事物之必要历程，与刘勰尽为审美创作之虚静，即始即终，即功夫即境界，即手段即目的，实有隔矣"②。

（二）为文之术，首在治心

首先将"虚静"说应用于文学创作理论的是文论家陆机，《文赋》言："伫中区以玄览，颐情志于典坟"③，"玄览"与老子所言之"玄鉴"意义相近，"览"即"鉴"，都是指于玄冥之心境中照见万物，此种心境是进行文学创作所必要的准备，要排除外物杂念的干扰。进而陆机在谈到文学创作构思初始时又提出了"收视反听，耽思傍讯"④ 的说法，承接前段"伫中区以玄览"，强调虚静的创作心态，不看、不听，静思而求之。陆机首次提出了文学创作之"虚静"说，言作文构思之前必须要澄心内素，收其目而不视，反其聪而不听，耽思而不已，傍讯而无穷。在这样的审美心境中，诗人才能展开丰富的想象力，使情思飞驰于八极之外，心神畅游至万仞之高。

继陆机之后，宗炳在《画山水序》中将"虚静"的审美心境进一步应

---

① 墨白：《〈神思〉篇"虚静"说释义》，《郑州大学学报》（哲学社会科学版）2002年第 1 期。
② 吴福相：《刘勰"虚静"说新探》，《文心雕龙》研究第九辑，中国《文心雕龙》学会，2009，第 458 页。
③ 张少康：《文赋集释》，上海古籍出版社，1984，第 14 页。
④ 张少康：《文赋集释》，上海古籍出版社，1984，第 25 页。

用到文艺心理学的范畴中。"圣人含道暎物,贤者澄怀味像"①,"澄怀"指创作主体排除外物杂念的纷扰,尤其是功利的迷惑,而使心灵纯净、精神空明,宗炳认为如果要体味大自然的山水之美,就必须要以"澄怀"的审美态度来观照。"澄怀味像"是对"虚静"说的进一步阐释,把审美主体的心境与审美客体的自然风貌联系起来,使"虚静"说向着文艺创作理论迈出了关键一步。

刘勰在《文心雕龙》中提出了"陶钧文思,贵在虚静"的文学创作"虚静"说,黄侃云:"文章之事,形态蕃变,条理纷纭,如令心无天游,适令万状相攘。故为文之术,首在治心,迟速纵殊,而心未尝不静,大小或异,而气未尝不虚。执璇玑以运大象,处户牖而得天倪,惟虚与静之故也。"②"虚静"作为文思产生的必要心理状态之外,也体现了想象力与知解力的协调,吴福相先生认为"虚静"与"神与物游"存在互相调和的机制,"故其'虚静',或可解为'虚'者,'神'也,离欲之想象力也;'静'者,'物'也,感性之知解力也"③。想象力不受知性的束缚,以至于"虚",而在想象力降临之前,又与知性相互协调为"静",以实现永恒回转的化境,并为陶钧文思之所贵。自此以后,"虚静"说发展成为文艺创作心理中的一个重要概念。唐司空图《二十四诗品》提出了"冲淡"的审美境界,是对"虚静"说的延续。"素处以默,妙机其微"④,《冲淡》首句中"素处以默"体现了创作主体淡泊素洁、虚静专注的心理状态。司空图的文艺理论来源于老庄哲学以及王维、韦应物的创作经验,追求精神的超然解脱和冲淡的意趣韵味。苏轼提出了著名的"空静"说,将"虚静"说推向了新的境界。"细思乃不然,真巧非幻影。欲令诗语妙,无厌空且静。静故了群动,空故纳万境。"(苏轼《送参寥师》)苏轼将"虚静"的思想中融入了佛教"空"的观念,"空"并非空无所有,而是一切

---

① 俞剑华:《中国画论类编》,人民美术出版社,1986,第583页。
② 黄侃:《文心雕龙札记》,商务印书馆,2017,第87—88页。
③ 吴福相:《刘勰"虚静"说新探》,《文心雕龙》研究第九辑,中国《文心雕龙》学会,2009,第437页。
④ (清)何文焕辑:《历代诗话》(上),中华书局,2017,第38页。

存在现象的本质，苏轼借用"空"的观念来谈诗歌创作，认为创作主体的"空""静"可以照鉴万物的纷纭涌动，在心灵中生成更丰富的审美意象。

如何使内心获得澄明宁静的状态，《庄子·人间世》云："若一志，无听之以耳而听之以心，无听之以心而听之以气。听止于耳，心止于符。气也者，虚而待物者也，唯道集虚。虚者，心斋也。"① 凝寂虚忘，耳根虚静，凝神于心，心有知觉，气无情虑，故去彼知觉，取此虚柔。不著声尘，止于听，心起缘虑，必与境合。如气柔弱，虚空其心，寂泊忘怀，方能应物，唯此真道，集在虚心。故虚心者，心齐妙道也。所谓"心斋"之说是进入虚静心理状态的一种方法，即排除听觉、视觉所接收的外界干扰，专心于精气空灵的境界之中方可悟道。宗炳所言之"闲居理气"，也是营造虚静状态的重要途径，于悠闲自得之中排除庸俗事物的干扰，凝神静气，心思驰骋于无边的想象之中，各种奇幻绝妙的意象方能纷至沓来。刘勰亦言："养心秉术，无务苦虑；含章司契，不必劳情也"②，写作文章要优游自适，虚心静气，不可令精气疲竭，难于用思。《养气》篇云："是以吐纳文艺，务在节宣，清和其心，调畅其气，烦而即舍，勿使壅滞"③，书写文章要注意调节和疏导，使心境清和，精神舒畅，心烦意乱时停笔，不要使思路堵塞。培养虚静的审美心态，可以保养精神，有利于保持文思的顺畅和想象的发挥。

二、于愉悦之中驰骋想象

（一）审美无利害之愉悦

"为了区分某种东西是不是美的，我们不是通过知性把表象与客体相联系以达成知识，而是通过想象力（也许与知性相结合）把表象与主体及其愉快或者不快的情感相联系。"④ 康德认为审美判断是通过想象力或想象

---

① （晋）郭象注，（唐）成玄英疏：《庄子注疏》，中华书局，2016，第80页、81页。
② （南）刘勰：《文心雕龙》，王志彬译注，中华书局，2015，第322页。
③ （南）刘勰：《文心雕龙》，王志彬译注，中华书局，2015，第475页。
④ ［德］康德：《判断力批判》，李秋零译注，中国人民大学出版社，2016，第33页。

力与知性相结合的方式，把表象与如同被表象所刺激而产生的主体的愉快或不快的情感相联系，表象完全与主体的生活情感相关。

> 每一个人都必须承认，关于美的判断只要掺杂了丝毫兴趣，就会是偏袒的，就不是鉴赏判断。人们必须对于事物的实存没有丝毫倾向性，而是在这方面完全无所谓，以便在鉴赏的事情上扮演裁决者。①

康德将审美判断中主体的愉悦分为了与兴趣相结合的那种愉悦和与鉴赏判断中这种纯粹的无兴趣的愉悦，与兴趣相结合的愉悦必然与主体的欲求相联系，那么这种愉悦就不是纯粹的鉴赏判断，人们必须摒弃个人带有偏袒性的兴趣倾向，才能在审美鉴赏时做出公正的判断。在这一点上，康德关于审美判断中个人情感的干扰与"虚静"说所强调的澄明心境有一致之处，都是除去主体心灵中带有功利性的因素。如刘勰所言之"疏瀹五脏，澡雪精神"，意义就在于将内心的欲念与功利清除干净，使主体的精神世界得到净化，不同的是康德的愉悦之说是指审美判断的心境，虚静说则是指审美创造的主体所需要的心境。

"惟有一个对象的表象中不带任何目的（无论是客观的目的还是主观的目的）的主观合目的性，因而惟有一个对象借以被给予我们的表象中的合目的性的纯然形式，就我们意识到这种形式而言，才构成我们评判为无须概念而普遍可传达的那种愉悦，因而构成鉴赏判断的规定根据。"② 一个不受外界魅力影响，凭借完全无利害的愉悦和不快，以形式的合目的性为规定，对某一对象的判断才是纯粹的鉴赏判断。康德以审美无利害作为审美判断与非审美判断的区别标志，如果其中夹杂着个人目的或者偏爱以及利害感，就不是纯粹的审美判断。正如朱志荣先生在《康德美学思想研究》中所提出的："所谓审美的非功利性，把审美看成一种纯粹的艺术欣赏，不把它与世俗的功利目的和利害关系联系在一起。……所有功利目的

---

① ［德］康德：《判断力批判》，李秋零译注，中国人民大学出版社，2016，第35页。
② ［德］康德：《判断力批判》，李秋零译注，中国人民大学出版社，2016，第50页。

和利害关系都被排除净尽。……才能'以天合天'……悟得大道……技艺达到神妙。"①

（二）愉悦是艺术创作的动力

黑格尔将愉悦的审美心态应用到了文艺创作之中，他认为艺术家应该从他本身吸取材料来创作："在这种情形之下，他自己的快乐就是创作的动力，这种从内心迸发出来的东西本身就可以成为作品的材料和内容，推动他对自己的喜悦进行艺术的欣赏。"② 黑格尔认为创作主体内心的喜悦促进了创作灵感的出现，在喜悦的审美心态中，客观物质材料进入了艺术家的头脑中，经过艺术家的加工形成了精湛的艺术作品。

浪漫主义诗人和理论家普遍认为诗歌是情感的表露，或通过情感作用的想象力的产物，尤其是对于原始诗人而言，他们的情感和想象都非常单纯，始终如一，表现情感也极其酣畅自然。因此，在社会初始阶段人们的感情和想象没有受到礼节和文明的约束，"诗歌这个想象之子，在社会之初，也就常常是最为璀璨夺目，最富于生命力的"③。既然诗歌起源于原始情感的吐露，那么表现诗人本真情感的作品才能称得上是佳作。华兹华斯认为诗人与普通人的区别就在于他们具有感知和捕捉情感的能力，因为诗人"具有更敏锐的感受性，具有更多的热忱和温情……他喜欢自己的热情和意志，内在的活力使他比别人快乐得多……"④ 在为诗人罗伯特·彭斯辩护时，华兹华斯补充道："诗才的这种构成，由于天性偏向快乐，因而'与罪恶并非格格不入，而且……这罪恶又导致悲惨——这在构成诗才的各种感受性中是更为剧烈的感受……'"⑤ 敏锐、快乐以及有深度的热情构成了诗人卓越的创造才能，诗人比一般人更容易进入愉悦或痛苦的状态

---

① 朱志荣：《康德美学思想研究》，安徽人民出版社，2004，第169页。
② ［德］黑格尔：《美学》第一卷，朱光潜译，商务印书馆，2017，第365页。
③ ［美］M. H. 艾布拉姆斯：《镜与灯：浪漫主义文论及批评传统》，郦稚牛、张照进、童庆生译，北京大学出版社，2015，第121页。
④ ［美］M. H. 艾布拉姆斯：《镜与灯：浪漫主义文论及批评传统》，郦稚牛、张照进、童庆生译，北京大学出版社，2015，第119页。
⑤ ［美］M. H. 艾布拉姆斯：《镜与灯：浪漫主义文论及批评传统》，郦稚牛、张照进、童庆生译，北京大学出版社，2015，第119页。

之中。

　　诗人的创作激情与强烈的情感体验、愉悦或痛苦的心灵感受密不可分，然而关于想象的审美心境，华兹华斯认为则更多的与平静、喜悦的状态相联系。"我曾经说过，诗是强烈情感的自然流露。它起源于在平静中回忆起来的情感。"① 这种平静是经过最初的强烈情感反应之后达到的精神的宁静，这种心态是诗人反思咀嚼酝酿文思的重要条件。华兹华斯认为情感只有经过平静的回忆才能洗净其中粗劣的成分，形成美好的诗篇。"一篇成功的诗作一般都从这种情形开始，而且在相似的情形下向前展开；然而不管是什么一种情绪，不管这种情绪达到什么程度，它既然从各种原因产生，总带有各种的愉快；所以我们不管描写什么情绪，只要我们自愿地描写，我们的心灵总是在一种享受的状态中。"② 诗人的创作和想象是在一种愉悦的状态中开始的，这种创作过程应该是伴随着快乐和享受的，在这样的心境中，诗人能更好地接近自然，唤醒内心的超验力量，"在情感的骚动中，这种超验的力量所给予的只有感觉的愉悦和与外在自然的亲密感"③。

　　"诗是最快乐最良善的心灵中最快乐最良善的瞬间之记录。"④ 雪莱认为，诗人常常感到思想和感情的突然袭来与心情有很大的关系，来时没有征兆，去时无影无踪，但总是留下难以形容的崇高和愉快。这种感觉唯有感受力最强、想象力最大的诗人才能体会，由此形成的审美心态也是其他卑鄙的欲望所不能达到的。诗人有着神奇的魔力，使世间最美丽的景象更加美丽，就连最丑陋的景象也可以变得美丽，诗人将喜悦与恐怖、快乐与忧伤等看似不可相融的东西巧妙地融合为一体。于是，诗的语言拥有了其他形式的语言不具有的能力，诗使世间最美最善的东西永垂不朽，用文字和想象把它们装饰起来，作为回赠这个世界的礼物，同时也把愉悦带给他

---

①　刘若端编：《十九世纪英国诗人论诗》，人民文学出版社，1984，第22页。
②　刘若端编：《十九世纪英国诗人论诗》，人民文学出版社，1984，第22页。
③　蔡宗齐：《比较诗学结构：中西文论研究的三种视角》，刘青海译，北京大学出版社，2012，第146页。
④　刘若端编：《十九世纪英国诗人论诗》，人民文学出版社，1984，第154页。

们的兄弟姐妹。华兹华斯也认为诗歌的目的不再是给人慰藉和教益，而是引发一种激情，培养人的天性中的感情成分，使它与快感并存。诗歌的功能是凭借它令人产生愉悦的各种手段，给读者带来感受上的愉悦。"一个诗人既是给别人写出最高的智慧、快乐、德行与光荣的作者，因此他本人就应该是最快乐、最善良、最聪明和最显赫的人"①。虽然愉悦的审美心境与虚静说所追求的内心的澄明空静有所不同，但都是基于诗人天真、善良、无利害的心态之上，是真善美的审美心境使诗人萌生了创作的激情，使诗人文思如泉涌，创作出真善美的诗篇。

第三节　审美意象：神思与想象的感性表象

诗人的想象是伴随着头脑中纷至沓来的物象而产生的，如《神思》篇所言："登山则情满于山，观海则意溢于海，我才之多少，将与风云而并驱矣。"② 登山则情思充满于高山，观海则意念超溢于大海，才思的多少与风云变幻一般汹涌奔腾。充满于头脑之中的物象经过想象的加工，以审美意象的形式呈现在诗人的作品之中，如黑格尔所言："它是一个伟大心灵和伟大胸襟的想象，它用图画般的明确的感性表象去了解和创造观念和形象，显示出人类的最深刻最普遍的旨趣。"③ "图画般的明确的感性表象"也是"珠玉之声""风云之色"，是经过想象力加工而成的生动鲜明的形象，如别林斯基所言："诗歌是用形象和画面，而不是用三段论法和两端论法来进行议论和思考的。一切感情和一切思想都必须形象地表现出来，才能够是富有诗意的。"④

---

① 刘若端编：《十九世纪英国诗人论诗》，人民文学出版社，1984，第 156 页。
② （南）刘勰：《文心雕龙》，王志彬译注，中华书局，2015，第 322 页。
③ ［德］黑格尔：《美学》第一卷，朱光潜译，商务印书馆，2017，第 50—51 页。
④ 中国社会科学院外国文学研究所外国文学研究资料丛刊编辑委员会：《外国理论家作家论形象思维》，中国社会科学出版社，1979，第 68 页。

一、神用象通

"然后使玄解之宰，寻声律而定墨；独照之匠，窥意象而运斤：此盖驭文之首术，谋篇之大端。"① 当心灵理解了深奥的道理之后，便开始寻找音律、格调和写作的样式、规格，观照在头脑中形成的意象而运笔行文，这就是驾驭文章写作的首要方法，谋篇布局的重要开端。"独照之匠，窥意象而运斤"所言之"意象"与神思有着密切的关系，即文学艺术创造中的审美意象，也是经由作者头脑中想象力的发挥而产生的形象。刘勰所言之"独照"有静观、观照之意，指创作过程中心灵在虚静状态中体会周遭事物的幽深境界，与庄子所言之"见独"有着深厚的渊源。《庄子·大宗师》言："朝彻而后能见独；见独而后能无古今；无古今而后能入于不死不生"，成玄英疏："夫至道凝然，妙绝言象，非无非有，不古不今，独往独来，绝待绝对。睹斯胜境，谓之见独"②。"见独"指于寂然之中洞见至道，洞察绝妙的万象，亦如刘勰所言，于幽深静默之中照见万象，进行出神入化的语言创构。

（一）言有尽而意无穷

意象之"象"最早是作为一个哲学范畴存在的，如《老子·四十一章》所言："大音希声，大象无形"③，"象"在这里是作为一种连接本体与现象的形象而存在。《周易·系辞传上》言："圣人立象以尽意"④，"意"与"象"被联系在了一起，"象"指自然之象，也指人心营构之象，对文学艺术领域中的审美"意象"之说有着重要的影响。之后东汉哲学家王充在《论衡·乱龙》中首次将"意"与"象"合在一起使用，"夫画布为熊麋之象，名布为侯，礼贵意象，示义取名也"⑤，王充首次提出了"意象"这个概念，并将其与具体形象联系在了一起。魏晋时期玄学家王弼在

---

① （南）刘勰：《文心雕龙》，王志彬译注，中华书局，2015，第320页。
② （晋）郭象注，（唐）成玄英疏：《庄子注疏》，中华书局，2016，第140页。
③ 汤漳平，王朝华：《老子译注》，中华书局，2014，第156页。
④ 朱高正：《易传通解》上，华东师范大学出版社，2015，第19页。
⑤ 张宗祥，郑绍昌：《论衡校注》，上海古籍出版社，2010，第323页。

《周易略例·明象》中，对"言""意""象"的关系发表了详细的论述："夫象者，出意者也。言者，明象者也。尽意莫若象，尽象莫若言。言生于象，故可寻言以观象，象生于意，故可寻象以观意。意以象尽，象以言著。"① 王弼以为"象"是用来表达意义的，"言"是用来呈现"象"的，没有比"象"更能体现"意"的，也没有比"言"更能传达"象"的了。王弼还认为，得"象"应该忘言，得"意"应该忘象，"象"是言和意的媒介，如汤用彤先生所言："吾人解《易》要当不滞于名言，忘言忘象，体会其所蕴之义，则圣人之意乃昭然可见。"②

刘勰关于审美意象的观点深受《周易》哲学的影响，《文心雕龙·原道》言："人文之元，肇自太极。幽赞神明，《易》象惟先。"③ 刘勰认为"日月叠璧""山川焕绮"是天文、地文，也是道之文，天、地、人并列为三才，其中"人文"超越于天文、地文之上，天文、地文、人文的标志都在于"象"。诗的意象，也就是审美意象的形成是诗人在自然物色的感召下，通过主体之思对物象进行的加工，所造之意象渗透了诗人心灵的凝神观照，"意象的形成与创造，是诗人以自己的情感、思致渗透改造物象，并进行取舍加工、升华的过程"④。审美意象的创造也就是神思发挥作用的过程，"'神思'之'神'，很重要的一点在于它不是概念的运动，不是知性的把握，它必然是创作主体与客体的触遇与相契合，是主体以自己的情感、审美趣味、价值尺度等来加工物象的过程"⑤，这一加工过程也必然包括"神与物游"的艺术想象。

南宋诗论家严羽在《沧浪诗话》中提出了"不涉理路""不落言筌"之诗为上等之诗："盛唐诸人惟在兴趣，羚羊挂角，无迹可求。故其妙处，透彻玲珑，不可凑泊，如空中之音，相中之色，水中之月，镜中之象，言

① 楼宇烈：《王弼集校释》上，中华书局，2009，第609页。
② 汤用彤：《汤用彤学术论文集》，中华书局，1983，第216页。
③ （南）刘勰：《文心雕龙》，王志彬译注，中华书局，2015，第5页。
④ 张晶：《神思：艺术的精灵》，百花洲文艺出版社，2017年，第113页。
⑤ 张晶：《神思：艺术的精灵》，百花洲文艺出版社，2017年，第115页。

有尽而意无穷。"① 严羽认为高明的诗在于意象明晰，浑然天成，不落痕迹，诗人的想象也不受现实、理性思维的限制，表现出一种对于诗歌形象思维认识的非理性倾向。对此，清初诗论家叶燮的认识更为客观："可言之理，人人能言之，又安在诗人之言之！可征之事，人人能述之，又安在诗人之述之！必有不可言之理，不可述之事，遇之于默会意象之表，而理与事无不灿然于前者也。"② 诗中必有不可言之理、不可述之事，通过审美意象呈现出来，哗然示人以默会想象之表，比之人人能言之理、人人能述之事，更为光彩夺目。如杜甫所言之"碧瓦初寒外"（杜甫《冬日洛城北谒玄元皇帝庙》）、"月傍九霄多"（杜甫《春宿左省》）、"晨钟云外湿"（杜甫《船下夔州郭宿，雨湿不得上岸，别王十二判官》）、"高城秋日落"（杜甫《晚秋陪严郑公摩诃池泛舟》）等绝佳诗句，皆是做到了"言语道断，思维路绝，然其中之理，至虚而实，至渺而近，灼然心目之间，殆如鸢飞鱼跃之昭著也。理既昭矣，尚得无其事乎?"③ 言可以言之言，解可以解之解，即为俗儒之作，"惟不可名言之理，不可施见之事，不可径达之情，则幽渺以为理，想象以为事，惝恍以为情，方为理至事至情至之语"④。诗中之理、事、情不同于寻常生活中之理、事、情，诗所反映的是对现实生活的超越，有概括、有虚构、有夸张、有想象。诗人驰骋想象，用绝妙的意象表达深刻的意义，沟通现实生活与艺术思维，形成了具有超验性的艺术境界。

（二）比兴互陈，言浅情深

然而如何运用形象思维来表现艺术想象的丰富性，却非易事。所谓"意翻空而易奇，言征实而难巧也。是以意授于思，言授于意，密则无际，疏则千里"⑤。想象中的意念是那么的奇特，很难用具体的语言表达出来，因为意象是由构思而产生的，语言是意象的表现形式，意象、文思、语言

---

① （南宋）严羽：《沧浪诗话》，陈超敏评注，北京联合出版公司，2015，第24页。
② （清）叶燮：《原诗》，霍松林校注，人民文学出版社，2012，第30页。
③ （清）叶燮：《原诗》，霍松林校注，人民文学出版社，2012，第32页。
④ （清）叶燮：《原诗》，霍松林校注，人民文学出版社，2012，第32页。
⑤ （南）刘勰：《文心雕龙》，王志彬译注，中华书局，2015，第322页。

相契合则天衣无缝，如有疏漏则失之千里。所以刘勰在《神思》篇末总结道："神用象通，情变所孕。物以貌求，心以理应。刻镂声律，萌芽比兴。结虑司契，垂帷制胜"①，意象可以表达主观精神意志，这是由作者的思想情感所孕育的，物象以其外貌展现在诗人面前，诗人以内心的情理作为回应，然后斟酌文辞声律，运用比兴的手法，凝神静思，在虚静之中顺利完成写作。刘勰认为，文辞、声律、比兴以及虚静的审美心境都是创构审美意象的重要因素。

《文心雕龙·比兴》赞曰："《诗》人比兴，触物圆览。物虽胡越，合则肝胆。拟容取心，断辞必敢。攒杂咏歌，如川之澹。"② 刘勰将比、兴合为一个诗学范畴，其内涵也超越了"比"显、"兴"隐单独作为诗歌的表现方法。《比兴》篇赞语不仅是对比兴的概括，也是新义的阐发，"将比兴作为一个整体性范畴的主体创造性质及其审美功能予以全新的揭示，也使比兴在诗学中上升到本体的地位"③。"触物圆览"可以通观比兴，黄侃《文心雕龙札记》言："彦和辨比兴之分，最为明晰。一曰起情与附理，二曰斥言与环譬，介画憭然，妙得先郑之意矣。"④ "比"为比附，对象是理，以物附理；"兴"为起情，就是唤起情感。"附理者切类以指事，起情者依微以拟议"，比兴合用看似笼统，却概括了诗人通过"触物兴情"进行意象塑造的综合能力。

就体现艺术创作中形象思维的特点而言，比兴手法的运用所产生的效果似乎更为显著、直接。皎然《诗式》言："取象曰比，取义曰兴。义即象下之意。凡禽鱼、草木、人物、名数，万象之中义类同者，尽入比兴。"⑤ "比兴"是诗歌创作方法中与物象、形象思维连接最为密切的一种，也是我国传统诗学具象思维的重要表现。"似将海水添宫漏，共滴长

---

① （南）刘勰：《文心雕龙》，王志彬译注，中华书局，2015，第 326 页。
② （南）刘勰：《文心雕龙》，王志彬译注，中华书局，2015，第 417 页。
③ 张晶：《〈文心雕龙·比兴〉赞语的美学意义》，《暨南学报》（哲学社会科学版）2017 年第 8 期。
④ 黄侃：《文心雕龙札记》，商务印书馆，2017，第 165 页。
⑤ （清）何文焕辑：《历代诗话》（上），中华书局，2004，第 30 页。

门一夜长"（李益《宫怨》），叶燮借用这句宫怨诗来解释诗人怎样运用联想、想象，使用比兴手法，把诗中之"虚"与诗中之"实"联系起来，用形象思维的艺术表现方法书写"宫怨"之理、事、情，由此构成了虚实相成、有无互立的艺术境界。我国古典诗歌艺术的重要特点便是"言有尽而意无穷"，对于"言外之意"的追求实际上就是使用艺术想象的方法，使虚与实相结合，所以有不尽之味。"艺术家所描写的具体的'实'的部分必须具有一种比喻、象征、暗示作用，能够启发人的联想"①，如"玉阶生白露，夜久侵罗袜。却下水晶帘，玲珑望秋月"（李白《玉阶怨》）。诗人通过实景的描写，以"夜久"比喻女子的思念，以"秋月"象征悲凉的心境，无一字言怨，而隐然幽怨之意见于言外。

将想象的模糊、超感性的精神状态转化为具体的艺术形象，就是意象形成的过程。创作主体通过感官与外界接触形成了感性经验，通过对感性经验的重新组织以产生一种有意识的精神努力，从回忆和知识中撷取情感和形象，在虚静的审美状态中凝神观照，结合各种表现手法的运用，把这种神秘的超感性经验呈现出来，形成了审美意象。沈德潜《说诗晬语》言："事难显陈，理难言罄，每托物连类以形之。郁情欲舒，天机随触，每借物引怀以抒之。比兴互陈，反覆唱叹，而中藏之欢愉惨戚，隐跃欲传，其言浅，其情深也。"② 其所谓"托物连类""比兴互陈""言浅情深"，皆是主张诗歌创作要运用形象思维，通过审美意象来表现理、事、情，亦如司空图所云："不著一字，尽得风流。"③ 审美意象是诗歌艺术中最重要的表现形式之一，神思的运化以审美意象的创造为目的，审美意象也是神思论中最核心的内容。

---

① 张少康：《中国古代文学创作论》，北京大学出版社，1983，第211页。
② （清）沈德潜：《说诗晬语》，霍松林校注，人民文学出版社，2012，第186页。
③ （清）何文焕辑：《历代诗话》（上），中华书局，2004，第40页。

二、想象通过形象表现

诗只能用狂放淋漓的兴会来解释，它只遵守感觉的判决，主动地模拟和描绘事物、习俗和情感，强烈地用形象把它们表现出来而活泼地感受它们。①

（一）意象：想象力最好的表现形式

维柯是一位想象理论的捍卫者，他抨击那个被分析方法搞得太细碎、被苛刻标准搞得太僵滞的时代，它麻痹了心灵的功能，尤其是想象。维柯认为想象能力是展示诗的丰富性的最好方法，而鲜明的形象更是以最活泼方式表现着想象力的多彩。"推理力愈薄弱，想象力就愈雄厚"，维柯的《新科学》被誉为是想象理论方面的伟大著作，他以敏锐的审美洞察力指出诗人的想象力是人类在孩童时期的天然表现，虚构和神话是人类天真无邪的精神所固有的适当语言。使想象力得到解放，揭示想象力为人类行为的最初特征，是维柯在美学理论上的突出贡献，克罗齐在《美学的历史》中对维柯作出了最崇高的评价："一个把类似概念放到一边，以一种新方法理解幻象，洞察诗和艺术的真正本性，并在这种意义上讲发现了美学科学的革命者。"② 这位伟大的想象论者认为："最初的诗人们给事物命名，就必须用最具体的感性意象，这种感性意象就是替换和转喻的来源"③，意象是诗人想象力最好的表现形式，意象的塑造也间接促成了相关修辞方法的产生，这些修辞方法的运用也成为塑造鲜明意象的重要工具。

在浪漫主义精神的引领下，德国古典哲学主张艺术既源于自然，又高于自然。康德认为艺术的美在于像自然一样和谐统一、浑然天成，艺术家

---

① ［意］维柯：《致盖拉多·德依·安琪奥利书》，转引自《外国理论家 作家论形象思维》，中国社会科学出版社，1979，第35页。

② ［意］克罗齐：《美学的历史》，王天清译、袁华清校，商务印书馆，2016，第64页。

③ ［意］维柯：《新科学》，朱光潜译，人民文学出版社，1997，第181页。

的任务是借助想象力从自然素材里创造出一个相似的另一自然来。与我国古典艺术所向往的主客体合一的境界不同的是，康德强调人的主观精神付予对象生命的创作原理，包括人的精神、思想、才智等心理能力。歌德也赞同艺术形象塑造与主观精神之间的密切关系，"他既能洞察到事物的深处，又能洞察到自己心情的深处，因而在作品中能创造出不仅是轻易的只产生肤浅效果的东西，而是能和自然竞赛，具有在精神上是完整有机体的东西，并且赋予他的艺术作品以一种内容和一种形式，使它显得既是自然的，又是超自然的"①。对于想象力与表象的关系，康德这样认为："人们可以把想象力的这类表象称为理念，这一方面是因为它们至少追求某种超出经验界限之外存在的东西并这样来试图接近于对理性概念（理智理念）的一种展示，这就赋予了它们一种客观实在性的外表；另一方面，确切地说主要是因为没有任何概念能够完全与作为内部直观的它们完全相适合。"② 所以，诗人可以将不可见的理性理念感性化，或者借助想象力使超出经验限制以外的东西成为感性的，这就是诗的艺术，这种能力就是想象力的才能。如果给一个概念配上想象力的一个表象，这个表象展示出这个概念所需要的或者诱发出不能概括在这个概念之中的思考，因而在审美上扩展了该概念，那么想象力就是具有创造性的，因为它"在诱发一个表象方面时思考比在其中能够把握和说明的更多的东西"③。

　　"诗人和别人不同的地方，主要是在诗人没有外界直接的刺激也能比别人更敏捷地思考和感受，并且又比别人更有能力把他内心中那样地产生的这些思想和情感表现出来"④，诗人所具有的这种能力就是诗歌创作的想象力，它帮助诗人去感知元素的运行、宇宙的现象、四季轮换、冷热交替、恐惧悲痛，借助这种力量，诗人比普通人更善于运用意象表达思想和情感。弥尔顿的《失乐园》中有这样一段精彩的描写："好像遥远的海上

---

①　[德] 歌德：《〈希腊神庙的门楼〉发刊词》，转引自朱光潜《西方美学史》下卷，商务印书馆，2018，第78页。

②　[德] 康德：《判断力批判》，李秋零译，中国人民大学出版社，2016，第138页。

③　[德] 康德：《判断力批判》，李秋零译，中国人民大学出版社，2016，第138页。

④　刘若端编：《十九世纪英国诗人论诗》，人民文学出版社，1984，第18页。

出现的一支舰队，悬挂在云端，借助赤道的风，沿着孟加拉湾、特奈岛或者泰多岛航行，商人们从那里采办了香料，乘风破浪，穿过广阔的伊西奥平海，朝着好望角航去，连夜面对着风驶向南极，那逃走的恶魔正像这样远走高飞。"① 舰队在水面航行着，诗人大胆地将其描绘为悬挂在云端，使心灵在观察形象本身上得到满足，华兹华斯认为："在这里'悬挂'这个字眼表现了想象力的全部力量，并且把它贯穿在整个意象中。"② 英国诗人利·亨特在其文选《想象与幻想》中说道："诗通过想象或它所处理的事物的意象来体现和说明它的印象……从而使它能以最确切的信念和最丰富的手法领略并传达出它所感受的这些事物的真实性"③，诗人用形象来思索，诗人的想象通过意象来传达。

（二）韵律与隐喻：从心理形象到语言作品

那么，如何对形象化的情感加以描绘呢，华兹华斯在《抒情歌谣集》序言中讲道："和谐的韵文语言的音乐性，克服了困难之后的感觉，已往从同样的韵文作品里所得到的快感的任意联想，对这种语言（它与实际生活的语言十分相似而在韵律上却又差别很大）的一再的模糊的知觉，——所有这一切很微妙地构成了一种复杂的快乐感觉，它在缓和那总是与更深热情的强烈描写掺杂在一起的痛苦感觉方面是非常有用的。在打动人心和充满激情的诗中，总是有这种效果；至于在轻快的诗篇里，诗人在安排韵律上的轻巧和优美就是使读者感到满意的主要源泉。"④ 雪莱在《为诗辩护》中提出："声音和思想不但彼此之间有关系，而且对于它们所表现的对象也有关系；能理解这些关系的规律，也就能理解思想本身的关系的规律，这两者往往有联系"⑤。华兹华斯和雪莱都将诗歌的韵律作为将形象化的情感转化为语言的关键因素，满足于诗歌韵律带来的审美愉悦，没有对

---

① ［英］约翰·弥尔顿：《失乐园》，转引自范明生：《西方美学通史》第三卷，上海文艺出版社，1999，第 84 页。

② 刘若端编：《十九世纪英国诗人论诗》，人民文学出版社，1984，第 43 页。

③ 刘若端编：《十九世纪英国诗人论诗》，人民文学出版社，1984，第 52 页。

④ 刘若端编：《十九世纪英国诗人论诗》，人民文学出版社，1984，第 22 页。

⑤ 刘若端编：《十九世纪英国诗人论诗》，人民文学出版社，1984，第 124 页。

直接决定诗歌意象塑造成功与否的语言因素倾注太多的关注。

维柯认为最初的隐喻都是诗性逻辑的产物，它也是受到最多赞赏的，因为它使无生命的事物变得具有感觉。"最初的诗人们就用这种隐喻，让一些物体成为具有生命实质的真事真物，并用以己度物的方式，使它们也有感觉和情欲，这样就用它们来造成一些寓言故事。"① 按照这种逻辑，诗人们用具体的感性形象来为事物命名，最初形成了替换和转喻的修辞方法，当把个别事例提升成共相，或把某些部分和形成总体的其他部分结合在一起时，替换就发展成为隐喻。亚里士多德在《修辞学》中提出所有能使人们有所领悟的字都能给人们带来极大的愉快，只有隐喻字最能产生这种效果，对此亚里士多德举了一个例子："埃西翁说雅典人把城邦'泼在西西里'，这是一个隐喻，它使事物活现在眼前。他还说：'所以希腊在高呼。'在某种意义上说，这也是一个隐喻，它使事物活现在眼前。"② 诗人荷马经常使用隐喻，"那莽撞的石头又滚下平原"③，把无生命之物说成了有生命之物，这种富有想象力的比喻方式被亚里士多德称赞为巧妙的话语。维柯认为："一切比喻，前此被看成作家们的巧妙发明，其实都是一切原始的诗性民族所必用的表现方式。"④

> 我们使幻想有了形貌，这是为了创造，
> 创造中有着一个更加强健的生命，
> 付出了生命，然而却是获得，
> 甚至此刻，我们也是如此。
> 我是什么？什么也不是！可你不同，
> 我的思想之魂！我与你一起走遍大地，
> 与你的生命和精神融合为一，

---

① ［意］维柯：《新科学》，朱光潜译，人民文学出版社，1997，第180页。
② ［古希腊］亚里士多德：《修辞学》，罗念生译，上海人民出版社，2015，第337页。
③ ［古希腊］荷马：《奥德赛》，第11卷第598行，转引自［古希腊］亚里士多德：《修辞学》，罗念生译，上海人民出版社，2015，第337页。
④ ［意］维柯：《新科学》，朱光潜译，人民文学出版社，1997，第183页。

与你一起感受，在我的情感崩溃枯竭之时。①

　　19 世纪的批评仍然把诗歌比喻为表现或意象，在这些令人眼花缭乱的意象中，也可窥见早期美学理论中的模仿说、再现说和镜喻说的影子，这种变化也是浪漫主义诗人和评论家对于心灵在感知过程中的作用的流行看法。柯勒律治认为心灵是内心深处的存在方式，"只有通过时间和空间的象征才能传达出来"②，五彩缤纷的类比为象征提供了概念框架，"这些比喻有时说得很明白，有时又只能通过人们谈及心灵活动时所用的隐喻结构才暗示出来"③。于是，诗的人格化、虚构化创作方式被称赞为诗歌想象的最大成就。诗赋予虚无的存在物以生命，赋予抽象概念以形象，使难以描述的情感具体化，并且以庄重而优雅的方式，那么这完全可以作为想象力的最有力代表而受到尊重。

---

① ［英］乔治·戈登·拜伦：《恰尔德·哈罗德游记》，转引自《外国理论家 作家论形象思维》，中国社会科学出版社，1979，第 45 页。

② ［英］柯勒律治：《文学生涯》卷二，转引自刘若端编：《十九世纪英国诗人论诗》，人民文学出版社，1984，第 59 页。

③ ［美］M. H. 艾布拉姆斯：《镜与灯：浪漫主义文论及批评传统》，郦稚牛、张照进、童庆生译，北京大学出版社，2015，第 61 页。

第四章

才学与天才：审美主体的学识与天赋

吾故告善学诗者，必先从事于"格物"，而以识充其才，则质具而骨立，而以诸家之论优游以文之，则无不得，而免于皮相之讥矣。①

天才就是天生的心灵禀赋，通过它自然给艺术提供规则。②

感兴论发展到明清时期取得了更为深入、丰富的成果，尤其是在诗歌创作机制的论述方面，叶燮的"才识胆力"之说将感兴论上升到了更为科学的形态，成为感兴论中重要的有机组成部分。《原诗》言："原夫作诗者之肇端而有事乎此也，必先有所触以兴起其意，而后措诸辞、属为句、敷之而成章。当其有所触而兴起也，其意、其辞、其句，劈空而起，皆自无而有，随在取之于心。出而为情、为景、为事，人未尝言之，而自我始言之，故言者与闻其言者，诚可悦而永也。"③ 叶燮从诗歌创作兴发机制揭示了诗歌打动人心的根本原因，感兴是诗歌创作的基础，但创作主体的智慧心思、艺术技巧尤为重要，精巧的智慧心思和高超的艺术技巧能够发前人之所未发，艺术表现的不容重复性正是诗歌进步的动力。叶燮对感兴的分析较之前代有更强的逻辑性，对于创作主体的才能也有较为深入的论述，"我谓作诗者，亦必先有诗之基焉。诗之基，其人之胸襟是也。有胸襟，

---

① （清）叶燮：《原诗》，霍松林校注，人民文学出版社，2012，第47页。
② ［德］康德：《判断力批判》，李秋零译注，中国人民大学出版社，2016，第131页。
③ （清）叶燮：《原诗》，霍松林校注，人民文学出版社，2012，第5页。

然后能载其性情、智慧、聪明、才辨以出，随遇发生，随生即盛"①。叶燮以诗人杜甫为例，揭示了创作主体之"胸襟"的重要作用，将感兴论与"才识胆力"说结合起来，解决了感兴论曾经没有解决的审美主体问题。情与景的遇合很难解释清楚为什么有的诗人可以创作出优美的作品而有的则不可，"情、景相遭只是一种创作契机，而诗人的主体条件则是根本"②。叶燮对审美主体素养的高度重视融合在触物以起情的感兴机制中，使我国古代审美感兴论有了更高的理论归宿。

　　柏拉图主义的迷狂灵感说经过新柏拉图主义的继承和发展，与基督教神学融合后在中世纪欧洲文论中产生了深刻的影响。在文学艺术创作灵感问题上，文论家们所宣扬的非理性主义灵感说都可以溯源于柏拉图的迷狂说。在浪漫主义诗学理论中，这种影响尤为深刻，特别是在康德的哲学思想影响下，浪漫主义的天才灵感说表现出了非理性的特点，与柏拉图的灵感说有着密切的继承关系。康德的天才论与浪漫主义文论家的天才论都在一定程度上忽视了创作主体自身的后天努力，强调创作天赋是一种与生俱来的心灵禀赋，并不是通过努力学习就可以获得的。康德认为美的艺术是天才的艺术，天才是给艺术提供规则的才能，这种艺术家天生的创造性才能是自然的禀赋。"天才是一种产生出不能为之提供任何确定规则的东西的才能，而不是对于按照某种规则可以学习的东西的技巧禀赋"③，康德认为原创性是天才的第一属性，天才的禀赋没有任何规则和技巧可以学习。与柏拉图认为灵感是一种神赐的才能一样，康德的天才论也似乎忽视了理性逻辑思维在艺术创作过程中的作用。西方天才论的非理性特点在浪漫主义诗歌理论中得到了更充分的体现，"诗是不受心灵的主动能力的支配，诗的诞生及重现与人的意识或意志也没有必然的关系"④。雪莱认为是灵感使诗人创作出了绝妙的诗句，灵感一旦消失，诗人又变为常人，诗人挥笔

①　（清）叶燮：《原诗》，霍松林校注，人民文学出版社，2012，第17页。
②　张晶：《审美感兴论》，《学术月刊》1997年第10期。
③　［德］康德：《判断力批判》，李秋零译，中国人民大学出版社，2016，第131页。
④　刘若端编：《十九世纪英国诗人论诗》，人民文学出版社，1984，第157页。

写诗时有神力相助自成绝妙佳句，若是推敲讲求之功便是诗才缺乏的表现。有如爱迪生所描述的自然的天才，有荷马、品达、写旧约的那些诗人和莎士比亚，他们是"人中奇才，只凭借自然才华，不需求助于任何技艺和学识，就创造出荣耀当时、流芳后世的作品"①。

第一节　天付上才，必同灵气

"才"作为中国古代哲学范畴内的一个概念，最早可见于《尚书》《诗经》《国语》《左传》《论语》等先秦文献中，并以主体的禀赋、才能等含义为主。"才"进入文艺领域并与"文"产生直接关联要依托于"三才"理论。《易传》明确而系统地提出了"天、地、人"之"三才"理论，但带有明显的"以天为尊"的思想倾向，认为人才出自天赋，突出强调天的主体地位。依据希腊神话，人类的各种技艺都来自神的传授，阿波罗传授诗歌、音乐和其他艺术，普罗米修斯将畜牧、农耕、航海等技艺传授给了人类。柏拉图在《申辩篇》中说道："于是我知道了诗人写诗并不是凭智慧，而是凭一种天才和灵感"②，"灵感"和"天才"都被认为是一种"神灵的恩赐"，不仅仅是诗人，政治家和工匠也不是凭借智慧，而是凭借神赐的天赋。

一、诗不可学又不可无学

唐代文人裴敬称赞李白"夫天付上才，必同灵气"③，赞誉诗人李白是具有奇变不穷之灵气的天赋之上才。天赋之才具有灵动之心，是普通之才

---

① 转引自［美］M. H. 艾布拉姆斯：《镜与灯：浪漫主义文论及批评传统》，郦稚牛、张照进、童庆生译，北京大学出版社，2015，第218页。

② ［古希腊］柏拉图：《申辩篇》，《柏拉图全集》［增订版］1，王晓朝译，人民出版社，2015，第8页。

③ （唐）裴敬：《翰林学士李公墓碑》，《李太白全集》卷31附录，王琦注，中华书局1977年版，第1470页。

不能通过学习而获得的，灵气所钟而不可学而至者，其为天才乎。"作字者，非才不可；若无才，就只是书写，不能唤为'作家'。……而这些创造性的本源力量，则生于天生之才华、才气、才调、性灵、天骨"①，创作主体的先天才能被认为是其灵思妙笔的主要来源。

（一）"三才"与文才

《说文解字》云："才，草木之初也。从丨上贯一，将生枝叶。一，地也。凡才之属皆从才"，"才"代表草木初生的形态。段玉裁《说文解字注》云："引申为凡始之称。《释诂》曰：初哉，始也哉，即才。凡'才''材''财''裁''纔'字以同音通用。""才"引申为凡始之意，后世文献中"才""材""财""裁""纔"字经常交互使用，尤其是"才"与"材"的互用非常普遍。《朱子语类》云："'才'字是就理义上说，'材'字是就用上说"②，"才"多指抽象意义上的本体，而"材"多指具体物料、物用，二者的意义有着很大的关联，并趋向于融合。对于"才"的引申意义，段玉裁进一步做了说明："草木之初而枝叶毕寓焉，生人之初而万善毕具焉，故人之能曰才，言人之所蕴也"③，可见"才"的含义中隐含着人的潜质、性能。

《尚书·金縢》云："予仁若考，能多材多艺，能事鬼神。"孔颖达《尚书正义》云："材艺"为"材力""技艺"④。《国语·周语》云："今虽朝也不才，有分族于周"；《国语·齐语》云："夫管子天下之才也"。《国语·晋语》云："献能而进贤，择才而荐之"。《国语》中所使用的"才"亦多是含有"才能"之意。《左传·卷四十》："武不才，任君之大事"；《左传·卷四十三》："侨不才，不能及子孙"；《左传·卷五十八》："小人虑材而言，量力而共者也"。"才"有"才智""才能"之含义。再

---

① 龚鹏程：《中国文学批评术语丛刊：才》，第45页，转引自赵树功：《中国古代文才思想论》，人民出版社，2016，第16页。

② （宋）黎靖德：《朱子语类》卷59，王星贤点校，中华书局，1994，第1383页。

③ （清）段玉裁：《说文解字注》，上海古籍出版社，2003，第499页。

④ （唐）孔颖达等：《尚书正义》，中华书局缩印软元校刻《十三经注疏》本，1980，第196页。

如《论语·泰伯》："如有周公之才之美"，程树德《论语集释》云："才美，谓智能技艺之美"①；《论语·子路》："先有司，赦小过，举贤才"，"贤"指有德者，"才"指有能者。

在美学意义上将"才"与"文"建立起直接关系要追溯至"三才"理论，"人才"衍生自天地之才，是"人才"作为主体重要素养并因此得到尊重的根本依据，"三才为宇宙的基始，三才生化、三才成象或曰三才皆文的思想是才实现美学升华并与文学艺术建立起根本关联的哲学依托"②。

> 是以立天之道，曰阴与阳；立地之道，曰柔与刚；立人之道，曰仁与义。兼三才而两之，故易六画而成卦。③

《易传》首次明确提出了"三才理论"，天、地、人"三才"是用于描述《易》经卦爻符号的形成和其所包含的法则。《易传·系辞下》言："易之为书，广大悉备，有天道焉，有人道焉，有地道焉。兼三才而两之，故六。六者非它也，三才之道也。"④《易传》以卦爻符号的结构为基础，演绎出"三才"统一的宇宙模式，在这一符号模式中，宇宙显现出生生不息的存在形式。"三才"包含天、地、人之道，包罗世间万象，涵盖万有，亦是化生万物的源始。《系辞上》言："圣人有以见天下之赜而拟诸其形容，象其物宜，是故谓之象"，"三才"生化万物，则必成象。李鼎祚《周易集解序》言："元气氤氲，三才成象"；李道平《周易集解纂疏》言："六十四卦皆谓之象，此象仍是三才之象"⑤。《易》经诸卦皆取象于天文、地文、人文，《系辞下》言："六者非它也，三材之道也。道有变动，故曰爻；爻有等，故曰物；物相杂，故曰文"，三才相交而成文，经纬错综而

---

① 程树德：《论语集释》（上），程俊英、蒋见元点校，中华书局，2017，第618页。
② 赵树功：《中国古代文才思想论》，人民出版社，2016，第17页。
③ 朱高正：《易传通解》上，华东师范大学出版社，2015，第91页。
④ 李道平：《周易集解纂疏》，潘雨廷点校，中华书局，1994，第675页。
⑤ 李道平：《周易集解纂疏》，潘雨廷点校，中华书局，1994，第567页。

文章灿然。东汉王充言："天有日月星辰谓之文，地有山川陵谷谓之理。地理上向，天文下向，天地合气而万物生焉"①，天地二气相合，法象本类，故多文采，人文就在其中。三才成象、三才皆文的思想使"才"与"文"产生了密切的关系，"才"的概念也由此逐渐演化为文学艺术领域内创作主体所具有的禀赋、能力。

（二）以天为尊到以己为尊

《礼记·礼运》云："故人者，其天地之德，阴阳之交，鬼神之会，五行之秀气也。"人虽为天地之心、五行之端，但按照天、地、人三才的顺序，其尊卑地位早已确立，如《易传·系辞上》所云："天尊地卑，乾坤定矣"，三才皆以天为首。孔颖达《礼记正义》补充道："天地，高远在上，临下四方，人居其中，动静应天地"②，人之于天地犹如心之于腹内，人感应天地而动，服从天地的安排。"天才"之卓越禀赋最初也是遵从天地人之尊卑顺序，人之性灵来源于天道所赐，是"才"假天而尊思想的表现。南北朝时期著名教育家颜之推十分推崇"才"由天赋的思想，其《颜氏家训·文章》言："学问有利钝，文章有巧拙。钝学累功，不妨精熟；拙文研思，终归蚩鄙。但成学士，自足为人；必乏天才，勿强操笔。"③ 学问如加以后天的刻苦努力，可以达到精熟的境界，但文学创作则不然，如果缺乏天才则勿强操笔，否则也只能归之为"蚩鄙"之类。

"天德施，地德化，人德义。天气上，地气下，人气在其间。"④ 西汉思想家董仲舒关于天地人之关系的认识继承了先秦以来的传统，但是其"人副天数"的思想也显现了人的主体地位开始得到重视。"天地之精所以生物者，莫贵于人。人受命乎天也，故超然有以倚。"⑤ 天地精气化生万

---

① （唐）马总：《意林》卷3引《论衡》佚文，黄晖：《论衡校释》，中华书局，1990，第1211页。

② （唐）孔颖达等：《礼记正义》，《十三经注疏》，中华书局，1980，第1423页。

③ 王利器：《颜氏家训集解》卷4，中华书局，1993，第254页。

④ （汉）董仲舒：《春秋繁露》，张世亮、钟肇鹏、周桂钿译注，中华书局，2017，第473页。

⑤ （汉）董仲舒：《春秋繁露》，张世亮、钟肇鹏、周桂钿译注，中华书局，2017，第473页。

物，万物之中没有比人更加高贵的了；人受命于天，所以超越万物与天地并立；人的地位被提升到了前所未有的高度，似乎就要与天地相同了。东汉唯物主义哲学家王充的"禀气"论，更是为推动天地人地位尊卑的转变作出了十分重要的贡献。《论衡·物势》言："儒者论曰：'天地故生人。'此妄言也。夫天地合气，人偶自生也"①，王充认为"禀气"使主体获得独立的才性，着重强调主体对气的禀受，于是大大提升了主体及人才的地位。由此，标榜天赋、禀赋的三才论被揭开了假天而尊的神秘面纱，文艺创作中主体自身所具有的灵性与才能开始受到广泛的重视。陶渊明言："人为三才中，岂不以我故"（陶渊明《神释》），人能够与天地并称为三才，正是由于人心灵之中所具有的灵性与才能。刘勰《文心雕龙·原道》正式将三才论纳入文学创作理论中，"惟人参之，性灵所钟，是谓三才。为五行之秀气，实天地之心生。心生而言立，言立而文明，自然之道也"②。刘勰认为只有人可与天地相参伍，因为人独具性灵，这就是所谓的三才，人凝聚五行之秀气，是天地之心所生，人的心灵产生言语，言语的确立表现了文采，这是自然而然的道理。刘勰的三才论也使文学创作论中"才"的概念摆脱了对天赋的依附，开始使创作主体自身所具有的灵性与才能得到显现。

二、诗人的才能源自天赋与灵感

于是我知道了诗人写诗并不是凭智慧，而是凭一种天才和灵感；他们就像那种占卦或卜课的人似的，说了许多很好的东西，但并不懂得究竟是什么意思。这些诗人，在我看来，情形也就很相像。③

---

① 张宗祥，郑绍昌：《论衡校注》，上海古籍出版社，2010，第 70 页。
② （南）刘勰：《文心雕龙》，王志彬译注，中华书局，2015，第 3 页。
③ ［古希腊］柏拉图：《柏拉图全集》［增订版］1，王晓朝译，人民出版社，2015，第 8 页。

（一）诗由天赋

柏拉图认为诗人的创作不是凭借智慧而是凭借天才和灵感，诗是天赋的结果。这种情况同样适用于占卜家和先知们，他们给人们带来各种精妙的启示，但自己却无法说清到底是何意思。柏拉图断言无论是诗人、政治家或是工匠，他们实际上对自己所从事的行当并不像人们所认为的那样具有完善的理解，他们不是凭借智慧，而是凭借神赐的天才或灵感。柏拉图关于天才的认识可以追溯到德谟克利特，德谟克利特虽然是一位古代唯物主义思想家，但从他的著作残篇中看，很多内容都与天才问题有关，他认为："荷马由于生来就得到神的才能，所以创造出丰富多彩的伟大诗篇。"① 在古希腊神话中，每门技艺都有守护神，这在当时是普遍受到人们接受的流行看法，"天才"（Genius）一词从词源上看，最初也含有"一个人或地方的守护神；智慧、才智"的意思（a tutelary deity of a person or place；wit，brilliance）。德谟克利特在哲学上是一位朴素的原子论唯物主义者，这与他对待艺术问题的看法不相符合，但是通过贺拉斯在《诗艺》中的记载以及塔塔科维兹《古代美学》中提到的克莱门所记载的德谟克利特的灵感说，我们可以推断德谟克利特在对待艺术创作问题时比较强调灵感和天才的作用。

天才说与灵感说同是源于古希腊神话传说中的诗神信仰。在荷马和赫西俄德的作品中我们看到，诗人在作诗时不仅要依赖于诗神的帮助，而且诗神本身也是创作优美诗篇的诗人，于是在双重意义上形成了诗神凭赋的创作观念。所谓灵感论与天才论最初都是依赖于拟人神话，尚未摆脱拟人形象的含义而使创作主体得到独立。这种情况的转变是始于诗人品达罗斯，他在颂诗中提出了诗人创作需要凭借天赋的观念，形成了摆脱拟人形象的、具有抽象意义的天才概念。"诗人的才能是天赋的；没有天才而强学作诗，喋喋不休，好比乌鸦呱呱地叫，叫不出什么名堂来"②，品达罗斯

① 朱光潜：《西方美学史》（上卷），商务印书馆，2018，第38页。
② ［古希腊］品达罗斯：《奥林匹克颂》，转引自范明生：《西方美学通史》第一卷，上海文艺出版社，1999，第29页。

认为没有天赋的才能，一切努力都是徒劳，诗歌创作需全然依靠神赐的禀赋。天赋神赐的观念盛行于当时的古希腊，所以像德谟克利特这样的唯物主义者也强调诗歌创作的天才论，柏拉图更是诗歌创作理论中"神赐天启"观念的集大成者。

（二）诗人的自觉

亚里士多德在对文艺创作进行理性思考之后，并没有否认天才因素在创作中的重要性，但其"天赋本性人人均等"的观点有力地推动了天才论的理性化进程，并且强调诗人自身实践的重要性，他认为："只有亲身感受到悲伤与愤怒的人，才能真实刻画出悲伤与愤怒。"① 在亚里士多德之后，古罗马诗人贺拉斯通过自己的创作实践对天才论发表了比较全面的见解。贺拉斯在创作《讽喻诗》的过程中说道："有天生的才华，非凡的心灵，高尚的谈吐的人，才无愧于诗人的称号。"② 在《诗艺》中他一方面继承了德谟克利特、柏拉图关于天才、灵感的创作观点，一方面也认识到了后天努力的不可或缺，"有人问，好诗要靠天才还是靠技艺，依我看，勤功苦学而无天生的品赋；或者虽有天才而无训练，皆无用处，因为两者必须彼此协助互相亲睦"③。贺拉斯在对待诗人创作的问题上，倾向于主张天赋和努力的结合和相互作用。

自此以后，西方天才论的发展衍生出了两条主要路径，一条延续了柏拉图主义"神赐天启"的天才理论，完全忽视了创作主体本身的才能与努力，认为诗歌创作的艺术是不可传授、不可获得的；另一条延续了亚里士多德和贺拉斯的天才理论，在重视诗人天赋的同时也认识到了诗人主观努力的重要性，认为诗歌的创作需要诗人通过学习实践获得经验方法。16 世纪法国诗人比埃尔·德·龙沙在《法语诗艺概略》中表达了他对天才的看法："诗艺之训教是何等无法理解或传授，因此诗艺的精神性远高于表达

---

① 范明生：《西方美学通史》第一卷，上海文艺出版社，1999，第 523 页。
② ［法］让·贝西埃、［加］伊·库什纳、［比］罗·莫尔捷、［比］让·韦斯格尔伯：《诗学史》上册，史忠义译，百花文艺出版社，第 31 页。
③ ［古罗马］贺拉斯：《诗艺》，杨周翰译，人民文学出版社，1982，第 144 页。

性……这种直观因此而使诗人之天赋才能比技巧优越得多，后者可以传授。"① 16 世纪的诗学天才论接过了柏拉图古老的观念，让天才所具有的伟大力量大放异彩，英国诗人锡德尼在《诗辩》中说道："演说家靠磨炼，诗人乃天生。"但仍然有部分诗论家遵从了贺拉斯的观点，认为天才与努力相互依存，意大利文艺思想家卡斯泰尔韦特罗认为："在自我完美过程中接受艺术并能理解艺术的诗人永远优于仅靠完美天赋之人。"②

第二节　才本于天，学系于人

董仲舒"人副天数"的思想从类与数的角度证明人与天的一致，说明人与天可以互相感应并且以气为依托。王充的"禀气"论强调主体对元气的禀受，主体因禀受元气的强弱而显现出性的不同和才的差异，而非受自于天的给定。他们关于天人关系的论述对三才之中的人摆脱天的统摄，显现出主体独立的灵性与才能至关重要。西方天才论在经历了最初以诗人品达、哲学家德谟克利特和柏拉图等为代表的天才"神赐"的观点后，显现出了理性的发展趋势，以亚里士多德和贺拉斯的天才论为代表，诗人作为创作主体的地位开始得到了关注。天才论的另一位集大成者是哲学家康德，康德的天才论将天才的地位又提升到了新的高度，受 18 世纪浪漫主义与纯粹自然科学发展的影响，康德将天才的禀赋归功于自然，认为天才是给艺术提供规则的自然禀赋。

一、无识者则不知何所兴感

刘勰《文心雕龙·原道》论述了道、三才、文的关系，三才各自成文

---

① ［法］让·贝西埃、［加］伊·库什纳、［比］罗·莫尔捷、［比］让·韦斯格尔伯：《诗学史》上册，史忠义译，百花文艺出版社，第 229 页。
② ［法］让·贝西埃、［加］伊·库什纳、［比］罗·莫尔捷、［比］让·韦斯格尔伯：《诗学史》上册，史忠义译，百花文艺出版社，第 232 页。

为道。天有才则有文，是为日月叠璧；地有才则有文，是为山川焕绮；人列于三才之中，言立而文明，是自然之道。"刘勰由道及三才，由三才而文，由人文而言文，依次敷衍，第一次从美学理论上将三才源头的意义系统纳入了文艺发生的阐释"①，其三才论对文艺创作理论主体才能的独立显现具有重要意义。刘勰赞美人文之才，言性灵所钟便是讴歌人之才能，突出了创作主体的灵能。"故知道沿圣以垂文，圣因文而明道，旁通而无涯，日用而不匮"②，依照自然之道，圣人之文可以阐明道的精义，它处处通达，不会枯竭，文辞之所以能够鼓舞天下，就是因为它体现了自然之道。在《体性》与《才略》两篇中，刘勰进一步论述了才与文的关系，认为创作主体的才性决定作品的风格。"故辞理庸俊，莫能翻其才；风趣刚柔，宁或改其气"③，文辞道理的庸俊依靠于人的才能，风格趣味上的刚柔由人的气质决定。"事义浅深，未闻乖其学；体式雅郑，鲜有反其习"④，文章内容的深浅与人的学识相关，体制格调的雅郑与人的习染相关，才与学在很大程度上决定了文的面貌。

（一）才与学识

"若夫八体屡迁，功以学成。才力居中，肇自血气。"⑤ 文章的八种风格多有变化，全要依靠学习而掌握；然而作者的才能则隐藏在身体之中，由先天的血气凝聚而成。"才由天资，学慎始习"⑥，对于才与学的关系，刘勰认为文才由先天的资质所决定，开始学习时需要慎重，就像制作木器和染制丝帛，一旦木器制成、色彩染定，就难以再改变了。明朝文人薛蕙对才与学的关系有着相同的认识，其《升庵诗序》言："夫诗之所以难者，才与学之难也。才本于天，学系于人。非其才，虽学之不近也。有其才

---

①　赵树功：《中国古代文才思想论》，人民出版社，2016，第35页。
②　（南）刘勰：《文心雕龙》，王志彬译注，中华书局，2015，第10页。
③　（南）刘勰：《文心雕龙》，王志彬译注，中华书局，2015，第330页。
④　（南）刘勰：《文心雕龙》，王志彬译注，中华书局，2015，第330页。
⑤　（南）刘勰：《文心雕龙》，王志彬译注，中华书局，2015，第333页。
⑥　（南）刘勰：《文心雕龙》，王志彬译注，中华书局，2015，第333页。

矣，非笃于学，则亦不尽其才也。"① 诗之难在于才与学兼美，才本于天，学系于人，然而二者缺一不可，相辅相成。"故宜模体以定习，因性以练才，文之司南，用此道也"②，所以学习写作要通过模拟不同风格来培养自己的习惯，顺应自己的性情来锻炼才能，这是文章写作的原则。

《论语·学而上》："子曰：学而时习之，不亦说乎"，既学而又时时习之，则所学者熟而中心喜悦，其进步自不能已矣。"学"在早期儒家思想中是论述道德修养教化的代名词，孔子推行"学"之道、"克己"之道，就是建立在对学与才性之关系的基础上。东汉王符《潜夫论》开篇言赞学第一："是故工欲善其事，必先利其器；士欲宣其义，必先读其书。"③ 虽然有圣人不生而知，有至才不生而能，但像黄帝、颛顼、帝喾等先圣至才都有老师，则人不可以不就师，人之有学也，犹物之有治也。首先将才与学的关系纳入文学创作理论中的是陆机，他一方面赞扬诗人的天赋，一方面强调学与才相结合的重要。在《文赋》中陆机还对言辞与文才的关系提出了"辞程才以效伎"的观点，认为作者应该依据各自的文才选择适当的言辞来作文。自陆机以后，才与学对于文学创作之重要影响受到了历代文论家们的重视。宋代诗人吕本中《童蒙诗训》引黄庭坚语："诗词高深要从学问中来。后来学诗者虽时有妙句，譬如合眼摸象，随所触体，得一处，非不即似，要且不足。"④ 章学诚《文史通义》言："夫才须学也，学贵识也。才而不学，是为小慧；小慧无识，是为不才"⑤，学与识是培养才能的关键。

除"学"以外，"识"也是与"才"密切相关的概念，才与识也是讨论创作主体主观才能的关键。"识"与人之才能产生关系是始自于道家，

---

① （明）薛蕙：《升庵诗序》，《考功集》卷 10，影印《文渊阁四库全书》第 1272 册，第 111 页。

② （南）刘勰：《文心雕龙》，王志彬译注，中华书局，2015，第 334 页。

③ （清）王继培笺，彭铎校正：《潜夫论笺校正》，中华书局，1985，第 3 页。

④ （宋）吕本中：《童蒙诗训》，转引自张声怡，刘九州：《中国古代写作理论》华中工学院出版社，1985，第 40 页。

⑤ （清）章学诚：《文史通义·内篇·妇学》，转引自张声怡，刘九州：《中国古代写作理论》华中工学院出版社，1985，第 47 页。

不过老子、庄子都对"识"持否定的态度，这与道家绝圣弃智的理念有关，"无识"才能勘破一切、返璞归真。汉魏时期起，"识"开始受到重视，如王充《论衡·超奇》言："好学勤力，博闻强识。"① 随着玄学思想的盛行，士人多崇尚洞彻一切远幽、深邃的素养，于是"识"的地位得到了迅速的提升。除此之外，佛学对"识"的传播也促使其成为一个广受关注的思想范畴，心不离识、物不离识的思想强化了识的作用。最终将"识"的概念与文学创作相结合的集大成者是刘勰，《文心雕龙》对"识"与"才"的论述可谓全面透彻。如《明诗》篇所言："然诗有恒裁，思无定位，随性适分，鲜能通圆。若妙识所难，其易也将至；忽之为易，其难也方来"②，诗之创作既依托于才能，也要有妙识，学与识皆是刘勰所提倡的促使创作之才趋于完备的重要因素。明袁宗道提出了"先器识而后文艺"之说，其《白苏斋类集》言："器识先矣，而识尤要焉"③，没有宏远之识，其器必浅薄，器识文艺表里相须。明朱权《西江诗法》言："诗无他技，一才学，二妙悟尔，学要力，悟要识"④，才、学、识成为作诗之"三长"，并成为诗文创作的重要标准。袁枚《随园诗话》："作史三长：才、学、识缺一不可，余言诗亦如之，而识最为先。非识，则才与学俱误用矣。"⑤

（二）才与胆力

明吴纳《文章辨体序说》引叠山语："凡学文，初要胆大，终要心小。由粗入细，由俗入雅，由繁入简，由豪宕入纯粹。"⑥ 江盈科《雪涛诗评》

---

① 张宗祥，郑绍昌：《论衡校注》，上海古籍出版社，2010，第278页。
② （南）刘勰：《文心雕龙》，王志彬译注，中华书局，2015，第67页。
③ （明）袁宗道：《白苏斋类集·士先器识而后文艺》，转引自张声怡，刘九州：《中国古代写作理论》华中工学院出版社，1985，第41页。
④ 陈广宏，侯荣川：《明人诗话要籍汇编》第四册，复旦大学出版社，2017，第112页。
⑤ （清）袁枚：《随园诗话》，雷芳注译，崇文书局，2007，第18页。
⑥ （明）吴纳：《文章辨体序说·诸儒总论作文法》，转引自张声怡，刘九州：《中国古代写作理论》华中工学院出版社，1985，第41页。

言："夫诗人者，有诗才，亦有诗胆。"① 明清之际，论文多言胆识、胆力，其中以叶燮的"识、才、胆、力"说为代表，才与学、识、胆、力的关系得到了整合。《原诗》言："曰理、曰事、曰情，此三言者足以穷尽万有之变态。凡形形色色，音声状貌，举不能越乎此。此举在物者而为言，而无一物之或能去此者也。曰才、曰胆、曰识、曰力，此四言者所以穷尽此心之神明。凡形形色色，音声状貌，无不待于此而为之发宣昭著。"② 叶燮认为，诗不单是发乎性情，也要表现天地万物的理、事、情，识、才、胆、力作为诗者的主观条件，就是帮助认识客观现实之理、事、情的重要工具。"其欠乎天者，才见不足，人皆曰才之欠也，不可勉强也；不知有识以居乎才之先，识为体而才为用，若不足于才，当先研精推求乎其识。人惟中藏无识，则理事情错陈于前，而浑然茫然，是非可否，妍媸黑白，悉眩惑而不能辨，安望其敷而出之为才乎！"③ 在识、才、胆、力四者之中，叶燮最为推崇识，认为其他三个因素都是从属于识，识为体而才为用，识明则胆张，力则是三者所综合所表现出来的量。

关于才与胆的理论论述最早可见于稽康的《明胆论》，稽康从人伦识鉴的角度出发，认为众生禀赋不同，故而才性有昏有明，"明以见物，胆以决断。专明无胆，则虽见不断；专胆无明，违理失机"④。以胆论文的理论大致也形成于魏晋时期，《文赋》言："在有无而黾勉，当浅深而不让。虽离方而遁圆，期穷形而尽相。"⑤ "黾勉"意思是勉强，辞之有无，意之浅深，所当黾勉而不让也。文章无固定之规矩，思必穷其形，辞必尽其相。钱钟书认为此四句"皆状文胆"，黾勉而不让就是勇于尝试的意思。⑥ 皎然《诗式》："夫不入虎穴，焉得虎子？取境之时，须至难至险，始见奇

① （明）江盈科：《雪涛诗评》，转引自张声怡，刘九州：《中国古代写作理论》华中工学院出版社，1985，第41页。

② （清）叶燮：《原诗》，霍松林校注，人民文学出版社，2012，第23页。

③ （清）叶燮：《原诗》，霍松林校注，人民文学出版社，2012，第24页。

④ 戴明扬：《稽康集校注》，中华书局，2015，第391页。

⑤ 张少康：《文赋集释》，上海古籍出版社，1984，第71页。

⑥ 参见张少康：《文赋集释》，上海古籍出版社，1984，第74页。

句"①，创造诗的意境是一个艰难的过程，若无文胆则不可得奇句。韩愈《送无本师归范阳》言："无本于为文，身大不及胆。吾尝示之难，勇往无不敢"，是说作文要无所畏惧，要有胆量和气魄。至明清之际，以胆论诗的现象更为普遍，识、才、胆、力说呈现出欣欣向荣的态势。袁中道《中郎先生全集序》云："其才高胆大，无心于世之毁誉。"钟惺《东坡文选序》云："气达乎外，胆与识，谡谡然于笔墨之下。"刘熙载《艺概·经义概》云："文之要，曰识，曰力。识见于认题之真；力见于肖题之尽。"②李沂《秋星阁诗话》云："诗须识高，而非读书则识不高；诗须力厚，而非读书则力不厚；诗须学富，而非读书则学不富。"③叶燮对才、胆、识、力作为创作主体的主观条件做了总结："大凡人无才，则心思不出；无胆，则笔墨畏缩；无识，则不能取舍；无力，则不能自成一家"④，诗人主观素养与客观世界之理、事、情共同作用产生了绝妙的诗文。"大约才、识、胆、力，四者交相为济。苟一有所欠，则不可登作者之坛"⑤，沈德潜继承了叶燮的观点，将诗者的胆力理解为胸襟，其《说诗晬语》云："有第一等襟抱、第一等学识，斯有第一等真诗。如太空之中，不着一点；如星宿之海，万源涌出；如土膏既厚，春雷一动，万物发生。"⑥

"今夫诗，彼无识者，既不能知古来作者之意，并不自知其何所兴感、触发而为诗。或亦闻古今诗家之论，所谓体裁、格力、声调、兴会等语，不过影响于耳，含糊于心，附会于口；而眼光从无着处，腕力从无措处。"⑦识、才、胆、力之论将创作主体所需的主要素养做了全面的综合，也将感兴论的理论形态上升到更为科学、严谨的框架之中，感兴论由此得

---

① （清）何文焕辑：《历代诗话》（上），中华书局，2004，第31页。
② （清）刘熙载：《艺概·经义概》，转引自张声怡，刘九州：《中国古代写作理论》华中工学院出版社，1985，第49页。
③ （清）李沂：《秋星阁诗话》，转引自张声怡，刘九州：《中国古代写作理论》华中工学院出版社，1985，第49页。
④ （清）叶燮：《原诗》，霍松林校注，人民文学出版社，2012，第23页。
⑤ （清）叶燮：《原诗》，霍松林校注，人民文学出版社，2012，第25页。
⑥ （清）沈德潜：《说诗晬语》，霍松林校注，人民文学出版社，2012，第187页。
⑦ （清）叶燮：《原诗》，霍松林校注，人民文学出版社，2012，第24页。

到了补充和完善。审美感兴中，创作主体的主观因素是不可忽视的重要力量，它既是诗人的独特艺术个性，也是诗作之独创魅力的源泉，这是前人文艺创作理论所未曾谈及的。对诗人才能、学识、胸襟的客观分析，解决了感兴论已往没能解决的主体问题，也科学地解释了诗人创作灵感的来源，它既包含作者天赋的灵性，也包含作者后天的勤勉与积累，这些因素凝结成了诗人的性情与意志，在客观景物的触发下萌生了诗思，方能形成流传后世之作，感兴论由此迈向了更科学的理论高度。

二、自然而然的才能

一切艺术家、诗人的创作天赋以及情感的表露在西方古代都可以用神赐或天赐来解释，他们受到一种神秘力量的支配不自觉地进入到艺术创作中去，许多高明的诗人都无法解释自己的作品究竟是怎样创作出来的，这一创作过程也不可被描述或重复，于是创作主体的才能便更多的与神赐、天赐紧密地联系在一起。直到 18 世纪西方世界自然科学研究的兴起，使得认识论的发展围绕对自然的考察而展开，加上浪漫主义运动呼吁对自然的回归，使得"自然"成为这一时期许多哲学家与诗学家所讨论的重要问题。关于天才的讨论也是如此，哲学家康德就提出了天才本于自然的观点，认为天才的形成同自然世界有机体的生长有着相同的原理，都是自然所赋予的，艺术家的这种创造能力本身属于自然。在 18 世纪，天才的概念便开始更多的与自然结合在一起，有的学者认为自然的天才是出于无意识，有的自然天才论者对天才成因的解释也会带有神秘主义的色彩，但总的来说，天才的概念被理解归纳为一种自然的天赋。

（一）自然与天才

爱迪生把天才分为自然的天才和造就的天才，并将其分别比作自然生长的植物和人工修饰的植物，他认为自然而成的天才"有如肥沃的土壤，适宜的气候，从中会生长出遍地的优质植物，它们以上千种美妙景色展示出来，绝无任何秩序或规则。另一种天才也有着同样肥沃的土壤，同样适宜的气候，但却被园艺师以其技艺布置成种植园和花圃，修剪得整齐漂亮"①。以自然界有机物比喻天才是当时非常盛行的一种说法，尤其是以植物的生长来比喻天才的艺术创作才能。英国诗人蒲柏也是其中重要的代表，他在《伊利亚特》序言中提出天才的创造力与自然的创造力是相同的，并将《伊利亚特》比作原始园林里生长的树，"一件这样的作品犹如一颗苗壮的树，它从最有生命力的种子中长出，经培育而成长，茂盛，结出最美的果实"②。显然，将天才比喻为自然而然的才能似乎使得柏拉图以及柏拉图主义者赋予天才的那种神秘色彩大体上不复存在，但是诗人到底是天生还是后天学成，诗到底是自然孕育还是技艺使然，仍然没有得到答案。

那么用自然来解释天才的形成机制，将自然的概念引入到文学艺术创作中后，文学艺术领域中的"自然"应该如何理解呢。艾布拉姆斯引用洛夫乔伊关于"自然"与"艺术"相关层面中的两个主要应用区域，对自然在艺术领域发生作用的具体意义做了解释。"用于描述人的心灵时，'自然'指的是那些与生俱来的特性，这些特性'最为自发，绝非事先考虑或计划而成，也丝毫不受社会习俗的束缚'。用于描写外部世界时，它指的则是宇宙中未经人类苦心经营而自动形成的那些事物。"③ 在自然天才论者的眼中，天才是心灵自发形成的，并且很容易被拿来与植物的生长做比较。18 世纪英国诗人扬格的《独创性创作断想》就是以植物喻天才的重要文献，"一部创新之作可以说具有植物的性质；它是从那孕育生命之天才的根茎上自然长出的；它是长成的，而不是制成的"④。以植物的生长喻天

---

① ［美］爱迪生：《旁观者》，转引自［美］M. H. 艾布拉姆斯：《镜与灯：浪漫主义文论及批评传统》，郦稚牛、张照进、童庆生译，北京大学出版社，2015，第 218 页。

② ［古希腊］荷马：《伊利亚特》，转引自［美］M. H. 艾布拉姆斯：《镜与灯：浪漫主义文论及批评传统》，郦稚牛、张照进、童庆生译，北京大学出版社，2015，第 219 页。

③ ［美］M. H. 艾布拉姆斯：《镜与灯：浪漫主义文论及批评传统》，郦稚牛、张照进、童庆生译，北京大学出版社，2015，第 229 页。

④ ［美］M. H. 艾布拉姆斯：《镜与灯：浪漫主义文论及批评传统》，郦稚牛、张照进、童庆生译，北京大学出版社，2015，第 231 页。

才，也恰好与汉字中"才"的含义不谋而合，如《说文解字》将"才"释为"草木之初"，段玉裁将其引申为"草木之初而枝叶毕寓焉，生人之初而万善毕具焉，故人之能曰才，言人之所蕴也"，才的意义逐渐转向人的才能。西方自然天才论的重要贡献在于给予天才充分的主观能动性，使天赋、神赐的光环逐渐褪去颜色，但后天的努力以及各种其他因素的影响则没有得到足够的重视。

扬格的理论在德国备受欢迎，其中以歌德和康德的天才论为主要代表。歌德不但是一位文艺理论家，也是一位生物学研究者，他的艺术理论将自然与艺术紧密地结合了起来，他认为："艺术的这些高级作品，有如自然的最高级造物一样，是人根据真实的自然的规律创造的。"① 康德是自然天才论的集大成者，他的天才理论对之前模糊的观念做了哲学的阐述，并且得到了歌德的赞同。康德认为美的艺术必然地必须被视为天才的艺术，天才的才能是一种自然的禀赋，这种自然的禀赋有四个鲜明的特征：第一，以原创性为第一属性，天才不能提供任何确定的规则，也不是按照某种确定的规则可以学习到的禀赋；第二，天才是示范性的，天才的产品作为典范，不是通过模仿产生，而是被用于模仿或评判的准则；第三，天才作为自然来提供规则，它自己不能描述或者科学地证明是如何创作自己的产品的，他不能控制创作理念的产生也不能把理念传达给别人（天才这个词派生自 genius，具有守护神的意思，即与生俱来的保护和引导的精神，那些原创的理念就源自它的灵感）；第四，自然通过天才不是为科学，而是为艺术颁布规则。②

康德极力反对模仿，认为天才的精神是与模仿的精神完全对立的，"既然学习无非就是模仿，所以，机敏好学作为机敏好学，这种最大的能

---

① ［德］歌德：《意大利之行》，转引自［美］M. H. 艾布拉姆斯：《镜与灯：浪漫主义文论及批评传统》，郦稚牛、张照进、童庆生译，北京大学出版社，2015，第239页。

② 参见［德］康德：《判断力批判》，李秋零译，中国人民大学出版社，2016，第131—132页。

力就毕竟不能被视为天才"①。因此，人们虽然可以学会牛顿的科学原理，却学不会如何富有灵气地作诗，这种技巧是不能够被传达的，也是无法通过学习而获得的。天才是关于艺术的才能，不是科学的才能，不能通过遵循规则而获得，而只能是主体的本性产生的。康德认为天才是自然的宠儿，是罕见的优秀榜样。

（二）天才与判断力

除了对天才的自然禀赋进行极力赞美之外，康德关于天才的看法也透露着一丝来自客观理性的审视。虽然机械的艺术是勤奋和学习的艺术，美的艺术是天才的艺术，但毕竟没有任何美的艺术其中不包含某种必须按照规则来遵从的机械的东西。康德也为美的艺术提出了限定的规则，人们为了创造美的艺术便不能摆脱这些规则。"天才只能为美的艺术的产品提供丰富的素材；对这素材的加工和形式则要求一种通过训练而形成的才能，以便对那材料作一种在判断力面前经得起考验的应用。"② 进而康德总结美的艺术的产品应当是天才与判断力的结合，天才的艺术是一种富有灵气的艺术，然而经得起判断力考验的艺术才配被称为一种美的艺术。判断力使天才自由的想象力通向了与规则的理性相适应的知性。"鉴赏与判断力一样，一般而言是天才的纪律，它狠狠地剪短天才的翅膀，使天才受到教养或者磨砺；但同时它也给予天才一种引导，即它应当扩展到什么上面和扩展到多远，以便保持是合目的的。"③ 鉴赏与判断力是约束天才的重要力量，康德也强调判断力在对待美的艺术的事情上，宁可牺牲掉想象力（构成天才的心灵能力）的自由和丰富，也不允许损害知性。康德的天才论虽然着重于强调自然的禀赋和主体的自觉性，但是在美的艺术中天才的丰富想象力与自由也要受到判断力与鉴赏的制约，并由此通向知性。

"不要以为我会把天才与法则对立起来……诗的精神同其他所有的活

---

① ［德］康德：《判断力批判》，李秋零译，中国人民大学出版社，2016，第132页。
② ［德］康德：《判断力批判》，李秋零译，中国人民大学出版社，2016，第134页。
③ ［德］康德：《判断力批判》，李秋零译，中国人民大学出版社，2016，第143页。

的力量一样，必然会以各种规则来约束自身"①，英国诗人柯勒律治也认为诗人的天才需要规则的约束，虽然自然的天才作为最高天才的代表拥有无穷无尽的力量，但是也必须在规律的制约下进行创造。柯勒律治认为莎士比亚是最伟大的天才，称赞他为有史以来人类天性所产生的唯一的天才，具有无穷的才能②，因此他本人就是人化的自然，他自觉地指导着一种力量和潜在的智慧，引导才能的发挥。施莱格尔也认为莎士比亚的作品不但是天才的典范，也表现了学识、思考和各种创作的手段，他具有渊博的学识，不是盲目不着边际的天才。苏格兰文学家杰勒德也把天才与想象结合在一起，在其《天才论》中说道："即使天才，也属于想象范畴；然而，天才也应该通过判断和智识而不断丰富，超越自己的天赋基础。"③ 在自然禀赋的光环下，天才发挥作用也需要受到规则和学识等后天因素的制约，这逐渐受到了浪漫主义评论家的重视。

黑格尔把天才、想象、灵感视为一体，在对待天才的问题上，他虽然不反对才能和天才天生的观点，但是也客观地指出了其中的错误。与康德的观点一样，黑格尔也认为想象是构成天才的重要因素，但是黑格尔没有把天才的能力归功于自然，"通过想象的创造活动，艺术家在内心中把绝对理性转化为现实形象，成为最足以表现他自己的作品，这种活动就叫做'才能'、'天才'等等"④，天才是通过想象把内心的理性转化为现实的才能，黑格尔对天才的理解是十分理性的。黑格尔认为天才创造艺术作品的本领是属于主体的心灵创造，天才和才能虽然不完全是一回事，但是二者共同构成了美的艺术创作。才能是艺术创作的特殊本领，但是单纯的才能只能使艺术的一个方面达到熟练，真正使艺术达到完备就需要天才为艺术作品灌注生气。黑格尔不反对天才天生的观点是因为天才是一种特殊的资

---

① ［美］M. H. 艾布拉姆斯：《镜与灯：浪漫主义文论及批评传统》，郦稚牛、张照进、童庆生译，北京大学出版社，2015，第259页。

② 参见刘若端编：《十九世纪英国诗人论诗》，人民文学出版社，1984，第71页。

③ ［法］让·贝西埃、［加］伊·库什纳、［比］罗·莫尔捷、［比］让·韦斯格尔伯：《诗学史》上册，史忠义译，百花文艺出版社，第467页。

④ ［德］黑格尔：《美学》第一卷，朱光潜译，商务印书馆，2017，第360页。

质，这种资质不是天才自己产生的，而是在他身上就直接存在的。在《美学》第一卷中，黑格尔列举了不同民族人民身上的不同自然禀赋，比如希腊人天生就擅长于史诗和雕刻、意大利人天生就擅长音乐和歌剧，这就是一种天生的禀赋。天生的禀赋对后天才能的习得具有推动的作用，"各门艺术当然都需要广泛的学习，坚持不懈的努力以及多方面的从训练得来的熟练；但是天才和才能愈卓越、愈丰富，他学习掌握创作所必需的技巧也就愈不费力"①。在构成一位真正艺术家的众多品质中，天生的才能起到推动的作用，帮助艺术家巧妙轻易地把思想情感表达出来，但艺术家先天的天分需要充分的练习，达到高度的熟练。总的来说，黑格尔认为天才和后天的努力是创作美的艺术的两个方面，二者缺一不可，携手并进。

黑格尔不但对天才之于艺术创作做出了理性客观的解释，也对想象与灵感的作用做了科学的总结，将想象、天才、才能、灵感纳入到了一个统一的体系之中，对艺术创作的过程做出了客观、系统的归纳。黑格尔认为，最杰出的艺术本领是想象，这种禀赋是对现实世界各种形象进行把握的能力，它与幻想相区别；把想象转化为艺术作品就需要艺术家具备天才和才能，天才是一种天生的禀赋，它使艺术家更容易获得创作的才能，美的艺术作品是天赋和后天努力的结合；想象的活动和完成作品的技巧共同构成了艺术家创作的灵感，虽然对于灵感来源有许多不同的解释，黑格尔仍然认为灵感不是单纯的心血来潮，是具有天才禀赋的艺术家从客观世界汲取素材后所产生的主观创作能力。②"如果我们进一步追问艺术的灵感究竟是什么，我们可以说，它不是别的，就是完全沉浸在主题里，不到把它表现为完满的艺术形象时绝不肯罢休的那种情况。"③ 至此，黑格尔的艺术创作理论也为灵感说找到了一个完满的理论归宿，与其说灵感源自诗神的恩赐，不如说源自天才的禀赋；与其说灵感是灵魂对前世的回忆或者诗人对理式世界之真美的模仿，不如说是诗人丰富的艺术想象。尽管柏拉图的

---

① ［德］黑格尔：《美学》第一卷，朱光潜译，商务印书馆，2017，第 362 页。

② 参见 ［德］黑格尔：《美学》第一卷，朱光潜译，商务印书馆，2017，第 357—366 页。

③ ［德］黑格尔：《美学》第一卷，朱光潜译，商务印书馆，2017，第 365 页。

灵感观念深深影响了西方文艺创作理论的发展，甚至诸如雪莱、史莱格尔等浪漫主义文论家仍然相信一些优美的诗句是缪斯的恩赐，但灵感无论多么的神秘莫测、难以言说，也始终摆脱不了规则、知识、苦功以及判断力的制约。

第三节　感兴论与灵感说的理论归宿

今夫诗，彼无识者，既不能知古来作者之意，并不自知其何所兴感、触发而为诗。①

艺术家应该从外来材料中抓到真正有艺术意义的东西，并且使对象在他心里变成有生命的东西。在这种情形之下，天才的灵感就会不招自来了。②

叶燮对感兴的论述突出了审美主体的主观条件，对感兴论的发展有着重要的意义。"在他的'理事情—才识胆力'的严密体系中，感兴论上升为更为科学、系统的形态。"③ 审美主体的学识素养等因素使感兴论得到了完善，除情与景的遇合外，创作主体的才能、学识等因素为诗人的创作发生机制作出了科学的解释。"原夫创始作者之人，其兴会所至，每无意而出之，即为可法可则。"④ 诗三百篇为情偶至而感，有所感而鸣，遂适合于圣人之旨而删之为经以垂教。后人诵读讲习，研精极思，虽难求得一言，亦可推敲其中的法则而得其要旨。薛雪《一瓢诗话》言："学诗须有才思、有学力，尤要有志气，方能卓然自立，与古人抗衡。若一步一趋，描写古

① （清）叶燮：《原诗》，霍松林校注，人民文学出版社，2012，第24页。
② ［德］黑格尔：《美学》第一卷，朱光潜译，商务印书馆，2017，第365页。
③ 张晶：《审美感兴论》，《学术月刊》1997年第10期。
④ （清）叶燮：《原诗》，霍松林校注，人民文学出版社，2012，第35页。

人，已属寄人篱下……非无才思学力，直自无志气耳！"① 沈德潜《说诗晬语》言："有第一等襟抱、第一等学识，斯有第一等真诗。"② "才识胆力"道出了诗人作诗的真谛，它与诗人那自有的灵觉与感受力一同构成了包含感性与理智的感兴创作机制。感兴论经历了诗歌艺术萌生之初那手舞足蹈的自然情感流露后在礼的规训下变得优雅而敦厚；物感说心物交融的原理是感兴论的核心，解释了诗人灵感的主要来源与心理动因；诗人通过身观、感物的方式凭心构象，用丰富的想象力赋予客观物象以超验性的玄妙意蕴，神思的奇幻精妙是感兴论中想象最为丰富的阶段；然而创作的情感和想象的表达要依赖于诗人主体的学识与才能，创作主体的智慧心思、艺术技巧尤为重要，精巧的智慧心思和高超的艺术技巧能够发前人之所未发，艺术表现的不容重复性正是诗歌进步的动力，"才识胆力"说也为感兴论找到了最终的理论归宿。

英国哲学家怀特海在《过程与实在》中提出其所采取的阐释体系的每一个主要观点都能在柏拉图、亚里士多德、笛卡尔、康德这些思想大师的论著中找到明确的依据。并将柏拉图的思想赞誉为欧洲哲学传统最重要的参照，"对构成欧洲哲学传统最可靠的一般描述就是，它是对柏拉图学说的一系列脚注"③。这极高的赞誉不是说学者们可以从柏拉图的著述中摘取系统的思想体系，而是指散见于柏拉图著作中丰富的普遍理念、他的个人禀赋、他那未遭到过分体系化而变得僵化的理念，是启迪后人思想的无尽宝藏。柏拉图的客观唯心主义灵感说是其诗学思想的重要组成部分，将至高无上的智慧与美归于神圣的理式世界，将诗人的优美话语归于神圣的恩赐，一是为了维护神的世界和贵族的统治，也是为了维护神的庄严与不可亵渎，以充分发挥神之于青年人在道德与美的方面所产生的教育意义。柏拉图显然没有为灵感的产生找到一个科学的答案，但也许是因为他并不想去寻找我们今天所谓的更"科学"的答案，其神赐灵感的学说在古希腊文

①　（清）薛雪：《一瓢诗话》，杜维沫校注，人民文学出版社，2012，第90页。
②　（清）沈德潜：《说诗晬语》，霍松林校注，人民文学出版社，2012，第187页。
③　［英］怀特海：《过程与实在》，李步楼译，商务印书馆，2016，第63页。

化末期由新柏拉图主义者所继承，并在西方长达 10 个多世纪的中世纪基督教神学思想中继续蔓延。"夏夫兹伯里也提出一个更加地道的柏拉图式的概念，即'独在的太一'"①，认为万物有一个灵魂之源，类似的观念深深地影响着西方 18 世纪的哲学思想，人们相信宇宙是一个有生命的东西，世界有灵论成为德国浪漫主义自然哲学中的重要部分。这在康德的天才论中表现得尤为突出，尽管美的艺术是想象力、知性、精神和鉴赏的结合，富有灵气的艺术只能是属于天才的，天才的能力不能被描述或者科学地指明，天才的禀赋是自然赐予的。

黑格尔对天才、灵感的理性认识在其《精神现象学》中就已经初见端倪。人们注意到一些根本不能思维一个抽象命题更不能思维几个命题的相互关联的人，他们那种无知无识、放肆粗疏的作风，竟有时说成是思维的自由和开明，有时又说成是天才或灵感的表现，是令人不快的。"哲学里现在流行的这种天才作风，大家都知道，从前在诗里也曾盛极一时过；但假如说这种天才的创作活动还具有一种创作意义的话，那么应该说，创作出来的并不是诗，而是淡而无味的散文，或者如果说不是散文，那就是一些狂言呓语。"② 黑格尔认为当时所流行的自然哲学思维缺乏概念，自认为是一种直观的和诗意的思维，实际上可以说是一些由思维搅乱了的想象力所作出的任意拼凑，是既非诗也非哲学的虚构。只有信赖常识，跟上时代和知识的进步才能产生深刻创见，灵感虽然闪烁着这样的光芒，也还没照亮最崇高的苍穹。所以，"真正的思想和科学的洞见，只有通过概念所做的劳动才能获得。只有概念才能产生知识的普遍性，一方面，既不带有普通常识所有的那种常见的不确定性和贫乏性，而是形成了的和完满的知识，另方面，又不是因天才的懒惰和自负而趋于败坏的理性天赋所具有的那种不常见的普遍性，而是已经发展到本来形式的真理，这种真理能够成

---

① ［美］M. H. 艾布拉姆斯：《镜与灯：浪漫主义文论及批评传统》，郦稚牛、张照进、童庆生译，北京大学出版社，2015，第 215 页。

② ［德］黑格尔：《精神现象学》上卷，贺麟、王玖兴译，商务印书馆，2017，第 52—53 页。

为一切自觉的理性的财产"①。黑格尔认为天才是与生俱来的资禀与教育、文化修养和勤勉共同形成的，"想象的活动和完成作品中技巧的运用，作为艺术家的一种能力单独来看，就是人们通常所说的灵感"②，黑格尔关于灵感、想象、天才的理性认识也标志着灵感说理论走向成熟。

---

① ［德］黑格尔：《精神现象学》上卷，贺麟、王玖兴译，商务印书馆，2017，第54—55页。
② ［德］黑格尔：《美学》第一卷，朱光潜译，商务印书馆，2017，第363页。

第五章

感兴与灵感的文艺表现形式

兴感、禀赋与学识、规则的相须相济为感兴论与灵感说找到了最终的理论归宿，使中西诗学中两种重要的创作理论得到了完善。感兴与灵感的诗歌创作方法也在各自诗学发展的进程中产生了深刻的影响。建立在"物感"原理之上的感兴论强调的是创作主体与客体相契合的和谐之美，在物我为一的境界中，感物必然动情，情动必然要抒发，感兴对中国古典诗歌抒情特征的形成具有重要的意义，在抒发真情意、表达真情感的同时，感兴的创作手法也对写实的诗歌风格产生了重要的影响。建立在诗神崇拜之上的灵感说则将诗神信仰和由此形成的对诗神至高之美的赞颂推向了极致，柏拉图认为神灵就是美、智、善的代表，西方篇幅宏大壮阔的史诗不但记录了神话般的情节，也是西方诗歌叙事传统的起源，同时也为西方诗歌、戏剧的发展营造了一个充满想象力的虚构的世界。

第一节　物我为一之美与神的至高之美

关关雎鸠，在河之洲。窈窕淑女，君子好逑。[1]

歌唱吧，女神！歌唱裴琉斯之子阿基琉斯的愤怒，……[2]

---

[1]　程俊英、蒋见元著：《诗经注析》（上），中华书局，2016，第3页。
[2]　[古希腊] 荷马：《伊利亚特》，陈中梅译，上海译文出版社，2016，第20页。

　　《关雎》是三百篇之首，后人言兴常常举"关关雎鸠"为例，"关关"之音、"呦呦"之鸣，成为"兴"诗中鲜明的代表，其极富音乐性的复沓和反复使诗歌与言外之意缠绵相生，"兴"作为诗三百的枢机，所营造出的诗之意韵更是只可经验无法言传的。"兴者，先言他物以引起所咏之辞也"①，是对兴最简要的解释，也在不经意间道出了由兴引发的物与辞之间暗藏的情感关联，以及自然景物与人之情怀的浑然一体。兴的妙处除在开篇引起所咏之辞外，还在于将诗人的情志与万物相结合，"关关雎鸠，在河之洲"确立了全诗的节奏韵律以及情感氛围，是"兴"诗的压卷之作，也代表了"兴"诗所极力追求的境界。先言它物以起情，代表着初民对天地万物淳朴的情感，融合在古代上举欢舞的自然节奏里，奠定了中国古典诗歌的基调，也自然演变成为诗歌创作的重要方法。

　　继《诗经》之后，《楚辞》的诞生更是令世人惊叹，屈原的代表作《离骚》尤为惊艳。王逸《楚辞章句》言："《离骚》之文，依《诗》取兴，引类譬谕。"② 秋兰、杜若以喻忠贞，臭艾、恶草象征谗佞，"香草""美人"等意象更是被后世诗人广泛采用。与《诗经》相比，《离骚》表达的情感强烈而集中，虽然与西方史诗的艺术风格迥异，但其中富丽堂皇的神话、华美奇幻的意象、浪漫神奇的想象也足以让人惊心动魄。"驷玉虬以桀鹥兮，溘埃风余上征""吾令凤鸟飞腾兮，继之以日夜"，《离骚》虽然在体制上与《诗经》不同，但在整体内容和创作方法上基本沿袭了诗的特征，凭借独特的意象和想象力为我们展现出在那样一个动荡、沉沦的年代里动人心魄的历史妙闻，带给人们的感动并不少于西方壮丽辉煌的史诗。

　　在作品开篇歌颂诗神缪斯是古希腊诗人作诗的传统。与以托物言志、借物抒情为特征的中国古典文学作品不同，古希腊文学以史诗和悲喜剧著称，《荷马史诗》代表希腊文学的开端，却起源于古希腊丰富的神话遗产。在古希腊神话传说中，关于文艺创作的神话非常丰富，缪斯是宙斯与记忆

---

① （宋）朱熹注：《诗集传》，赵长征点校，中华书局，2011，第2页。
② （汉）王逸章句，（宋）洪兴祖补注：《楚辞章句补注》，岳麓书社，2013，第2页。

女神谟涅摩叙涅的女儿，掌管文艺。缪斯女神的数量不固定，《荷马史诗》里有时是一位，有时是数位，赫西俄德在《神谱》中将其统一为九位。她们常常跳着优美的舞步，用动听的歌声吟唱，赞美伟大的宙斯和诸神，因此缪斯女神象征着一切优美的言辞，是诗人和艺术家最为尊崇的保护神。所以，缪斯的形象在西方各个时代的文艺作品中广泛存在，诗人们在作诗时每每都要先歌颂缪斯女神，希望自己可以得到诗神的启示，创作出优美的诗歌。

一、物我为一的和合之美

四时行焉，百物生焉，天何言哉？[①]

"殷人尊神，率民以事神……周人尊礼尚施，事鬼敬神而远之"[②]，在殷周之际，我国宗教传统发生了深刻的转变，这种转变就是由"尊神"转向了"尊礼"。孔子主张拥护丧祭之礼，并对其中诸多迷信与独断之处加以删订、澄清并且赋以新的意义，使各种祭祀礼仪由宗教变为了诗，实现了古代神话、宗教向礼教文化的转变。孔子对于鬼神的态度是非常明确的，其"敬鬼神而远之"[③]、"祭如在，祭神如神在"[④] 等观点皆可以表明。司马迁云："学者多言无鬼神，然言有物"[⑤]，其中"物"即自然之神，人们对自然的崇拜源自原始人类对自然现象的畏惧。我国传统文化中"和"的观念肇始于原始农耕文化，先民祈祝风调雨顺，是关乎生存、繁衍的关键，于是宇宙天地孕生的万物被视为混沌的统一体，"和"与生存、幸福密切相关，这是"以和为美"最原始、最朴素的阐释。

"和"作为一种审美观念，最初体现在孔子"中和"的哲学思想中，他的"中和"思想原是建立在礼乐文明之上的道德观念，后延伸到艺术领

---

① 程树德撰：《论语集释》（下），程俊英、蒋见元点校，中华书局，2017，第1405页。

② （清）朱彬撰：《礼记训纂》，沈文倬、水渭松点校，浙江大学出版社，第780页。

③ 程树德撰：《论语集释》（上），程俊英、蒋见元点校，中华书局，2013，第468页。

④ 程树德撰：《论语集释》（上），程俊英、蒋见元点校，中华书局，2013，第203页。

⑤ （汉）司马迁：《史记》，韩兆琦评注，岳麓书社，2004，第869页。

域，体现在他对《诗经》的评论之中。道家"和"的观念是对"中和"观念的补充，是更博大、更深邃的宇宙观和审美观。最早表明人与宇宙万物关系的是庄子，他在《齐物论》中言："天地与我并生，而万物与我为一"①，"天人合一"的思想对我国古典艺术创作产生了尤为重要的影响。至汉代董仲舒主张天人感应之说，《春秋繁露·阴阳义》："天亦有喜怒之气、哀乐之心，与人相副。以类合之，天人一也"②，将人的思想感情与自然万物统一起来。人与自然合和为一的关系也深刻体现在人们对艺术和文学的理解之中，审美愉悦的最终根源是人与自然的和谐，就是天人合一之美。"'万物一体'既是美，又是真，也是善"③，中国诗把"和"的观念当作最高的审美境界，物与我、天与人、情与理的和谐统一就是至高之美。"气之动物，物之感人，故摇荡性情，形诸舞咏"④，自然之中一切景物都成为触动诗人情怀的礼物。

二、赞美诗神的至高之美

　　皮埃里亚善唱赞歌的缪斯神女，请你们来这里，向你们的父神宙斯倾吐心曲，向你们的父神歌颂。⑤

　　啊！诗神缪斯！啊！崇高的才华！现在请来帮助我。⑥

　　醒来，九位缪斯，请为我唱神圣的一曲，请用庄严的藤蔓缠来我这瓦伦丁节情书！⑦

---

① （晋）郭象注，（唐）成玄英疏：《庄子注疏》，中华书局，2016，第44页。
② 苏舆撰，钟哲点校：《春秋繁露义证》，中华书局，2015，第340页。
③ 张世英：《哲学导论》，北京大学出版社，2016，第213页。
④ 杨焄：《诗品译注》，上海三联书店，2014，第3页。
⑤ ［古希腊］赫西俄德：《工作与时日 神谱》，张竹明、蒋平译，商务印书馆，2006，第3页。
⑥ ［意］但丁：《神曲·地狱篇》，黄文捷译，译林出版社，2014，第11页。
⑦ ［美］狄金森：《狄金森诗选》，江枫译，外语教学与研究出版社，2012，第3页。

《伊利亚特》和《奥德赛》均是以歌颂诗神缪斯开篇，赫西俄德的《工作与时日》《神谱》也是以赞美缪斯女神开始，文艺复兴时期但丁在《神曲》中将她们比作崇高的才华，19世纪诗人狄金森的诗歌里依然要向缪斯祈求创作灵感。歌唱缪斯的传统一直延续至今，诗神缪斯成为诗人和艺术家灵感的代名词。

以神话色彩为主的古希腊史诗虽然是当时文学的主流，但并不是说古希腊没有优秀的抒情诗。品达罗斯与古希腊第一位女诗人莎孚的抒情诗都被称为佳作，但在他们的诗篇中依旧常以歌颂诸神开篇，例如"缪斯，今日你务必站到一位朋友面前"①（品达《献给库瑞涅城的阿刻西拉》）；"坐华丽宝座的永生不朽的爱神"②（莎孚《致阿佛洛狄忒》）；等等。也有部分诗歌作品与借物抒情的诗歌风格类似，例如"燕子来，燕子来，带来好季节"③（无名氏《燕子歌》）；"我愿化作牙琴"④（无名氏《我愿》）；等等。亚里士多德在《诗学》中提到用抑扬格、挽歌体或相等音步写成的抒情诗，"此种艺术至今没有名称"⑤，《诗学》这部巨作为西方文学评论树立了一种批评传统，而其对象显然是史诗和戏剧，足以见抒情诗在当时古希腊文学中的地位。

如果说《荷马史诗》是古希腊虚幻文学作品的代表，那么赫西俄德的《工作与时日》应该被称为西方文学史上第一部现实主义作品，它以公正与勤劳为主题，教导人们勤奋工作，留意农业生产与时令的关系。其中反映出的劳动生产状况与人民精神面貌对后人了解当时希腊社会的特点具有非同寻常的意义，尽管现实主义作品并非古希腊文学的主流。我国古典诗歌关注内在情感的抒发和情与景的和谐，注重诗法中各个微妙的细节，西方古典文学则以史诗和戏剧为主，注重的是作品情节的冲突和张力，但这两种截然不同的传统并没有阻止它们在未来某一时刻可能产生的交集。

---

① ［古希腊］荷马等：《古希腊抒情诗选》，水建馥译，商务印书馆，2013，第204页。
② ［古希腊］荷马等：《古希腊抒情诗选》，水建馥译，商务印书馆，2013，第124页。
③ ［古希腊］荷马等：《古希腊抒情诗选》，水建馥译，商务印书馆，2013，第24页。
④ ［古希腊］荷马等：《古希腊抒情诗选》，水建馥译，商务印书馆，2013，第32页。
⑤ ［古希腊］亚里士多德：《诗学》，陈中梅译，商务印书馆，2016，第27页。

"一个艺术家总在某些社会条件下创作，也总在某种文艺风气里创作。就是抗拒或背弃这个风气的人也会受到它负面的支配，因为他不得不另出手眼来逃避或矫正他所厌恶的风气。"①

　　　　所谓神灵的就是美、智、善以及一切类似的品质。②

　　在柏拉图的思想之中，至高至美永远属于神灵。在《斐德若篇》中，他提出感性事物的美是灵魂的回忆，是零碎的模糊的摹本，就像《理想国》中的"模仿说"一样，感性事物只是对理式的模仿，只有理式的美才是真美，而真美只能是属于神的。"柏拉图的'理式世界'正是宗教中'神的世界'的摹本，也正是政治中贵族统治的摹本。"③ 所以在《理想国》卷三，柏拉图抨击荷马和悲剧家们把神写得像人一样坏，并建议删掉史诗中那些污蔑英雄和神明的语句以及那些可怕的名词，禁止神和神之间的战争、神谋害神一类的故事。"And therefore let us put an end to such tales, lest they engender laxity of morals among the young."④（要停止这些故事的流传，以防造成年轻人道德上的放纵。）"We will not have them trying to persuade our youth that the gods are the authors of evil, and that heroes are no better than men-sentiments which, as we were saying, are neither pious nor true, for we have already proved that evil cannot come from the gods."⑤（不能让我们的年轻人以为神明是不好事物的因、英雄也不比人好到哪里去；神是一切好的事物的因，一切邪恶的事物绝不是来自神明。）

　　被誉为古希腊第一位美学家的毕达哥拉斯认为：美就是和谐，一切事

① 钱锺书：《七缀集》，生活·读书·新知三联书店，2016，第1页。
② ［古希腊］柏拉图：《柏拉图文艺对话集》，朱光潜译，商务印书馆，2016，第113页。
③ ［古希腊］柏拉图：《柏拉图文艺对话集》，朱光潜译，商务印书馆，2016，第315页。
④ ［英］本杰明·乔伊特：《柏拉图著作集》（3），广西师范大学出版社，第82页。
⑤ ［英］本杰明·乔伊特：《柏拉图著作集》（3），广西师范大学出版社，第87页。

物凡是能够看出一定和谐关系的，就是美的。① 但毕达哥拉斯的和谐之美并非用来指人与自然万物的和谐，而是指客观存在物在数量上的对称和音乐节奏的均衡。即使是对于像赫拉克利特这样的唯物主义辩证法家，神的至高至美也是无可辩驳的，在他遗留下来的著作残篇中写道："对于神，一切都是美的、善的和公正的；人们则认为一些东西公正，另一些东西不公正。"② 柏拉图继承了这种思想，在对待文艺问题的观点上，把客观唯心主义推向了极致。亚里士多德则以批判的态度继承了模仿说，认为理式不再是至高无上的，模仿是出于人的天性。黑格尔对理念与感性的观点也比柏拉图更客观，他提升了感性事物的地位，认为美是产生于理念与感性形象的统一。

感兴论深深植根于我国特有的传统文化思想土壤中，是"天人合一"的哲学思想的体现，揭示的是创作过程中物与我的关系，与灵感说相比更具客观理性。但灵感说是西方诗学传统中对于诗神信仰的继承，神赐的灵感在西方相当长的时间内影响着人们对文学创作来源的判断，并成为西方宗教神学思想中的一个重要部分，这也许可以解释 Arthur E. Vassilion 在 "The Platonic Theory of Inspiration" 一文中所讲："Plato evidently could not find, and did not want to find, what we would now consider more 'scientific' words to describe the process of inspiration."（柏拉图显然没能找到，也并不想去找，我们今天所认为的更"科学"的词语去描述灵感的过程。）直至 18 世纪，整个西方世界沐浴在纯粹自然科学的理性光辉之中，康德的天才论一方面肯定了天才是自然禀赋之典范，在另一方面又指出知性和鉴赏力的重要性。在康德的天才论中，构成天才的重要心灵能力是想象力，给想象力提供诱因并使心灵活跃起来的是审美标志，作为表象的审美标志给予想象力一种振奋，这与感兴论中由审美意象引发的感物而动、触物起情的创作体验颇为相似，因而康德的天才论也成为对柏拉图灵感说最好的补充和解释。

---

① 参见阎国忠：《古希腊罗马美学》，商务印书馆，2015，第 15 页。
② 屈万山：《赫拉克利特著作残篇评注》，陕西师范大学出版社，1987，第 116 页。

没有一个诗人能够指出，他们头脑中那些充满想象的诗句是如何生产出来的，人们学不会如何富有灵气地作诗，虽然诗艺的规范如此细致，典范如此优秀。但诗人身上都似乎闪现出某些共有的特质，比如说充满激情、深刻、强烈。笛卡尔说："那些最容易受激情驱动的人也就能品尝到生活中最甜美的滋味"①，诗人总是能够以敏锐的视角捕捉到世间一切值得歌颂的事物。那些鲜明的意象、真挚的情感、动人的情境、优美的语句，它们就像光芒照耀着天、地、人，使万物辉煌瑰丽，神灵因此而得到祭祀，幽暗之处因此而得以显现，所以动天地，感鬼神，莫近于诗。

第二节　抒情与叙事的诗学传统

在感兴论中，触发诗人创作情感产生的因素主要有两种，分别为自然因素与社会因素，并且以自然因素为主、社会因素为辅。在自然因素的主导下，诗人的创作以触景生情、借物遣怀的抒情风格为主；社会因素虽然也是诗人感兴的重要触发因素，但因其多与社会现象、亲身经历的抒写有关，所以兼具抒情与叙述两种特质。《毛诗序》言："情动于中而形于言"，诗歌是诗人情感的真切写照，则必然要抒发情感表达意志，所以抒情风格在中国古典诗歌传统中占据主要的地位。以《荷马史诗》为开篇的西方文学从一开始就以篇幅宏大的叙事风格为主，特别是在以灵感说和模仿说为主要创作理论的古希腊，诗人作为诗神的代言人传达神的旨意或者模仿再现理式世界的真美或惟妙惟肖地展现客观事实，所以必然重在叙事，这也是西方古典诗学的一大主要特征。

一、抒情为主叙事为辅

《礼记·乐记》言："情动于中，故形于声。声成文，谓之音"，情感

---

① ［法］勒内·笛卡尔：《论灵魂的激情》，贾江鸿译，商务印书馆，2016，第10页。

是艺术作品产生的源泉，但凡伟大的艺术作品莫不是真切情感的产物。对中国古典文学艺术的抒情传统进行系统研究的开拓者是海外华人学者陈世骧，上承宗白华的艺术意境观，其"中国抒情传统"的宣言也在海外汉学界得到了诸多学者的响应。《论中国抒情传统》是依据陈世骧在1971年美国亚洲研究学会比较文学讨论组的致辞翻译、整理而成，陈世骧提出："中国古代的批评或审美关怀只在于抒情诗，在于其内在的音乐性，其情感流露、或公或私之自抒胸臆的主体性"①，诗的目的在于"言志"，在于抒发心中的意向和怀抱，所以情感的抒发是中国抒情诗的特征。与西方史诗的强大叙事基因相比，中国古典诗歌以抒情而著名，李泽厚在《美的历程》中指出："中国文学（包括诗与散文）以抒情胜。然而并非情感的任何抒发表现都能成为艺术。主观情感必须客观化，必须与特定的想象、理解相结合统一，才能构成具有一定普遍必然性的艺术作品，产生相应的感染效果"②，情感的表达需要借助想象、理解才能成为客观化、具有一定普遍必然性的艺术作品。

建立在"物感"理论上的感兴论是中国古典诗歌抒情风格的主要决定因素，"'感物'则必然动情。情动则必然要抒发。于是乎就形成了物—情—文这样一个公式"③。从这个意义上来说，感兴的诗歌创作机制与情感生发原理是诗文抒情特征形成的重要原因。

> 细草微风岸，危樯独夜舟。
>
> 星垂平野阔，月涌大江流。
>
> 名岂文章著，官应老病休。
>
> 飘飘何所似，天地一沙鸥。

> ——杜甫《旅夜书怀》④

---

① 陈世骧：《论中国抒情传统——1971年在美国亚洲研究学会比较文学讨论组的致辞》，陈国球、杨彦妮译，《现代中文学刊》2014年第2期。

② 李泽厚：《美的历程》，生活·读书·新知三联书店，2016，第128页。

③ 曹顺庆：《中西比较诗学》，中国人民大学出版社，2016，第82页。

④ （清）彭定求等编：《全唐诗》，中华书局，1960，第2489页。

　　杜甫的《旅夜书怀》这样演绎了以"物—情—文"为模式的诗歌抒情机制：岸上微风吹拂细草，竖着桅杆的小船孤独地停泊着，诗人寓情于景，细草、孤舟体现出了诗人孤独无依的心境；星星低垂在广阔的平野上，月随波涌大江东流，虽然看似开阔雄浑，实际上却是以乐景反衬孤苦凄怆的哀情；出名哪里是因为文章呢，做官倒应该因年老多病而退休，诗人运用反语抒发出自己受到压抑而不能施展的政治抱负；飘然一身像什么呢，不过是广阔天地间一只沙鸥罢了。诗人借景抒怀，将心中的哀伤孤寂之情深刻地表现了出来，也深深地感动了读诗的人。前两联看似写景，然而抒发的情怀绝不比第三、四联少。情感的抒发需要情与景的契合才能达到绝妙的境界，宇文所安评价这首诗言："诗歌的伟大不是通过诗歌的创造表现出来，而是通过诗人与这一时刻和场景相遇的契机表现出来。"①

　　通过"事感"引发创作情怀的叙事诗文也多表现出了浓浓的抒情特征，总体上表现出抒情在明、叙事在暗的特征，其叙事性特征也往往被抒情的强大能量所遮蔽。我们以杜甫的另一首叙事诗《茅屋为秋风所破歌》为例，并加以分析。

　　　　八月秋高风怒号，卷我屋上三重茅。茅飞渡江洒江郊，高者挂罥长林梢，下者飘转沉塘坳。南村群童欺我老无力，忍能对面为盗贼，公然抱茅入竹去。唇焦口燥呼不得，归来倚杖自叹息。俄顷风定云墨色，秋天漠漠向昏黑。布衾多年冷似铁，娇儿恶卧踏里裂。床头屋漏无干处，雨脚如麻未断绝。自经丧乱少睡眠，长夜沾湿何由彻？安得广厦千万间，大庇天下寒士俱欢颜，风雨不动安如山。呜呼！何时眼前突兀见此屋，吾庐独破受冻死亦足！

　　　　　　　　　　　　　　　　　　——杜甫《茅屋为秋风所破歌》②

---

① ［美］宇文所安：《中国传统诗歌与诗学世界的征象》，陈小亮译，中国社会科学出版社，2015，第 2 页。
② （清）彭定求等编：《全唐诗》，中华书局，1960，第 2309 页。

　　诗文中，杜甫没有借助抽象的意象来抒情达意，而是通过客观叙事来寄托大风破屋的焦灼和愤怒，孩童公然盗走我的茅草，而我却只能独自叹息，大风过后在陋室之中难以入眠。这些看似琐碎的客观描写，实际上都是为诗人更崇高的愿望而埋置的伏笔，"安得广厦千万间，大庇天下寒士俱欢颜"才是诗人真正要表达的情感，体现出诗人博大的胸襟和远大的理想，体现出抒情为主、叙事为辅的特点。中国古典诗歌的叙事传统可追溯至"诗六义"之"赋"，朱熹《诗集传》言："赋者，敷也，敷陈其事而直言之者也"①，亦含有直接表达情感的意思。然而中国诗歌叙事传统的成型却要远远晚于西方，并且在篇幅、叙述对象、细节上存在较大的差异。"董乃斌认为，经过与抒情传统几百年的相互摩荡，诗歌的叙事传统从唐中叶开始逐渐明晰，至南宋末最终确立化成。"② 至元明清时期，叙事文学开始逐渐占据文坛主流，但也受到抒情传统的影响，表现出强烈的抒情色彩，二者的关系更显紧密。

二、叙事为主抒情为辅

　　西方诗歌的叙事传统确立于古希腊时期，并且以史诗的形式占据着西方诗歌发展的主流，最初的史诗以歌颂英雄人物、叙述重大事件为主要内容，篇幅宏大、人物性格明显，奠定了西方诗歌的叙事传统。然而这鲜明的叙事风格又是缘何而起，美国社会生物学家爱德华·威尔逊认为人类文明的起源并非源自口口相传的神话故事，而是更久远的过去，是那早期人类营地之中夜晚时分的篝火。在漫长的夜晚时分，人类不狩猎也不采集，而是围坐于篝火前，相互交流，然而远古人类围坐在火光前都谈论着什么看起来似乎非常重要。人类学家波利·维斯那对地球现存的狩猎部族的谈话做了记录，发现日间谈话与夜间围火谈话的内容差距非常大，日间人们多谈论实际的话题，而到了晚上，在闪烁的篝火前，人们放松了下来，谈

---

① （宋）朱熹：《诗集传》，凤凰出版社，2011，第3页。
② 周兴泰：《中西诗歌叙事传统比较论纲——兼及中国文学抒情叙事两大传统共生景象的探讨》，《中国比较文学》2018年第2期。

话的主题变为了讲故事，故事的内容多以男性的捕猎与英勇探险有关。①
这一重大发现，似乎揭示了叙事传统的真正起源，那便是始自原始人类围
坐于篝火前讲故事的经历。"正如伊丽莎白·马歇尔·托马斯在她2006年
出版的经典著作《古老的方式：第一群人的故事》中讲到的一样，这些故
事基本都是（或曾经是）在实际狩猎经历基础之上演绎出来的神话般的情
节。在人群聚集之时，人们用特殊的语调一遍又一遍地重复着这些故事，
如吟诵一般。"②《荷马史诗》也是源自由行吟诗人们口口相传的英雄神话
故事，这种叙事方式影响了一代代诗人，是西方诗歌叙事传统的真正源
头，与孕生于农耕文明的中华传统文明造就的诗歌传统形成了鲜明的
对照。

先民口耳相传的神话故事影响着西方文明的发展，人们用这一思维方
式观照着自己生活的世界中周遭的事物，这不但影响了诗歌的风格，也影
响了人们对诗歌创作的理解。受神话传统的影响，先哲们将诗人的灵感归
功于诗神的恩赐，将像荷马一样杰出的天才诗人视作上天的礼物，也是理
所当然被普遍接受的事实。亚里士多德在《诗学》中将史诗称为用叙述体
和韵文来模仿的艺术，"显然，史诗的情节也应该像悲剧的情节那样，按
照戏剧的原则安排，环绕着一个整一的行动，有头、有身，有尾，这样它
才能像一个完整的活东西，给我们一种它特别能给的快感"③，亚里士多德
认为史诗应该像戏剧那样，用完整的情节引起审美的快感。"荷马是值得
称赞的，理由很多，特别因为在史诗诗人中唯有他知道一个史诗诗人应当
怎么样做"④，那就是少用自己的身份说话，让各具特殊性格的角色去说
话。继荷马史诗之后，古罗马史诗维吉尔的《埃涅阿斯纪》、英格兰史诗
《贝奥武甫》、法兰西史诗《罗兰之歌》、但丁的《神曲》、约翰·弥尔顿

① 参见［美］爱德华·威尔逊：《创造的本源》，魏薇译，浙江人民出版社，2018，第
12—22页。
② ［美］爱德华·威尔逊：《创造的本源》，魏薇译，浙江人民出版社，2018，第22—
23页。
③ ［古希腊］亚里士多德：《诗学》，罗念生译，上海人民出版社，2017，第96页。
④ ［古希腊］亚里士多德：《诗学》，罗念生译，上海人民出版社，2017，第100页。

的《失乐园》、拜伦的《唐·璜》、歌德的《浮士德》等叙事诗歌，共同构成了西方诗歌的叙事传统。

黑格尔认为："史诗以叙事为职责，就须用一个动作（情节）的过程为对象，而这一动作在它的情境和广泛的联系上，须使人认识到它是一个与一个民族和一个时代的本身完整的世界密切相关的意义深远的事迹。"[①] 史诗的叙事性把一个民族精神的全部世界观和客观存在具体化、对象化，黑格尔对史诗的论述将其提升到了哲学的高度。史诗一方面体现了人类精神深处的宗教意识，一方面反映了一个民族政治、家庭、物质生活的具体客观存在方式。史诗通过个别人物的塑造，将以上这一切普遍而具有实体性的东西活生生地体现出来，不单单是叙述一个具有戏剧性的故事，而是把现实生活的本质和各个特殊因素都带到意识里来，当然还包括抒情诗的情调。在浪漫主义时期，叙事诗的抒情色彩逐渐强烈，呈现出叙事与抒情相融合的局面，我们以浪漫主义诗人华兹华斯的一节诗为例，试做分析。

Earth has not anything to show more fair：

Dull would he be of soul who could pass by

A sight so touching in its majesty：

This City now doth like a garment wear

The beauty of the morning；silent，bare，

Ships，towers，domes，theatres，and temples lie

Open unto the fields，and to the sky；

All bright and glittering in the smokeless air.

——William Wordsworth "Composed upon Westminster Bridge"[②]

---

① ［德］黑格尔：《美学》第三卷下册，朱光潜译，商务印书馆，2017，第107页。
② ［英］华兹华斯：《华兹华斯诗选》，杨德豫译，外语教学与研究出版社，2012，第170页。

译文：

大地再没有比这儿更美的风貌：

若有谁，对如此壮丽动人的景物

竟无动于衷，那才是灵魂麻木；

瞧这座城市，像披上一领新袍，

披上了明艳的晨光；环顾周遭：

船舶，尖塔，华屋，剧院，教堂，

都寂然、坦然，向郊野、向天穹赤露，

在烟尘未染的大气里粲然闪耀。

——华兹华斯《威斯敏斯特桥》①

　　华兹华斯的这首诗与前文中杜甫的抒情诗《旅夜书怀》颇有几分相似，例如都含有船只、郊野、天空等审美意象，也都是诗人对眼前景象和所处环境的感发。《旅夜书怀》写景，字字透露着诗人悲凉孤寂的心境，每一个画面都充满诗人哀伤的情感与孤苦无依的心境，诗人将自己的情感与自然景致融为一体，将抒情诗的特质淋漓尽致地表达了出来。《威斯敏斯特桥》对于景物的书写则多了几分叙事的意味，诗人更像是以旁观者的身份在描述自己在威斯敏斯特大桥上远眺清晨的伦敦城之所见。晨光为这座城市披上了明艳的新衣，船舶、尖塔、华屋、剧院、教堂祖卧在大地上，一切都那么恬静、庄重、优雅、动人，诗人的语言朴实无华，表达的情感细腻、舒缓，兼具叙事与抒情两种风格，并逐渐向抒情风格演进。然而十分有趣的是，西方现代派诗歌却开始向中国古典诗歌寻求启发，特别是从"象征主义"诗派开始，在以庞德为代表的"意象派"诗歌中达到了顶峰，诗人们开始追求努力抒写精神生活并与以抒情特色著称的中国古代文学艺术有着神奇的相似。与此同时，中国现代文学也出现了向西方文艺理论靠拢的趋势，特别是"五四"新文学革命运动之后，新诗多是师自于

---

① 转引自［美］宇文所安：《中国传统诗歌与诗学世界的征象》，陈小亮译，中国社会科学出版社，2015，第2页。

西方浪漫派，"双水分流千年，一旦风云际会，遂生陌路相逢之遇合，演变出一代新诗的大悲大喜"①。

第三节　写实与虚构的诗歌风格

《论语·雍也》子曰："质胜文则野，文胜质则史。文质彬彬，然后君子。"② 古人所言之文与质就是我们今天所说的形式与内容，无论是尚文轻质还是尚质轻文的观点都稍显片面，孔子提出的文质并重、形式与内容相统一的观点被认为是更有普遍客观性的。"彬彬"是文质相半之貌，后人把孔子关于人之内在修养与外在礼节需统一的观点引入到文学写作理论中，提出了文质需相称的观点。形式与内容的统一决定了作品的真实性，《礼记·乐记》言："是故情深而文明，气盛而化神，和顺积中，而英华发外，唯乐不可以为伪"③，文章贵在求真，以真景道真情与真意，从而达到以形写神、形神兼具的美妙境界。丰富多彩的希腊神话是孕育希腊文明的丰厚土壤，神话不仅与美学、哲学中的许多观念的形成有关，而且与艺术创作、审美意识的形成尤为密切。希腊文明的第一个产儿是名为荷马的一系列诗人，荷马诗现存的形式是被比西斯垂塔斯带给雅典的（他在公元前560年至527年执政），"从他那时以后，雅典的青年就背诵着荷马，而这就成为他们教育中最重要的部分"④。宏大奇幻的叙事史诗对西方诗学、文学的发展方向和审美观念都起到了重要的作用，如韦勒克和沃伦在《文学理论》中所言："文学艺术的中心显然是在抒情诗、史诗和戏剧等传统的

---

① 孙绍振：《中国古典诗歌之咏物寄托与西方诗之直接抒情》，《名作欣赏》2012年第4期。
② 程树德：《论语集释》上，程俊英、蒋见元点校，中华书局，2017，第462页。
③ （清）朱彬：《礼记训纂》，水渭松、沈文倬点校，浙江大学出版社，2010，第547页。
④ ［英］罗素：《西方哲学史》上卷，何兆武、李约瑟译，商务印书馆，2016，第10页。

文学类型上。它们处理的都是一个虚构的世界、想象的世界。"①

一、景真、情真、意真

《文心雕龙·物色》言："吟咏所发，志惟深远；体物为妙，功在密附。故巧言切状，如印之印泥，不加雕削，而曲写毫芥。"②《物色》篇在对景物触发作者感兴的机制做了具体说明的同时也指出了对景物描写要"文贵形似"，即注重形貌的逼真，要深入观察风物景色的情态、钻研草木的状貌。刘勰认为"真"是对景物描写的最高要求，"功在密附"就是说抒发情感、描绘景物要达到贴切逼真的程度，巧妙的言辞要配合景物的状貌，就像在印泥上盖的印记，不必多加雕琢，详尽地描绘出景物的细微之处。《诗经》《离骚》描写景物都是抓住了景物的突出特征，因而被后代的作者视为楷模，并争相学习。《诗麈》云："写景之句，以雕琢工致为妙品，真境凑泊为神品，平淡率真为逸品。"③ "明月松间照，清泉石上流"（王维《山居秋暝》）与"松生青石上，泉落白云间"（贾岛《寄山友长孙栖峤》）皆是逸品。"四更山吐月，残夜水明楼"（杜甫《月》）与"柳塘春水漫，花坞夕阳迟"（严维《酬刘员外见寄》）皆是神品。

《庄子·杂篇·渔父》曰："真者，精诚之至也。不精不诚，不能动人。故强哭者，虽悲不哀；强怒者，虽严不威；强亲者，虽笑不和。真悲无声而哀，真怒未发而威，真亲未笑而和。真在内者，神动于外，是所以贵真也。"④ 成玄英疏："夫真者不伪，精者不杂，诚者不矫也，故矫情伪性者，不能动于人"，真正能打动人心的必然是真实的情感。《文心雕龙·情采》云："故情者文之经，辞者理之纬；经正而后纬成，理定而后辞畅。

---

① ［美］雷·韦勒克、［美］奥·沃伦：《文学理论》，刘象愚、刑培明、陈圣生、李哲明译，生活·读书·新知三联书店，1984，第14页。
② （南）刘勰：《文心雕龙》，王志彬译注，中华书局，2015，第524页。
③ 转引自黄侃：《文心雕龙札记》，商务印书馆，2017，第216页。
④ （晋）郭象注，（唐）成玄英疏：《庄子注疏》，曹础基、黄兰发点校，中华书局，2016，第538页。

此立文之本源也"①，情感是文章的经线，文辞是情理的纬线，经线端直纬线才能与之交织相成，所以情理明确文辞才能畅通。这就是文章写作的本源。"夫以草木之微，依情待实，况乎文章，述志为本，言与志反，文岂足征？"② 就连草木一样微小的东西都要依赖于思想情感，更何况是以真情为本书写文章，文与情相一致，文章才能让人信服。王国维《文学小言》云："感情真者，其观物亦真"③；马宗霍《松轩随笔》言："板桥有三绝，曰画、曰诗、曰书。三绝之中又有三真，曰真气、曰真意、曰真趣"④；情真、景真、意真才可称之为诗真，诗真乃有神，有神乃诗家最上乘，方可久远流传。

感兴论与灵感说最大的不同便是没有将创作的灵觉妙悟解释为神秘的迷狂或天才的禀赋，"中国的感兴论一开始便朴素地却又是正确地找到了唯物主义的解释"⑤。感兴论从一开始就把客观事物与诗人情感的遇合作为触发诗人创作的源动力，坚持了唯物主义的原则，也使中国古典诗歌呈现出以真情、真景打动人心的抒情特征。感兴论是中华美学精神的产物，体现出先辈们关于艺术创作主客体之间相互交融、相互感通的观念，造就了中国古典诗歌心物相依、情景互生的独特气质，其审美意象和意境的塑造更是我国古典诗歌得以著称世界诗坛的关键因素。王夫之《姜斋诗话》言："含情而能达，会景而生心，体物而得神，则自有灵通之句，参化工之妙"⑥，对诗人创作的天机与诗歌化工之境的产生作了精确的阐释，也完美地描述了诗人感兴产生的机制，这是我国古典诗歌艺术创作理论独有的瑰宝。王一川先生在《文学理论》中对中国近现代感兴论的发展做了梳理，以梁启超"忽发异兴"说、王国维"无限之兴味"说、鲁迅"创作

---

① （南）刘勰：《文心雕龙》，王志彬译注，中华书局，2015，第368页。

② （南）刘勰：《文心雕龙》，王志彬译注，中华书局，2015，第370页。

③ （清）王国维：《文学小言》，转引自张声怡，刘九州：《中国古代写作理论》华中工学院出版社，1985，第428页。

④ （清）马宗霍：《松轩随笔》，转引自张声怡，刘九州：《中国古代写作理论》华中工学院出版社，1985，第428页。

⑤ 张晶：《审美感兴论》，《学术月刊》1997年第10期。

⑥ 戴鸿森：《姜斋诗话笺注》，上海古籍出版社，2012，第231页。

发自'感兴'"说、宗白华"诗兴勃勃"说、郭沫若"诗兴"说、沈从文"文学兴味"说等为代表，并总结道："在中国古代文论中风光无限的'感兴'，在现代文论的百余年时光里，常常是处在若隐若现状况中。"①但是在 20 世纪下半叶，中国文化传统中特有的文学理论研究开始复苏，许多学者通过与西方文论的比较，发现了"感兴"对于中国现代文论的重要意义。以陈世骧《原兴：兼论中国文学特质》、叶嘉莹《中西文论视域中的"赋、比、兴"》、赵沛霖《兴的源起——历史积淀与诗歌艺术》、王一川《"感兴"传统在现代》等为代表，"感兴"作为中国古代文论中的传统开始被重新认识，并在现代文论中呈现出显性特征，现代文论呼唤"感兴"的回归，呼唤审美观念的返璞归真。

二、虚构、崇高、净化

关于文学艺术与现实世界的关系，柏拉图在《理想国》第十卷做了非常详细的论述。首先，柏拉图将诗的创作分为两种，一种是来自于神灵凭附的迷狂，这种诗人属于第一等的诗人，是诗神的顶礼者；另一种是来于自模仿，这种诗人同其他模仿的艺术家被列为第六等，柏拉图认为在这一等级上的诗人和艺术家是劣等的，因为模仿的艺术不能反映真理。为了他心目中的理想国而服务，柏拉图严厉批判了模仿的艺术的虚假性，尤其是以史诗、悲剧、喜剧为代表的模仿的诗。由于与理式世界隔着三层，所以艺术不过是对理式世界的模仿的模仿，柏拉图认为这种诗作不但没有任何价值还迎合了人类灵魂中低劣的部分。柏拉图强烈指责荷马、赫西俄德等诗人虚构的文学作品，因为他们把英雄人物和神做了丑化，不利于引导和教育青年人。

在文学艺术的教育意义上，亚里士多德并没有柏拉图那么高的要求，他是带着更宽大的心怀和热爱来看待艺术作品。"诗人的职责不在于描述已发生的事，而在于描述可能发生的事，即按照可然律或必然律可能发生

---

① 王一川：《文学理论》，北京大学出版社，2011，第 53 页。

的事。"① 描述已经发生的事是历史家的职责，描述可能发生的事是诗人的职责，所以写诗比写历史更有哲学意味。有些悲剧中只有一两个人们熟悉的人物，其余都是虚构，有些悲剧像阿伽同的《安透斯》，其中的人物和事件完全是虚构，但是仍然受人喜爱。与柏拉图的观点相对立，亚里士多德认为荷马是真正值得称赞的诗人，因为在所有史诗诗人中，只有他知道应当怎么做。"把谎话说得圆主要是荷马教给其他诗人的，那就是利用似是而非的推断。"② 荷马总是有本事把荒诞不经掩饰过去，使人们相信一桩不可能发生的事为可信的事。从此，亚里士多德的诗学理论也成为西方虚构文学理论的源头。因此，想象力便成为诗人和艺术家重要的创造能力。古罗马时期的斐罗斯屈拉图斯是西方文学史上第一位将想象作为艺术创作重要手段的评论家，他认为想象是"用心来创造形象"，想象可以塑造出作家没有看到过的东西，并把这作为现实的标准，"想象却什么都难不倒，它无所惊惧地向自己定下的目标迈进"③。文艺复兴时期，文论家锡德尼吸收了亚里士多德关于虚构的文学理念和斐罗斯屈拉图斯的想象说，反复强调"诗所虚构的形象"，"虚构是可以唱出激情的最高音的"，"在诗里本来只寻求虚构"④ 等。哲学家培根更是对诗的虚构和想象给予了非常高的评价，他认为诗是不受物质规律束缚的想象，"诗或'虚构的历史'之所以给予人的心灵以一些满足，主要由于诗'伪造'了某些比历史更伟大、更英勇、更公正、更符合上帝启示的行为或事件"⑤。在西方现代文论中，"虚构"更是成为用于阐述文学本质的关键词，如韦勒克和沃伦在《文学理论》中所说的："小说、诗歌或戏剧中所陈述的，从字面上说都不是真实的；它们不是逻辑上的命题……甚至在主观的抒情诗中，诗中的'我'

---

① ［古希腊］亚里士多德：《诗学》，罗念生译，上海人民出版社，2017，第45页。
② ［古希腊］亚里士多德：《诗学》，罗念生译，上海人民出版社，2017，第100页。
③ ［古罗马］斐罗斯屈拉图斯：《狄阿那的阿波洛尼阿斯传》，转引自伍蠡甫，翁义钦：《欧洲文论简史》，人民文学出版社，2005，第42页。
④ 《文艺理论译丛》，钱学熙译，1958年第3期，第54—57页，转引自伍蠡甫，翁义钦：《欧洲文论简史》，人民文学出版社，2005，第81—82页。
⑤ 伍蠡甫，翁义钦：《欧洲文论简史》，人民文学出版社，2005，第83页。

也是虚构的、戏剧性的'我'。"①

　　亚里士多德认为史诗与悲剧最根本的相同点是在于情节的整一，针对诗和悲剧的创作而言其情节应该完整，而对于诗和悲剧情节的效果而言要能引起恐惧和怜悯之情并且使情感得到净化。亚里士多德认为史诗和悲剧可以使人心生怜悯之情，从而自我反省，使情感得到净化、宣泄和陶冶。所谓灵魂的净化被诗人弥尔顿描绘为："心如平镜，激情荡然"②，即激情褪去后的解脱，心灵最终达到一种凝神观照的崇高境界。朗吉努斯将慷慨激昂的热情和创造性的想象视为崇高的重要思想源泉，"天才不仅在于能说服听众，且亦在于使人心荡神驰。凡是使人惊叹的篇章总是有感染力的，往往胜于说服和动听。因为信与不信，权在于我，而此等篇章却有不可抗拒的魅力，能征服听众的心灵"③。朗吉努斯认为创造性的想象才是真正的想象，创造性的想象才能创作出庄严、崇高、雄浑的风格，使文章具有不可抗拒的感染力。锡德尼给诗体悲剧以崇高的赞美，因为悲剧可以"揭开那最大的创伤，显出那为肌肉所掩盖的脓疮……使帝王不敢当暴君……暴君不敢暴露他们的暴虐心情"④。锡德尼认为诗人通过虚构的情节把一般的概念和特殊的例子相结合，做到了道德家应该做的事，"作为艺术，诗不在说谎而是表达真知灼见，它排出萎靡，英勇奋发；人们也许会说，柏拉图不应该驱逐诗人，而应该对他尊重；其实'柏拉图只是驱逐滥用而不是驱逐被滥用的东西'"⑤。诗中的合理虚构可以使作品产生惊奇感，以引起听众心底的崇高感和怜悯之情，从而使情感得到净化和宣泄。贺拉斯《诗艺》言："当人类尚在草昧之时，神地通译——圣明的俄耳甫

---

①　[美]雷·韦勒克、[美]奥·沃伦：《文学理论》，刘象愚、刑培明、陈圣生、李哲明译，生活读书新知三联书店，1984，第14页。

②　[英]弥尔顿：《力士参孙》，转引自范明生：《西方美学通史》第三卷，上海文艺出版社，1999，第95页。

③　[古希腊]朗吉努斯：《论崇高》，钱学熙译，《文艺理论译丛》，人民文学出版社，1958年第2辑，第109页。

④　《文艺理论译丛》，钱学熙译，1958年第3期，第65页，转引自伍蠡甫，翁义钦：《欧洲文论简史》，人民文学出版社，2005，第80页。

⑤　伍蠡甫，翁义钦：《欧洲文论简史》，人民文学出版社，2005，第81页。

斯——就阻止人类不使屠杀，放弃野蛮的生活……其后，举世闻名的荷马和堤尔泰俄斯的诗歌激发了人们的雄心奔赴战场。神的旨意是通过诗歌传达的；诗歌也指示了生活的道路"①，诗人和诗歌都是神圣无比的，人们也不必为追随诗神和歌神阿波罗而感到可羞。西方文学起源于虚构，虚构拥有崇高和伟大的力量，使人类走出愚昧、拥有勇气、得到慰藉，这一传统贯穿了西方文学的发展历程，其本身的意义远远超越了对文学本质是虚构抑或真实的讨论。

---

① ［古罗马］贺拉斯：《诗艺》，杨周翰译，人民文学出版社，1982，第110—111页。

结　语

　　"东海有圣人出焉，此心同也，此理同也。西海有圣人出焉，此心同也，此理同也。南海北海有圣人出焉，此心同也，此理同也。千百世之上至千百世之下，有圣人出焉，此心此理，亦莫不同也。"① 寻找异质文化中的"共见"与"共识"不仅是文学研究的重要方法，也是不同文化中文学现象的互补、互识与互鉴，由此建立起来的不同文化系统、文学传统之间平等与有效的对话关系使人类文化交流的种子生根发芽、枝繁叶茂，也为本国优秀传统文化的传播起到了重要推动作用。作为中西古典诗学理论中的一对重要概念，感兴与灵感虽然是一对古老的命题，但经过历代文论家、诗人、艺术家的诠释，它们的概念愈加丰富，含义也愈加深刻。诗学创作理论中的感兴与灵感不但揭示了诗文创作背后深奥的秘密，更代表着创作过程中诗人的运思方式与情感体验，由此形成的两种传统，分别代表着两种创作思维模式和观照世间万物的方式，并深深地影响着中西诗歌的审美特征与体裁、风格的形成。在诗学对话中，我们可以认识到两种创作思想所蕴含的文化基因差异，并且为更好地探寻民族文化心理结构与艺术表现形式的关系奠定了基础。

　　兴与迷狂所代表的早期民族文化心理特征是感兴论与灵感说产生的重要基础，在二者的互相阐释当中我们看到了诗歌艺术萌生之初那没有文明矫饰的人类情感野蛮、天然的直接体现。野蛮但是虔诚，热烈却又严谨的原始巫术礼仪活动正是后世歌、舞等艺术形式的起源，凝聚着人们热烈而

---

① 　（宋）陆九渊：《陆九渊集》，中华书局，1980，第483页。

虔诚的情感和信仰。然而这一情感体验在中西文化发展的进程中却衍生出两条截然不同的路线，在我国古代，周人敬德尊礼，开创了以礼治为核心的文化传统，儒家诗教下的兴代表着诗的敦厚与儒雅，迷狂的基因却没有得到削弱反而呈现出更强烈的自主性和自由性，并且在西方两千多年的文艺历史中一直延续着。经学传统中对兴的阐释往往注重诗的功用，"以善物喻善事"，于是诗者托事于物、即物起兴，兴的阐释中就已经暗藏着感兴论中物我冥合的意蕴。以迷狂为标志的酒神精神逐渐褪去了宗教的外衣演变为了艺术形式，酒神的祭祀成为伟大的悲剧艺术的起源，人们强烈的情感没有消逝，一直延续在后世的艺术作品之中，继续影响着艺术作品的形式与风格。兴与迷狂不但是感兴论与灵感说的缘起，也代表着早期中西方艺术的发端和具有相似特征的民族文化心理，并对中西古典诗歌的审美标准、风格特征、体裁形式的形成起到了不可估量的重要影响。

　　感物与模仿作为诗歌创作主体与创作客体存在模式的两种形式，代表着中西诗学创作理论中诗人对世间万物的观照方式。建立在心物交融基础之上的物感说是感兴论的灵魂，这一诗歌创作的内在心理机制也体现了我国古典哲学思想中天人合一、物我为一的境界与美学理念。灵感说中，不朽的灵魂从前生带来的回忆是灵感的另外一个来源，这种回忆是不朽的灵魂照见至高的理式之后的记忆，尘世中的美召唤起了诗人曾经见识过的理式世界的真美。对至高的理式世界的赞美和对不确定的现象世界的蔑视是柏拉图模仿说的理论核心，这也在很大程度上影响了西方诗歌创作思维中主体对客观事物的观照方式。亚里士多德为现象世界的真实性做了辩护，将模仿的理论从模仿自然引向超越自然，然而并没有改变西方自然诗歌中创作主体与客体的层级关系。西方自然诗中本体与喻体所体现的层级关系是中西自然诗在本质上的重要区别之一，在中国传统自然诗中本体与喻体是没有明显的区分而浑然无迹的。感物与模仿的诗歌创作模式分别受到中西哲学思想中以合为美、以理式为真的深刻影响，感物抒怀的书写方式也决定了中国古典诗歌的抒情特质，这与西方带有浓厚叙事特征的诗歌风格形成了鲜明的对比。

　　神思与想象是感兴论与灵感说中含义最为接近的两个重要组成部分，它们代表着诗人创作过程中思维最为活跃的阶段，也是诗人将心理形象转化为语言作品的主要手段。虽然中国古代文论中，神思的含义远不止于想象，但是从诗学创作思维的角度，二者具有许多共同点，其中最为关键的就是它们都是指诗人将客观形象转化为艺术形象的能力。神思是诗人兴感产生之后的第二个阶段，也是诗歌意象与意境形成的关键阶段，在这一阶段诗人在客观物象的感召下尽情发挥想象力，可以超越时空的限制，在偶然之中诞生了佳句。而西方艺术想象理论则遗传了灵感说所留下的神秘色彩，尽管如此，艺术家们也越来越深刻地意识到想象力实际上来源于客观现实的启示，但是幻想则拥有无尽的发挥空间，想象论以艺术家愉悦的审美心境为基础，而神思则注重虚静的审美心境的维护。此外，神思与想象塑造审美意象的方法与手段也有很大的区别，中国古典诗歌中的审美意象讲究的是言有尽而意无穷的境界，讲究意象的浑然天成与不着痕迹，以比、兴为主要作诗方法；而西方想象论更强调韵律与隐喻技巧的结合，诗歌韵律带来的轻巧和优美与隐喻手法造就的富有生命感的话语是塑造诗歌审美意象的主要方法。此外，比兴手法与隐喻技巧也有着惊人的相似，它们都能使平淡朴实的客观事物变得生动活泼，是诗人们精巧的发明，也是一切原始的诗性民族所必用的表现方式。

　　才学观与天才论主要探讨的是诗人自身的天赋与后天学识的积淀，也将感兴论与灵感说引向了最终的理论归宿。凡是出色的诗人与作家都被视为富有灵气的天赋之才，天生的才华、才气更被视为是具有创造性的本源力量，是普通之才所不能获得的，所以作诗的才能并不能够通过学习而获得，但是又离不开学识的给养。无识者，不能知古来作者之意，也不能知其何所兴感、触发而为诗。叶燮的才学观将审美主体素养的重视融合在触物以起情的感兴机制中，使感兴论有了更高的理论归宿。康德天才论将创作的才能视为自然的禀赋，在一定程度上也忽视了后天努力在艺术创作中的作用，但是天才需要鉴赏力与判断力来作为纪律，以使天才得到教养与磨砺。黑格尔的天才论则为天才之于艺术创作做出了科学的解释，将灵感、想象、天才纳入到了一个有机的整体，对艺术创作的思维过程做了客观、系统的归纳，也为灵感说找到了一个完美的理论归宿。天才是与生俱来的禀赋与教育、文化修养和勤勉共同塑造的，它与想象和技巧作为艺术家的能力一起构成了人们所说的灵感。

在才学观与天才论的诗学对话中，感兴与灵感的诗学创作理论也找到了最终的理论归宿，诗文的创作是兴感、禀赋与学识、规则相互作用的结果。两种诗学创作理论分别来源于不同的文化传统，也造就了不同的诗歌风格与诗学传统，这在艺术表现形式与艺术审美鉴赏上尤为明显。感兴论所代表的物我合一的创作境界正是天人合一、以和为美的民族文化传统的印证；感物而动在根本上是以情为本，体现在诗文中造就了中国传统诗歌的抒情特质；真实的情感要通过真实的景物来传达，于是情真、景真、意真就成为中国古典诗歌写实风格的源头。与之相对应，西方古典诗创作诉诸祈求灵感，这一传统实质上源自古典神话与史诗中对诗神的赞美，也使西方诗歌呈现出了叙述性强与虚构色彩浓烈的风格，并深深影响了西方文艺思想的发展。在感兴论与灵感说的诗学对话中，我们从四个主要方面进行了论述，它们分别代表着两种创作理论的主要理论线索，在两种思想的互识与互鉴中，我们对中西诗学中的两个重要概念有了更深刻的认识，并且意识到了两种创作理论所产生的诗学影响、所造就的不同诗学传统，然而这两种传统在现代文学发展历程中却出现了戏剧性的反转，从而演变出一代新诗的大悲大喜。

探寻思想意识的起源，曾经是人文学科的专属，但伴随着心理学、脑科学的兴起，人们对创作思维有了更全面的认识，其中弗洛伊德功不可没，他的无意识论虽然曾经备受争议，但在现代科学技术对创造思维本源的探索中得到了有力的证明。人文与科学的结合为探究人类创造本源提供了新的视角，同时也可以为艺术创作带来新的动力。

"意志不但是自由的，而且甚至是万能的。从意志出来的不仅是它的行为，而且还有它的世界；它是怎样的，它的行为就显为怎样的，它的世界就显为怎样的。"① 叔本华在《作为意志和表象的世界》中提出了"世界是我的意志"，他认为"意志"是世界的内在内容、是世界的本质，可见的世界中的一切现象只不过是意志的镜子。其无意识的"意志"学说也是弗洛伊德心理分析学说中"无意识的思维活动"的蓝本。弗洛伊德心理分析学说以"无意识的唯本能论"为核心，强调无意识的思维活动对科学、文艺创作来说具有重大的意义。因过分强调无意识的本能作用，弗洛伊德关于文艺创作的思想也受到了许多质疑，许多哲学家、艺术家和文学家反对他把文艺创作简单化、片面化，甚至庸俗化。

继康德的天才论之后，许多理论家对文艺创造的心理学研究做了重要探索，将"意志"与"意识"等概念与艺术作品的创造密切联系起来。谢林在《超验主义理想体系》中说道："一般称作艺术的东西……即那种通过意识、意志和思考来实践，既可以教也可以学的东西"，也包括那种不能"通过应用或其他方式而获得，只能作为自然的赐予礼物而继承的东西"。② 谢林对于文艺创作半心理学、半形而上学的解释也使变幻莫测的"意识"这个概念成为文艺创作心理学中一个重要部分。席勒在给歌德的信中对谢林观点做了解说，他认为："诗人完全是从无意识开始一切的……所谓诗，就存在于表现和传达那种无意识的能力之中，也就是说，使它体现于某个对象……无意识和意识合在一起，就构成了诗歌艺术家。"③ 歌德曾在1829年向埃克曼讲道："人是一个糊涂的生物；他不知从何处来，往何处去；他对这个世界，而首先是对于自己，所知甚少。"④ 歌德的作品也曾给弗洛伊德以启示，弗洛伊德知道无时不在的"无意识"不足以解释创造这个复杂的过程，它让人捉摸不定。正如本杰明·纳尔逊在《论创造力

---

① ［德］叔本华：《作为意志和表象的世界》，石冲白译、杨一之校，商务印书馆，2016，第371页。
② ［美］M. H. 艾布拉姆斯：《镜与灯：浪漫主义文论及批评传统》，郦稚牛、张照进、童庆生译，北京大学出版社，2015，第242页。
③ ［美］M. H. 艾布拉姆斯：《镜与灯：浪漫主义文论及批评传统》，郦稚牛、张照进、童庆生译，北京大学出版社，2015，第243页。
④ ［奥］弗洛伊德：《论创造力与无意识》，孙恺祥译，罗仁达校，中国展望出版社，1986，第17页。

与无意识》序言中所讲："弗洛伊德渴望给人的自我认识增添一点知识。为了达到这一目的，他奋斗着探测无意识的深渊，攀登创造力的高峰。在征程中他偶然得到了一种暗示：靠探测深渊的办法来登上高峰。就这样，他开创了命中注定的苦难历程，我们至今还在走着他所开创的路。"[①] 的确如此，现代科学在对大脑的运行机制进行探测时证实了弗洛伊德伟大的猜想。"弗洛伊德做出的了不起的推测是，意识思维不过是冰山之尖，人的头脑是以无意识思维为基础的。"[②] 马里安诺·西格曼博士认为运用现代科技手段，思想的工厂已经失去了它的神秘性，只要技术适当，无意识思维在大脑里的运作过程就可以被记录、重构、投射，因此，我们如今真的能看到无意识。然而无意识的作用究竟有多么强大呢，马里安诺·西格曼在《决策的大脑》中做了总结："1. 几乎所有的心理活动都是无意识的。2. 无意识是我们的行为的真正动力。3. 有意识的头脑继承并在一定程度上控制来自无意识的火花。因此，意识就不是我们（有意识的）行为的真正发起者。但是，它至少有能力编辑、调节、审查他们。"[③] 这也就为所谓神秘莫测的"灵感"找到了真正的科学依据，它其中确实包含着无意识的变幻莫测，也有着意识的理性控制。弗洛伊德认为诗人的创作素材源自白昼梦，马里安诺·西格曼也认为创造性的思维源自梦境，但是要做一个有创造性意义的梦并不那么简单，它与知识的储备、努力、天赋密不可分。如果拥有现代的技术手段，弗洛伊德便不会在黑暗中苦苦摸索了，就连梦境也可能被可视化，就如同放电影一样，在不远的将来人们也可能观察到深藏在无意识最偏远的角落里的思想。

　　"灵感"一词自二十世纪初传入后在我国文坛引起了不小的反响，也许是因为它洋气时髦，也许是因为它精练地概括了创作的灵觉妙悟，当时

---

① ［奥］弗洛伊德：《论创造力与无意识》，孙恺祥译，罗仁达校，中国展望出版社，1986，第17页。

② ［阿］马里安诺·西格曼：《决策的大脑》，刘国伟译，中信出版集团，2018，第98—99页。

③ ［阿］马里安诺·西格曼：《决策的大脑》，刘国伟译，中信出版集团，2018，第102页。

的文人每每谈到文学创作便离不开谈论灵感。首先将灵感与感兴等同起来的是鲁迅，"至于所谓文章也者，不挤，便不做，挤了才有，则和什么高潮的'烟士披里纯'（灵感的音译）呀，创作'感兴'呀之类不大有关系"①，鲁迅在此是抨击时人对灵感一词的曲解和滥用。郭沫若曾对灵感做了较为客观的解释："灵感这东西到底是有没有呢？如有，到底是需要不需要呢？在我看来是有的，而且也很需要。不过这种现象并不是什么灵魂附了体或是所谓'神来'，而是一种新鲜的观念，突然使意识强度集中了一种新鲜观念而又累积地增强着意识的集中的那种现象。这如不十分强烈的时候，普通所谓诗兴，便是这种东西。如特别强烈可以使人作寒作冷，牙齿发战，观念的激流如狂涛怒涌，应接不暇。"② 郭沫若认为灵感不是什么神来，而是意识的突然、强烈的集中，并且认为灵感就是普通所谓诗兴，只不过诗兴更为含蓄。此后，大多数文论家在谈及灵感问题时都带有慎重、理性的倾向，认为客观生活才是文艺创作的源泉。

　　1977 年英国文论家奥斯本发表了《论灵感》一文，经译介后在文学领域引起了热议，灵感之于艺术创作中那不可言说的奥妙又开始得到重视。1980 年钱学森发表了《关于形象思维问题的一封信》，其关于灵感思维的论述在文学界引起了轰动。钱学森认为人的思维不限于形象思维和抽象思维，"灵感"是一种不同于二者的思维形式，它是文艺工作者和科技工作者在创造过程中所必需的。灵感的显现为时短暂，瞬息即过，它是一种综合性的思维，所以研究思维科学要用自然科学中实验、分析和系统的方法，而不是自然哲学中思辨的方法。"所以说要脑神经解剖学家、脑神经生理学家、心理学家、计算机专家、人工智能专家、语言学家、逻辑学家、哲学家……等的集体努力。"③ 灵感思维的提出，大大推动了将灵感作为一种学科加以独立研究，进一步揭示了灵感与文学创作的真实关系。1985 年，美籍华裔物理学家、诺贝尔物理学奖获得者杨振宁博士作了题为

---

① 鲁迅：《鲁迅全集·第三卷》，人民文学出版社，2005，第 160 页。

② 郭沫若：《诗歌底创作》，转引自王一川：《文学理论》，北京大学出版社，2011，第 59 页。

③ 钱学森：《关于形象思维问题的一封信》，《中国社会科学》1980 年第 6 期。

《灵感与创造》的演讲。"杨振宁博士说，文学艺术家，有时会因灵感的触发，创造出不朽的作品。而科学家的发明创造，也和文学家或艺术家的创作一样，是需要灵感的。所谓灵感，是一种顿悟，在顿悟的一刹那间，能够将两个或两个以上以前从不相关的观念串连在一起，借以解决一个搜索枯肠仍未解的难题，或缔造一个科学上的新发现。"① 陶伯华、朱亚燕所著的《灵感学引论》是系统研究灵感学的一本综合性著作，通过对著名灵感案例的分析，阐述了灵感激发系统的一般模式、基本过程、主要机制，并综合了心理学、创造学和思维科学等领域的相关研究方法，对灵感思维的研究具有重要的参考价值。

科学与人文的结合不但可以解释文艺创作的来源，也是未来文艺创作的动力和生长点，特别是在人文学科式微的今天。爱德华·威尔逊在《创造的本源》中说道："未来会不会出现知识分子的英雄年代？我敢肯定，一定会，而且很可能出现在将科学发现和人文创新与思考融为一体的全新边界学科之中。"② "人们不会忘记在古代科学曾是人文学科身边嗷嗷待哺的孩子，那时的科学被称作'自然哲学'"，然而在现代，"脑科学和人工智能领域的领导者已经开始寻找思想和精神的起源，而这个领域曾经是人文学科的专属"③。而如今想要振兴人文学科和文艺创作，必然要借助科学的力量。我们不会忘记自然曾经给文艺创作带来了无穷的灵感，但随着科学技术的进步，人们的注意力逐渐转向了充满惊奇的未知领域。在人类感知范围以外，就存在着无限的创意空间，"在视觉能力上，人类只能感受到光这一种粒子。更具局限性的是，人眼感光细胞只能察觉出电磁波谱中极其微小的一段"④。也就是说，如果我们能够拥有更强大的感光细胞，那

---

① 陶伯华、朱亚燕：《灵感学引论》，辽宁人民出版社，1987，第293页。
② ［美］爱德华·威尔逊：《创造的本源》，魏薇译，浙江人民出版社，2018，第178页。
③ ［美］爱德华·威尔逊：《创造的本源》，魏薇译，浙江人民出版社，2018，第70—72页。
④ ［美］爱德华·威尔逊：《创造的本源》，魏薇译，浙江人民出版社，2018，第57页。

么就可以拥有如蝴蝶一般的视觉，从而看到更丰富多彩的世界。同样，人类的听觉、嗅觉与自然界的动物天才相比都要逊色许多，如果人类可以借助科学手段，去探测那个真实存在的世界，让听觉、视觉、嗅觉等感觉器官与自然界发出的信号彼此相感通，那么人类将充满无穷的艺术创造力。借助科学技术，我们可以看清这个真实的生命世界，了解真实的色彩、气味和声音。对这个扑朔迷离世界的真实存在形式进行探索，了解它原本存在的样子，不但为艺术创作提供了更广阔的空间也可以为人文学科的研究注入新的力量。

参考文献

一、中文类

（一）古籍

1. （汉）司马迁：《史记》，中华书局，1959。

2. （清）彭定求等编：《全唐诗》，中华书局，1960。

3. （南）萧子显：《南齐书》，中华书局，1974。

4. （唐）孔颖达疏：《尚书正义》，《十三经注疏》，中华书局，1977。

5. （唐）裴敬，王琦注：《翰林学士李公墓碑》，《李太白全集》卷31附录，中华书局，1977。

6. （清）刘熙载：《艺概》，上海古籍出版社，1978。

7. （唐）孔颖达等：《礼记正义》，《十三经注疏》，中华书局，1980。

8. （宋）陆九渊：《陆九渊集》，中华书局，1980。

9. 郭绍虞：《清诗话续编》，上海古籍出版社，1983。

10 赵幼文：《曹植集校注》，人民文学出版社，1984。

11. （晋）陆机，张少康集释：《文赋集释》，上海古籍出版社，1984。

12. （清）王继培笺，彭铎校正：《潜夫论笺校正》，中华书局，1985。

13. （宋）黎靖德编，王星贤点校：《朱子语类》，中华书局，1986。

14. 陈鼓应：《老子注译及评介》，中华书局，1988。

15. 王先谦集解，王星贤点校：《荀子集解》，中华书局，1988。

16. 黄晖编撰：《论衡校释》，中华书局，1990。

17. 王利器：《颜氏家训集解》，中华书局，1993。

18. 李道平，潘雨廷点校：《周易集解纂疏》，中华书局，1994。

19. （汉）许慎撰，（清）段玉裁注：《说文解字注》，江苏广陵古籍刻印社，1997。

20. 陈铁民：《王维集校注》，中华书局，1997。

21. （清）严可均辑：《全后汉文》，商务印书馆，1999。

22. （清）袁守定：《谈文》，《四库未收书辑刊：第六辑第 12 册》，北京出版社，2000。

23. 张志聪集注：《黄帝内经素问集注》，浙江古籍出版社，2002。

24. 杨天宇：《礼记译注》，上海古籍出版社，2004。

25. （汉）司马迁，韩兆琦评注：《史记》，岳麓书社，2004。

26. 丁福保辑：《历代诗话续编》，中华书局，2006。

27. （清）袁枚，雷芳注译：《随园诗话》，崇文书局，2007。

28. 楼宇烈：《王弼集校释》，中华书局，2009。

29. （清）朱彬撰，沈文倬、水渭松点校：《礼记训纂》，浙江大学出版社，2010。

30. 张宗祥、郑绍昌：《论衡校注》，上海古籍出版社，2010。

31. （晋）慧远：《沙门不敬王者论·形尽神不灭第五》，《弘明集》卷 5，《大正藏》第 2102 号，第 52 册，线装书局，2010。

32. （南）宗炳：《明佛论》，《弘明集》卷 2，《大正藏》第 2102 号第 52 册，线装书局，2010。

33. （宋）朱熹：《诗集传》，凤凰出版社，2011。

34. 王世舜、王翠叶译注：《尚书》，中华书局，2012。

35. （汉）班固，（唐）颜师古注：《汉书》，中华书局，2012。

36. （南）刘勰，王志彬译注：《文心雕龙》，中华书局，2012。

37. （明）薛蕙：《升庵诗序》，《考功集》卷 10，影印《文渊阁四库全书》第 1272 册，北京出版社，2012。

38. 戴鸿森：《姜斋诗话笺注》，上海古籍出版社，2012。

39. （清）叶燮，霍松林校注：《原诗》，人民文学出版社，2012。

40. （清）薛雪，杜维沫校注：《一瓢诗话》，人民文学出版社，2012。

41. （清）沈德潜，霍松林校注：《说诗晬语》，人民文学出版社，2012。

42. 程树德撰，程俊英、蒋见元点校：《论语集释》，中华书局，2013。

43. （汉）王逸章句，（宋）洪兴祖补注：《楚辞章句补注》，岳麓书社，2013。

44. 陈广忠译注：《淮南子》，中华书局，2013。

45. （晋）葛洪，张松辉译注：《抱朴子内篇》，中华书局，2013。

46. （战国）荀况，（唐）杨倞注，耿芸标校：《荀子》，上海古籍出版社，2014。

47. （南）钟嵘，杨焄译注：《诗品译注》，上海三联书店，2014。

48. 朱高正：《易传通解》，华东师范大学出版社，2015。

49. （汉）董仲舒，苏舆撰，钟哲点校：《春秋繁露义证》，中华书局，2015。

50. 戴明扬：《嵇康集校注》，中华书局，2015。

51. （唐）遍照金刚撰，卢盛江校考：《文镜秘府论汇校汇考》，中华书局，2015。

52. （宋）严羽，陈超敏评注：《沧浪诗话》，北京联合出版公司，2015。

53. 程俊英、蒋见元著：《诗经注析》，中华书局，2016。

54. （战国）庄子，（晋）郭象注，（唐）成玄英疏：《庄子注疏》，中华书局，2016。

55. （战国）屈原，林家骊译注：《楚辞》，中华书局，2016。

56. （汉）董仲舒，张世亮、钟肇鹏、周桂钿译注：《春秋繁露》，中华书局，2017。

57. 黄侃：《文心雕龙札记》，商务印书馆，2017。

58. 陈广宏、侯荣川：《明人诗话要籍汇编》，复旦大学出版社，2017。

59. （清）何文焕辑：《历代诗话》，中华书局，2017。

60. （南）刘勰，范文澜注：《文心雕龙注》，人民文学出版社，2018。

61. 曹旭：《诗品集注》，上海古籍出版社，2018。

62. （清）王夫之等撰，丁福保辑：《清诗话》，上海古籍出版社，2018。

（二）专著

1. 伍蠡甫：《西方文论选》，上海译文出版社，1979。

2. 《外国理论家 作家论形象思维》，中国社会科学出版社，1979。

3. 鲁迅：《摩罗诗力说》，天津人民出版社，1982。

4. 李泽厚：《美的历程》，文物出版社，1982。

5. 郭沫若：《卜辞通纂》，中国社会科学出版社，1983。

6. 汤用彤：《汤用彤学术论文集》，中华书局，1983。

7. 张少康：《中国古代文学创作论》，北京大学出版社，1983。

8. 刘若端编：《十九世纪英国诗人论诗》，人民文学出版社，1984。

9. 王元化：《文心雕龙创作论》，上海古籍出版社，1984。

10. 张声怡、刘九州：《中国古代写作理论》，华中工学院出版社，1985。

11. 俞剑华：《中国画论类编》，人民美术出版社，1986。

12. 屈万山：　《赫拉克利特著作残篇评注》，陕西师范大学出版社，1987。

13. 陶伯华、朱亚燕：《灵感学引论》，辽宁人民出版社，1987。

14. 赵沛霖：《兴的源起——历史积淀与诗歌艺术》，中国社会科学出版社，1987。

15. 陈世骧：《陈世骧文存》，辽宁教育出版社，1988。

16. 陈燊、郭家申：《西欧美学史论集》，中国社会科学出版社，1989。

17. 张光直：《中国青铜时代》，三联书店，1990。

18. 王一川：《审美体验论》，百花文艺出版社，1992。

19. 谢谦：《中国古代宗教与礼乐文化》，四川人民出版社，1996。

20. 蒋孔阳、朱立元：《西方美学通史》，上海文艺出版社，1999。

21. 蒲震元：《中国艺术意境论》，北京大学出版社，1999。

22. 黄霖、吴建民、吴兆路：《原人论》，复旦大学出版社，2000。

23. 彭锋：《诗可以兴——古代宗教、伦理、哲学与艺术的美学阐释》，安徽教育出版社，2003。

24. 朱志荣：《康德美学思想研究》，安徽人民出版社，2004。

25. 伍蠡甫、翁义钦：《欧洲文论简史》，人民文学出版社，2005。

26. 罗贻荣：《走向对话：文学·自我·传播》，中国社会科学出版社，2006。

27. 闻一多：《神话与诗》，天津古籍出版社，2008。

28. 周策纵：《古巫医与"六诗"考——中国浪漫文学探源》，上海古籍出版社，2009。

29. 朱光潜：《诗论》，北京出版社，2011。

30. 赵容俊：《殷商甲骨卜辞所见之巫术》，中华书局，2011。

31. 王一川：《文学理论》，北京大学出版社，2011。

32. 王文生：《诗言志释》，生活·读书·新知三联书店，2012。

33. 张保红：《中外诗人共灵犀：英汉诗歌比读与翻译研究》，上海外语教育出版社，2012。

34. 汪裕雄：《审美意象学》，人民出版社，2013。

35. 蒋复璁、梁实秋编：《徐志摩全集》，中央编译出版社，2013。

36. 朱光潜：《谈美 文艺心理学》，中华书局，2014。

37. 王柯平：《〈理想国〉的诗学研究》，北京大学出版社，2014。

38. 王秀臣：《礼仪与兴象——〈礼记〉元文学理论形态研究》，社会科学文献出版社，2014。

39. 阎国忠：《古希腊罗马美学》，商务印书馆，2015。

40. 李泽厚：《由巫到礼 释礼归人》，生活·读书·新知三联书店，2015。

41. 冯友兰：《中国哲学史》，华东师范大学出版社，2016。

42. 钱锺书：《管锥编》，生活·读书·新知三联书店，2016。

43. 钱锺书：《七缀集》，生活·读书·新知三联书店，2016。

44. 钱锺书：《谈艺录》，生活·读书·新知三联书店，2016。

45. 王瑶：《中古文学史论》，商务印书馆，2016。

46. 张世英：《哲学导论》，北京大学出版社，2016。

47. 乐黛云、陈跃红、王宇根、张辉：《比较文学原理新编》，北京大学出版社，2016。

48. 曹顺庆：《中西比较诗学》，中国人民大学出版社，2016。

49. 赵树功：《中国古代文才思想论》，人民出版社，2016。

50. 张晶：《神思：艺术的精灵》，百花洲文艺出版社，2017。

51. 罗峰：《自由与僭越：欧里庇得斯〈酒神的伴侣〉绎读》，华夏出版社，2017。

52. 梁漱溟：《东西文化及其哲学》，上海人民出版社，2018。

53. 朱光潜：《西方美学史》，商务印书馆，2018。

（三）论文

1. 高亨、池曦朝：《试谈马王堆汉墓中的帛书〈老子〉》，《文物》1974 年第 11 期。

2. 钱学森：《关于形象思维问题的一封信》，《中国社会科学》1980 年第 6 期。

3. 袁济喜：《论魏晋南北朝的审美“虚静说”》，《江汉论坛》1986 年第 9 期。

4. 朱良志：《“虚静”说》，《文艺研究》1988 年第 1 期。

5. 张晶：《审美感兴论》，《学术月刊》1997 年第 10 期。

6. 墨白：《〈神思〉篇“虚静”说释义》，《郑州大学学报》（哲学社会科学版）2002 年第 1 期。

7. 陈伯海：《释“感兴”——中国诗学的生命发动论》，《文艺理论研究》2005 年第 5 期。

8. 张晶：《“感兴”：情感唤起与审美表现》，《文艺理论研究》2008 年第 2 期。

9. 吴福相：《刘勰“虚静”说新探》，《文心雕龙》研究第九辑，中国《文心雕龙》学会，2009 年。

10. 张晶：《中国美学中的宇宙生命感及空间感》，《社会科学辑刊》

2010 年第 2 期。

11. 孙绍振：《中国古典诗歌之咏物寄托与西方诗之直接抒情》，《名作欣赏》2012 年第 4 期。

12. 张晶：《中国古代诗学中"偶然"论的审美价值意义》，《文学评论》2013 年第 4 期。

13. 党圣元：《中西文论中"神思"与"想象"的比较及会通》，《探索与争鸣》2017 年第 1 期。

14. 张晶：《〈文心雕龙·比兴〉赞语的美学意义》，《暨南学报》（哲学社会科学版）2017 年第 8 期。

15. 张晶：《神思与辞令——刘勰论艺术思维与诗歌语言的关系》，《社会科学战线》2018 年第 1 期。

16. 周兴泰：《中西诗歌叙事传统比较论纲——兼及中国文学抒情叙事两大传统共生景象的探讨》，《中国比较文学》2018 年第 2 期。

17. 张江、［德］哈贝马斯：《关于公共阐释的对话》，《学术月刊》2018 年第 5 期。

二、译著类

（一）专著

1. ［俄］车尔尼雪夫斯基：《美学论文选》，缪灵珠译，人民文学出版社，1957。

2. ［古希腊］朗吉努斯：《论崇高》，钱学熙译，《文艺理论译丛》，人民文学出版社，1958。

3. ［德］康德：《判断力批判》，宗白华译，商务印书馆，1964。

4. ［德］爱克曼辑录：《歌德谈话录》，朱光潜译，人民文学出版社，1978。

5. ［德］黑格尔：《哲学史讲演录》，贺麟译，商务印书馆，1978。

6. ［古罗马］贺拉斯：《诗艺》，杨周翰译，人民文学出版社，1982。

7. ［美］雷·韦勒克、［美］奥·沃伦：《文学理论》，刘象愚、刑培明、陈圣生、李哲明译，生活·读书·新知三联书店，1984。

8. ［德］海德格尔：《荷尔德林与诗的本质》，《文艺美学》第一辑，内蒙古人民出版社，1985。

9. ［奥］弗洛伊德：《论创造力与无意识》，孙恺祥译，罗达仁校，中国展望出版社，1987。

10. ［法］让-保罗·萨特：《想象心理学》，褚朔维译，光明日报出版社，1988。

11. ［波］塔塔科维兹：《古代美学》，杨力译，中国社会科学出版社，1990。

12. ［德］海德格尔：《海德格尔选集》，孙周兴译，上海三联书店，1996。

13. ［意］维柯：《新科学》，朱光潜译，人民文学出版社，1997。

14. ［德］哈贝马斯：《认识与兴趣》，郭官义、李黎译，学林出版社，1999。

15. ［英］莎士比亚：《莎士比亚全集》，梁实秋译，中国广播电视出版社，2001。

16. ［法］让-皮埃尔·韦尔南：《古希腊的神话与宗教》，杜小真译，生活·读书·新知三联书店，2001。

17. ［法］让·贝西埃、［加］伊·库什纳、［比］罗·莫尔捷、［比］让·韦斯格尔伯：《诗学史》，史忠义译，百花文艺出版社，2002。

18. ［美］宇文所安：《中国文论：英译与评论》，王柏华、陶庆梅译，上海社会科学院出版社，2003。

19. ［古希腊］赫西俄德：《工作与时日 神谱》，张竹明、蒋平译，商务印书馆，2006。

20. ［美］L.斯维德勒：《全球对话时代》，刘利华译，中国社会科学出版社，2006。

21. ［古希腊］赫西俄德：《神谱》，王绍辉译，上海人民出版社，2010。

22. ［古希腊］巴门尼德：《巴门尼德著作残篇》，［加］盖洛普英译，李静滢汉译，广西师范大学出版社，2011。

23. ［英］罗伯特·彭斯：《彭斯诗选》，王佐良译，外语教学与研究出版社，2012。

24. ［英］华兹华斯：《华兹华斯诗选》，杨德豫译，外语教学与研究出版社，2012。

25. ［美］狄金森：《狄金森诗选》，江枫译，外语教学与研究出版社，2012。

26. ［美］蔡宗齐：《比较诗学结构：中西文论研究的三种视角》，刘青海译，北京大学出版社，2012。

27. ［古希腊］荷马等：《古希腊抒情诗选》，水建馥译，商务印书馆，2013。

28. ［意］但丁：《神曲》，黄文捷译，译林出版社，2014。

29. ［德］尼采：《悲剧的诞生》，周国平译，译林出版社，2014。

30. ［俄］A. 聂斯杰罗夫：《前言》，高荣国译，译林出版社，2014。

31. ［古希腊］柏拉图：《柏拉图全集》［增订版］，王晓朝译，人民出版社，2015。

32. ［美］M. H. 艾布拉姆斯：《镜与灯：浪漫主义文论及批评传统》，郦稚牛、张照进、童庆生译，北京大学出版社，2015。

33. ［美］宇文所安：《中国传统诗歌与诗学世界的征象》，陈小亮译，中国社会科学出版社，2015。

34. ［古希腊］荷马：《伊利亚特》，陈中梅译，上海译文出版社，2016。

35. ［古希腊］柏拉图：《柏拉图文艺对话集》，朱光潜译，商务印书馆，2016。

36. ［古希腊］亚里士多德：《诗学》，陈中梅译，商务印书馆，2016。

37. ［古希腊］亚里士多德：《形而上学》，苗力田译，中国人民大学出版社，2016。

38. ［古希腊］亚里士多德：《物理学》，张竹明译，商务印书馆，2016。

39. ［法］勒内·笛卡尔：《论灵魂的激情》，贾江鸿译，商务印书馆，2016。

40.［德］康德：《判断力批判》，李秋零译，中国人民大学出版社，2016。

41.［德］叔本华：《作为意志和表象的世界》，石冲白译、杨一之校，商务印书馆，2016。

42.［奥］马赫：《感觉的分析》，洪谦、唐钺、梁志学译，商务印书馆，2016。

43.［意］克罗齐：《美学的历史》，王天清译、袁华清校，商务印书馆，2016。

44.［英］罗素：《西方哲学史》，何兆武、李约瑟译，商务印书馆，2016。

45.［德］恩斯特·卡西尔：《人论》，甘阳译，上海译文出版社，2016。

46.［英］简·艾伦·哈里森：《古代艺术与仪式》，刘宗迪译，生活·读书·新知三联书店，2016。

47.［英］怀特海：《过程与实在》，李步楼译，商务印书馆，2016。

48.［古希腊］亚里士多德：《诗学》，罗念生译，上海人民出版社，2017。

49.［古希腊］亚里士多德：《政治学》，吴寿彭译，商务印书馆，2017。

50.［古希腊］亚里士多德：《修辞学》，罗念生译，上海人民出版社，2017。

51.［德］黑格尔：《精神现象学》，贺麟、王玖兴译，商务印书馆，2017。

52.［德］黑格尔：《美学》，朱光潜译，商务印书馆，2017。

53.［英］J.G.弗雷泽：《金枝》，汪培基、徐育新、张泽石译，商务印书馆，2017。

54.［英］依迪斯·汉密尔顿：《神话》，刘一南译，华夏出版社，2017。

55.［美］埃兹拉·庞德：《比萨诗章》，黄运特译，湖南文艺出版社，2017。

56.［英］阿道司·赫胥黎：《知觉之门》，庄蝶庵译，北京时代华文书局，2017。

57.［美］爱德华·威尔逊：《创造的本源》，魏薇译，浙江人民出版社，2018。

58. ［阿］马里安诺·西格曼：《决策的大脑》，刘国伟译，中信出版集团，2018。

（二）论文

1. ［英］H. 奥斯本：《论灵感》，朱狄译，《国外社会科学》1979 年第 2 期。

2. ［美］陈世骧：《论中国抒情传统——1971 年在美国亚洲研究学会比较文学讨论组的致辞》，陈国球、杨彦妮译，《现代中文学刊》2014 年第 2 期。

三、英文类

（一）专著

1. Charles Backus, *Five Discourses on the Truth and Inspiration of the Bible*: *Particularly Designed for the Benefit of Youth.* A. M. Pastor of a church in Somers, published according to act of Congress, Hartford, printed by Hudson & Goodwin, 1797.

2. John Dick, *An Essay on the Inspiration of the Holy Scriptures of the Old and New Testament.* Philadelphia: James C. How, 1818.

3. John Burnet, *Platonis Opera Omnia.* Oxford Clarendon Press, 1900.

4. Carl Fehrman, *Poetic Creation*: *Inspiration or Craft.* translated by Karin Detherick. Minneapolis: University of Minnesota Press, 1980.

5. Allen Rhea Hunt, *The Inspired Body*: *Paul, the Corinthians, and Divine Inspiration.* Macon, Ga: Mercer University Press, 1996.

6. Timothy Clark, *The Theory of Inspiration*: *Composition as a Crisis of Subjectivity in Romantic and Post-romantic Writing.* Manchester: Manchester University Press, 1997.

7. Ann McCutchan, *The Muse that Sings*: *Composers Speak about the Creative Process.* Oxford: Oxford University Press, 1999.

8. Efrossini Spentzou, Don Fowler, *Cultivating the Muse: Struggles for Power and Inspiration in Classical Literature*. Oxford: Oxford University Press, 2002.

9. John F. Moffitt, *Inspiration: Bacchus and the Cultural History of a Creation Myth*. Leiden: Brill, 2005.

10. Andrew Robinson, *Sudden Genius? : the Gradual Path to Creative Breakthroughs*. Oxford : Oxford University Press, 2010.

11. Denis Farkasfalvy, *Inspiration & Interpretation: a Theological Introduction to Scared Scripture*. Washington, D. C. : Catholic University of American Press, 2010.

12. George Lansing Raymond, *The Psychology of Inspiration: an Attempt to Distinguish Religious from Scientific Truth and to Harmonize Christianity with Modern Thought*. Whitefish, M. T. : Kessinfer Publishing, 2010.

13. N. Kershaw Chadwick, *Poetry & Prophecy*. Cambridge: Cambridge University Press, 2011.

14. T. H. Sprott, *Modern Study of the Old Testament and Inspiration*. Cambridge: Cambridge University Press, 2011.

15. Michael Fuller, *Inspiration in Science and Religion*. Newcastle upon Tyne: Cambridge Scholars Publishing, 2012.

16. Michael Graves, *The Inspiration and Interpretation of Scripture: What the Early Church Can Teach Us*. U. K. : William B. Eerdmans Publishing Company, 2014.

17. Sarah Eron, *Inspiration in the Age of Enlightenment*. Newark: University of Delaware Press, 2014.

18. David Tacey, *Religion as Metaphor: beyond Literal Belief*. New Brunswick (USA): Transaction Publisher, 2015.

19. Peter Hoehnle, *The Inspirationists*, 1714-1932. London: Pickering & Chatto Ltd, 2015.

20. Adele Tutter, *The Muse: Psychoanalytic Explorations of Creative Inspiration*. London; New York: Routledge, Taylor & Francis Group, 2017.

（二）论文

1. Kris Ernst, "On Inspiration", *The International Journal of Psycho-Analysis*, (1939): 337.

2. Arthur E. Vassilion, "The Platonic Theory of Inspiration", *The Thomist: A Speculative Quarterly Review*, No. 4 (1951): 466-489.

3. John L. McKenzie, "The Social Character of Inspiration", *The Catholic Biblical Quarterly*, Volume 24, No. 2, April 1962, PP. 115-124.

4. Robert Edgar Carter, "Plato and Inspiration", *Journal of the History of Philosophy*, Volume 5, Number 2, April 1967, PP. 111-121.

5. Arnold Berleant, "Poetic Creation: Inspiration or Craft (Review)". *Philosophy and Literature*, Volume 5, Number 1, Spring 1981, PP. 117-118.

6. Silke-Maria Weineck, "Talking about Homer: Poetic Madness, Philosophy, and the Birth of Criticism in Plato's Ion", *Arethusa*, Volume 31, Number 1, Winter 1998, PP. 19-42.

7. Cecile Chu-Chin Sun, "Mimesis and Xing, Two Modes of Viewing Reality: Comparing English and Chinese Poetry", *Comparative Literature Studies*, Volume 43, Number 3, 2006, PP. 326-354.

8. Ka-Fai Yau, "The Poetic of Xing: The Xing Controversy in the Chinese Literary Tradition", *Tamkang Review*, volume37, Number 4, 2007, PP. 77-126.

9. Gregory Pardlo, "Inducing Muses: Notes Toward the Practice of Inspiration", *Callaloo*, Volume 33, Number 4, Fall 2010, PP. 1000-1002.

10. Vievee Francis, "Marshalling Muses: Notes Toward the Fortitude of Craft", *Callaloo*, Volume 33, Number 4, Fall 2010, PP. 1014-1015.